ハヤカワ
時代ミステリ文庫

〈JA1547〉

居酒屋こまりの恋々帖（れんれんちょう）

愛しのかすてぃら

赤星あかり

早川書房

8933

目次

居酒屋こまりの恋々帖（れんれんちょう）

愛しのかすてぃら

登場人物

こまり……………………………居酒屋〈小毬屋〉店主
ヤス………………………………〈小毬屋〉の料理人
鬼月銕之丞………………………自らを人斬り剣士と言いはる武士
白旗………………………………銕之丞の同志
玄哲………………………………〈小毬屋〉に通う僧侶
夜猿丸……………………………公儀の御庭番
ひじき……………………………〈小毬屋〉で飼われているかわうそ
佐次郎……………………………ヤスの昔仲間
お鈴………………………………佐次郎の娘
お鶴………………………………お鈴の母親
近藤重蔵…………………………火盗改メの新人
風神雷神…………………………双子の盗賊
楓…………………………………マタギ
仙蔵………………………………医学生
清乃………………………………仙蔵の許嫁
千賀喜左衛門……………………やりての商人
宗右衛門…………………………こまりの元夫
野槌………………………………江戸を騒がす賊。美酒、高級食材、
　　　　　　　　　　　　　　　珍味ばかりを盗む

第一献　からくりそうめん流し

星の瞬く望月の残暑の晩のことである。

日本橋大伝馬町の宝田稲荷のほど近くにある居酒屋、小毬屋（こまりや）からは今宵もまた行燈（あんどん）のほのかな灯がこぼれ、酔客のにぎやかな笑い声が蜩（ひぐらし）の声をかき消すほどにあふれていた。

暖かな光に吸い寄せられるように男がまたひとり、小毬屋の暖簾（のれん）をくぐっていく。

「いらっしゃい」

小毬屋の女将であるこまりは給仕に追われながら満面の笑みでふりむいた。

新しく店に入ってきた客の顔に見覚えはなかった。

一見（いちげん）の客であろう。

「一人なんだが空いてるかい？」

男は低い声音でほがらかにたずねた。

よく日に焼けた浅黒い肌をした筋肉質で恰幅（かっぷく）のよい男だった。

左頬に深い古傷があり、見た目はヤクザ者のような凄みがある。

だが声音は思いのほかやさしい。

「ええ、空いてるわ。こちらへどうぞ」

店内はほぼ満席だったがまだ二席ほど空いており、こまりは床几（しょうぎ）に男をいざなった。

「お客さん、うちははじめてよね」

「ああ。うまくて安い、女将が大酒呑みの居酒屋があるって噂を聞いてね。前から気になっていたんだ。近くを通りかかったんで寄ってみたのさ」

こまりの問いかけに男は人懐っこい笑みを浮かべて応じた。

男は笑うと頬にえくぼができ、いかつい顔のわりに愛嬌（あいきょう）があった。

「あら、うれしいことを言ってくれるじゃない。女将が大酒呑みってところは余計だけど」

こまりは肩をすくめて、ちろりと舌をだす。

今宵もまた酔客に負けず劣らず、店の肴をつまみ食いしては酒処摂津（せっつ）の清酒を浴びるように呑んでいたのだが顔にもおくびにもださないでおいた。

「ご注文は？」

「酒を一杯。肴はなにがある？ 一膳飯屋で飯は食べてきたから酒をちびちび呑みながら軽くつまめるものがいいんだが」

「なら、今日はカワハギの肝和えがおすすめだぜ」

厨から、ひょいとヤスが顔をだして口を挟んだ。

ヤスは小毬屋で雇われている唯一の料理人である。ヤスの手には、まさにこしらえたばかりのカワハギの肝和えの小鉢が載っていた。

「へい、おまちどおさまっ」

「おおっ。これを待っていたのじゃ！」

ヤスが小鉢を手渡すと玄哲はとたんに目を輝かせた。

玄哲は小毬屋の近所にある投げこみ寺の住職で無類の酒好きの生臭坊主である。

小毬屋が暖簾を掲げている日は欠かさずやってくる店一番の常連であった。

玄哲の膝の上には小毬屋の看板娘ならぬ看板かわうそのひじきが乗っており、鼻をひくつかせてはヒゲを揺らし、興味ぶかそうに小鉢をのぞきこんでいた。

玄哲は欣喜雀躍としてカワハギの肝和えを箸でつまみ、口内に放って酒を呷る。

「あ〜……肝のほのかな苦みと酒の芳醇なまろやかさが溶けあって絶妙じゃ。五臓六腑に染みわたるのぅ。極楽極楽」

玄哲は目をとろんとさせて、舌鼓を打つ。

カワハギの肝和えは肝を酒に浸して臭みをとり、湯にさっとくぐらせたあと匙で肝を潰し、カワハギの身と和えた逸品である。

「うめぇだろう！　今日は新鮮なカワハギをたくさん仕入れたからな。煮つけもおすすめだぜ」

ヤスは白い歯を見せて、得意げににっかりと笑った。

その顔を一目見て、男は飛びあがって素っ頓狂な声を発した。

「ま、まさかお前、ヤスなのか？」

「あ？　誰だお前……」

「わからないか？　佐次郎だよ」

ヤスははっとして、男の顔をまじまじとながめた。

「佐次郎だと!?　見違えたぜ。ずいぶんと久しぶりだな。何年ぶりだぁ？」

ヤスは態度を急変させて親しげに肩を叩いた。

「六、七年ぶりくらいじゃないか？　最後に会ったのは芸州だったしな……」

佐次郎もまた昔を懐かしむように眼を細めた。

「ふたりは知りあいなの？　そもそもヤスに朋友なんていたの？」

こまりもおどろいて、ふたりの顔を見比べる。

どちらも強面で並んでいるとどこかのヤクザの一味のようである。

「あいかわらず一言多いな、姐さんはよ」

ヤスは気恥ずかしげに鼻の頭を搔いた。

「まぁ、昔、やんちゃしてた頃によく世話になったもんさ」

「やんちゃねぇ……。つまり不良仲間だったのね」

こまりはじとりと佐次郎をにらみつけた。

「食い逃げしたり、店の客を恐喝したり、悪さをするのはご法度よ。喧嘩なんてしたら、この店の敷居は二度と跨がせないんだから」

「と、とんでもねぇ。俺は悪事からは綺麗さっぱり足を洗って堅気になったんだ。ちゃんと金子もあるし、まともに働いているんだぜ」

佐次郎はたじたじになって首を左右にふる。

どうやら怖いのは外見だけで性格は温厚かつ内気であるらしい。

中身も粗暴で喧嘩っぱやいヤスとは大違いである。

「なら、よし！　ヤスの知りあいなら今日は特別に安くしてあげる。たくさん呑んでいってね」

　こまりは佐次郎ににっこりと微笑みかけた。


　その日、こまりは店の暖簾を早めに下ろすことにした。

　偶然とはいえ、せっかくヤスの昔馴染みが遊びにきたのだから、再会を祝おうとの腹である。

　佐次郎を残し、最後の酔客たちが鼻歌まじりに千鳥足で店を出ていくのを見送ると、こまりはヤスの背中に声をかけた。

「ヤスももうあがっていいわ。片づけはあたしがやっておくから、佐次郎さんと一杯やりなさいよ。久々の再会で積もる話もあるでしょ」

「そいつはありがてぇ。甘えさせてもらうぜ」

　こまりが盥に水を張り、へちまで皿を洗っていると小上がりから楽しげな笑い声が聞こえてくる。

「しかし、あの咎犬のヤスが料理人とはなぁ。その前かけもずいぶんと板についているじゃないか」

「ま、これぱっかりは拾ってくれた姐さんに感謝だな」

ヤスはかつて咎犬のヤスと恐れられたゴロツキであった。

普段は手ぬぐいで隠しているが、ヤスの額には犬という字の入れ墨が彫られている。これは芸州の懲罰で、悪事を働いてお縄になるたびに一画ずつ入れ墨が彫られていくものだ。

額の入れ墨はいわば悪党の証である。

だがヤスは病弱な妹おあきの薬代を稼ぐため、しかたなくスリに手を染めたのだった。おあきを亡くし、江戸に流れてきた後も額の入れ墨を見れば、すぐに凶状持ちだと露見してしまう。

やり直したくともろくな職につけず自暴自棄になっていたヤスを拾ったのが、小毬屋の板前を探していたこまりだったのだ。

「お前が堅気になってくれて本当によかった。おあきが死んだあとのお前は荒れに荒れて見ていられなかったからな……」

佐次郎は感慨深そうに鼻をすすった。

「そういう佐次郎はどうなんだ」

「俺は今、駕籠（かご）かきをやってる」

　ヤスに問われると佐次郎は照れくさそうに鼻の頭を掻いた。

「どうりで体つきがたくましくなったと思ったぜ。昔は青びょうたんのようにほっそりしてたのによ。声をかけられた時は全然わからなかった、人は変わるもんだなぁ」

「守るべきものができると人は強くなるものだな」

　佐次郎はしみじみと語って、ちびりと酒を舐めるように呑む。

「守るべきものって……ひょっとしてお前……」

　佐次郎は頬をうっすらと赤く染め、うれしそうにはにかんだ。

「実は最近、所帯を持ったんだ。小さな子供もいる」

「新婚か！　そりゃめでてぇ！　水臭ぇじゃねぇか。早く言えよ！」

　ヤスは荒々しく佐次郎の肩を叩いた。

「姐さん、酒のおかわりを頼む！　佐次郎の幸せを祝わねぇとな！」

「はいはい。言われなくてもわかってますよ。その代わり、あたしもご相伴にあずからせて」

　こまりは待ってましたとばかりに厨を飛びだして、なみなみと酒の入った徳利を卓上においた。

　本当は少し前から酒盛りに加わりたくてうずうずしていたのだ。

「いや、お気持ちだけありがたくいただいておくよ。あんまり遅いと女房が心配するから、今夜はお暇させてもらうよ」

佐次郎は名残を惜しみつつも腰を浮かせた。

「まだいいじゃねぇか、今日くらい」

「そうよ。せっかく旧知の盟友と再会できたのだから、朝まで呑みあかしましょうよ」

ヤスもこまりも呑み足らず引き留めるが、佐次郎の意思は固かった。

「明日も早くから勤めがあるし、寝る前にゆっくりとお鈴の顔を見ておきたいんだ」

佐次郎は申し訳なさそうに眉を下げる。

「なんだ、惚気(のろけ)か？」

「お鈴は娘の名前さ」

佐次郎はとろけるような笑みを浮かべた。

きっと娘のことが目に入れても痛くないくらい可愛くて仕方がないのだろう。

ヤスはそんな佐次郎の姿を見て、目を細めた。

「そうか、ならしょうがねぇな」

「まだまだ呑みたかったのに……」

こまりはがっくりとうなだれる。

気を使って遠慮などせず、はじめからふたりの酒盛りに乱入していればよかった。

「はは、女将さんは本当に無類の酒好きなんだな。商売で近くに来た時はまた寄らせてもらうよ」

こまりのへこみ具合に思わず苦笑して、佐次郎は小毬屋を出ていった。

「ヤスの仲間にしては、おどろくほどいい人じゃない」

佐次郎の後ろ姿を見送って、こまりは残っている酒を湯呑みにそそいで呑んだ。

ヤスは昔を懐かしみ、しみじみと語った。

「俺だっておどろいてるくれぇだ。昔のあいつはそりゃあ、悪党だったんだぜ」

「江戸に出てきて、きっと素敵な出会いがあったのね。ヤスも早くいいお嫁さんを見つけたら、その怖い顔もちっとはマシになるんじゃないの」

こまりが冗談まじりにからかうとヤスの眉間の皺が濃くなった。

「うるせぇ。余計なお世話だ、年増ブス」

「命の恩人にむかってなによ！」

こまりは怒声をあげてヤスの背中を強く叩いた。

その後、佐次郎が小毬屋の常連客となるまでそう時はかからなかった。

佐次郎は一人でふらりと訪れることもあれば、仲間と連れだってくることもあった。皆、体格のよい明るく闊達な男たちで、小毬屋としてもつきあっていて気持ちのいい連中ばかりであった。

だが、今宵の佐次郎はいつもとは様子が違った。

「どうしたの。今日はなんだか元気がないわね」

その日の佐次郎は一人で小毬屋を訪れていた。

床几に腰を下ろし、すっかり肩を落として意気消沈としている。

「娘のことでちょっとね……」

佐次郎の声は普段より張りがなく、破れた紙風船のようにしぼんでいる。

「娘さんがどうかしたの？　たしかお鈴ちゃんだったわよね」

「昨日、お鈴がまた熱をだしてね……。熱はもう下がったんだが」

「あら、夏風邪かしら。心配ね」

こまりも眉をひそめる。

「医者が言うには滋養のあるものを食べて、ゆっくり休めばよくなるらしいんだが」

佐次郎はちっともへらぬ猪口の水面に視線を落とした。

「小さな子供ってよく熱をだすものよ。お医者さんの言うことを聞いて、ゆっくり養生すればすぐ元気になるわよ」

　こまりは佐次郎をやさしく励ました。だが、佐次郎の顔は曇ったままだ。

「滋養のあるものをたくさん食べて欲しいんだが、お鈴は好き嫌いが多くてね。なかなか食べてくれないんだ……」

　どうやら食べさせたくとも、お鈴の食の細さに手を焼いているらしい。

「まぁ。たとえばどんなものが食べられないの？」

「なすに菜っ葉、納豆もこんにゃくもかぼちゃも里芋もだめだし、西瓜や桃のような水菓子もだめ、豆腐や梅干しなんかもだめだな……」

「ええーっ！　水菓子もだめなの⁉　どれも最高においしいじゃないの」

　こまりはおどろきのあまり思わず大声をだした。

「子供の頃に風邪をひいた時にお祖父ちゃんの剝いてくれる桃が甘くて瑞々しくて大好物だったのに。かぼちゃの煮物だって甘くて、あたしは大好きだったけどなぁ」

　こまりは考えてみれば嫌いな食べ物などなかった。

　幼い頃は秋刀魚の腸といった苦みのあるものは食べられなかったが、今では苦みも至高の酒の肴である。

「魚はどうなの？　食べられる？」

「生臭いらしくて魚も貝も全然だめだ。精のつくうなぎを食べて欲しいんだがなぁ……」

佐次郎がぽつりと口惜しそうにつぶやいた。

「うなぎを食べられないなんて人生の半分以上、損しているわよ！」

こまりは思わず叫んだ。お鈴は六つらしいから三年分は損をしている。

「いったい何なら食べられるの？」

「そうめんやうどんだな。麺だけはよろこんで食べるんだ。だから最近じゃ、うちは毎日のようにそうめんさ」

佐次郎はげっそりとやつれた顔で語った。

どんなに好きな食べ物でも毎日食べ続けては飽き飽きする。

ましてや佐次郎の仕事は駕籠を担いで一日中動きまわる肉体労働だ。

毎日そうめんでは体力も持たぬのだろう。

佐次郎が小毬屋にちょくちょく顔をだすようになったのも、そうめんの無間地獄から無意識のうちに逃れたい一心なのやもしれぬ。

「麺はつるっとのどごしさわやかだから食べやすいのかしら。それにしてもずいぶんと好みの偏った子なのねぇ……」

　こまりは腕を組んで考え込む。どうしたら幼い子の偏食を改善できるのだろう。

　これぱっかりは子供のいないこまりには皆目見当もつかなかった。

「わからねぇように細かく刻んで、食えるもんのなかに混ぜちまえばいいんじゃねぇか？」

　ヤスが大真面目な顔で口を挟む。だが佐次郎は小さく頭をふった。

「いや、鼻がいいのか苦手な食べものが少しでも混ざっていると、とたんに口を閉じて食べなくなってしまうんだ」

「まぁ、なんてもったいないのかしら」

　こまりは憤然とした。

　辛い飢饉で飢えを経験したこまりには食べものを残すなど考えられない。

「俺がもっとがつんと叱ってやればいいんだが、お鈴に嫌われるのが怖くてね……」

　佐次郎が柄にもなく広い肩を落とし、こまりはくすりと笑った。

「お鈴ちゃんに嫌われたくないだなんて、佐次郎さんも可愛いところがあるのね」

「現にあんまり好かれていないんだ……」

「またまた、そんなことないでしょう。佐次郎さんはお鈴ちゃんを目に入れても痛くないぐらい、いつも可愛がっているじゃない」

こまりが佐次郎の肩を叩いてなぐさめると、佐次郎の頬に暗い影が差す。

「実は俺とお鈴に血の繋がりはないんだ……」

佐次郎は蚊の鳴くような声でつぶやいた。

「あら、そうだったの？」

「お鈴はお鶴――かみさんの連れ子でね。お鶴は若くして流行り病で旦那を亡くして、女手ひとつでお鈴を育ててきたんだ」

「それは大変だったわね」

「ああ。お鶴も働いている間、お鈴に寂しい思いをさせた負い目もあって、つい甘くなってしまうんだ」

「なら、なおさら父親になった佐次郎さんが叱ってあげないと。血の繋がりなんて関係ないわよ」

「だが、お鈴はいつも泣いて俺から逃げていくばかりで……。顔の傷が怖いみたいなんだ……」

佐次郎はしょんもりと萎れて、頬の傷をなでた。

「佐次郎は身体もでかいし顔も怖いからなぁ」

ヤスが同情してしみじみとつぶやく。

「あんたがそれ言う？」

こまりは呆れた。ヤスの顔とて佐次郎と負けず劣らず強面である。

「いったい俺はどうしたら……」

佐次郎は頭を抱えた。八方塞がりですっかり弱気になっているようだ。

「そうだわ。いいことを閃いた！」

こまりはぽんと両手を叩く。

「いいことってなんでぇ？」

「佐次郎さんがお鈴ちゃんのために愛情たっぷりの手料理を作ってあげるというのはどうかしら」

こまりはうきうきと胸をおどらせて提案した。

だが、佐次郎にとっては寝耳に水であったようだ。とんでもないと頭をふる。

「俺が料理だって？　俺は料理なんてからっきしさ。所帯を持つ前だって自分で飯をこさえたことなんざない」

男子厨房に入らずなどといった格言もあるが、江戸は小毬屋のような安い居酒屋や一膳飯屋、煮売り屋に立ち食い屋台もよりどりみどりである。

男やもめだろうと銭さえあれば自炊せずとも暮らしていけるのだ。

むしろいろんな食材を買い漁って使いこなせずに腐らせてしまうより、買い食いしたほうが安上がりだ。

だが料理は愛情も大切だ。

佐次郎が懸命に料理をしている姿を見たら、お鈴も無下に残すなどできないのではないか。

「大丈夫よ。あたしとヤスが手とり足とり教えてあげるから」

こまりは大きく胸を張って佐次郎を説き伏せる。

「あ？　俺もか？」

師範の頭数に入れられて、ヤスが目を瞬いた。

「当然よ。佐次郎さんはヤスの朋友なんだから！　どうせ作るなら、とびきりおいしく食べてもらいたいわ。おいしさが伝われば、お鈴ちゃんも少しずつ食べられるものが増えていくわよ」

「まぁ、そりゃそうだが……」

「それにはヤスの料理の腕がどうしてもいるのよ。なんたってヤスの料理は江戸一番だもの」

こまりがおだてるとヤスはまんざらでもなさそうに鼻柱を掻いた。

「ふん。俺ぁ、ガキが好きな食い物なんざ知らねぇぞ。で、なにを作るってんだ?」

「ふふっ。それは特訓がはじまってからのお楽しみよ」

　こまりは不敵に笑った。


　佐次郎の勤めが非番の日に小毬屋の料理道場が開かれる運びとなり、初日はうだるような暑い炎天下の日であった。

「さぁ、今日から佐次郎さんの料理の特訓をはじめるわよ」

　こまりは小袖をたすきがけにして息巻く。

　厨の台の上には、こまりが朝からぼてふりを次々と呼び止めて買い求めた食材が山積みになっている。

「で、なにを作るってんでぇ」

　ヤスは気怠そうに小指で耳の穴をほじる。

　こまりはざるからたまごとれんこんを手にとった。

「佐次郎さんには源氏たまごを覚えてもらうわ!」

「ガキのための料理にたまごとはずいぶんと豪勢だな」

　ヤスはざるに載ったたまごをひとつ手にとって、感嘆の声をあげた。

「お鈴はたまごもれんこんも苦手なんです……。確かにたまごは安くはないが滋養強壮になる。だから、お鈴が食べられるようになるなら痛くない買い物だ」

佐次郎は鼻息荒く、前のめりで応じた。

決して暮らしむきが楽なわけではないが、お鈴の食が太くなるなら、たまご代などけっして惜しくはない。

「で、源氏たまごってのは、どんな料理なんで？」

「実は、あたしが朝こっそりと作っておいたお手本があります」

こまりは鼻歌まじりに隠していたすでにできあがっている源氏たまごをお披露目した。

「おおっ。なんですかこれは！」

「こりゃまるで花のように可憐で愛らしいな。姐さんが作ったもんとは思えねぇくらいだ」

ヤスと佐次郎は食い入るように平皿を覗きこむ。

源氏たまごは、れんこんのまわりを黄色い薄焼きたまごで覆い、れんこんの穴にはたまごの白身を流し込んで蒸した料理である。

たまごを流し入れて蒸したれんこんを薄切りにすると、とたんにれんこんの切り口が艶やかな花のように見える。いわゆる金太郎飴のようなものだ。

「まぁ、食べてみてよ。わさび醬油でどうぞ」

こまりは小皿に醬油をたらし、源氏たまごを勧めた。

ふたりは箸を手にとると一切れつまんでそっとかじる。

「こりゃ、うまい。れんこんがもっちりとしているな」

「ああ、たまごの甘みとれんこんのしゃきしゃきとした食感がいい味をだしているな」

「この時期のれんこんは、みずみずしくてあっさりしているのが特徴なのよ」

こまりも意気揚々と頰張り、酒を呑んだ。

わさび醬油がつんときいて酒にもあう。

「しかし、姐さんもよくこんな変わった料理を知ってたな」

ヤスがまた一切れ手にとってかじる。もう一口が止まらないようだ。

すっかり気に入ったようである。

「以前、大野屋さんから借りた『万宝料理秘密箱』に載っていたのよ」

万宝料理秘密箱とはいわゆるたまご百珍――たまごの料理法ばかりがたくさん掲載されている料理本である。

こまりは以前、この本をもとに黄身がえりのたまごなる、黄身と白身が反転したゆでたまごを作ったことがあった。

「これならお鈴も食べてくれるかも。お鈴は花や蝶が好きなんだ。いつも蝶のおもちゃで遊んでいるから、興味を持ってくれるかもしれない」

佐次郎は目を輝かせた。

「でしょう？　これなら見た目も可愛らしいし、お鈴ちゃんもきっと気に入るわ」

こまりは鼻高々だ。

「では、さっそく作ってみましょう」

「いったいなにからはじめればいいんだ？」

佐次郎はとたんにうろたえた。前掛けをして、こまりの教えを書きとめようと矢立と懐紙を持参しており、やる気はあるようだ。

だが、料理のこととなるとからきしで、なにからはじめればいいやら右も左もわからぬらしい。

「れんこんの下準備からはじめましょう。れんこんの皮を剝いてゆでるのよ」

こまりはやさしく手順を説明した。

「皮を剝く……。こ、こうか？」

佐次郎は包丁を手にとり、れんこんに添えた。

しかし、手はぶるぶると小刻みにふるえ、今にも指を切り落としそうである。

なんと危なっかしいことか。

「ヤス、お手本を見せてあげて」

「へいへい。おらよっと」

ヤスはれんこんを手にとると、まるで清流のせせらぎのごとくさらさらととめどなく手を動かしていく。

目にもとまらぬ早業で、ヤスはれんこんを剝き終えた。

「こいつは蛇籠（じゃかご）れんこんっつってな。ま、ざっとこんなもんだぜ」

蛇籠れんこんは、蛇籠（竹を粗く編んだ細長いかご）に似せて剝いた飾り切りである。れんこんの穴が艶やかな花の模様となって、ヤスの飾り切りは薄く、まるで美しい反物のようだった。

「すごいな、たいしたもんだ」

佐次郎は手妻（てづま）でも見たかのように感嘆の声をもらす。

「やりすぎよ」

素人が真似できる範囲を越えていては、お手本にならぬではないか。

「こんなふうにれんこんが剝けたら、お鈴もよろこぶのだろうが俺には逆立ちしても無理な芸当だ……」

佐次郎ががっくりとうなだれた。ヤスとの出来栄えの差に、すっかり落ち込んでいる。

こまりは慌てて佐次郎を励ました。

「元気をだして、佐次郎さん。源氏たまごに飾り切りはいらないわ。れんこんの穴には、たまごの白身を流しこまないといけないんだから」

こまりは気をとりなおして、次の工程に移ることにした。

「とりあえず、れんこんはもういいわ。次はたまごを薄く焼いてみましょう」

こまりは佐次郎にたまごと小鉢を手渡した。

「まずは殻を割ってみて」

「たまごを割るくらいなら、包丁が苦手な俺でもできそうだ」

佐次郎は無造作にたまごを摑むと台の端で思い切り叩いた。

しかし、力が強すぎた。叩きつけられたたまごは、ぐしゃりと音をたてて潰れ、黄身があふれて床に散らばった。

ひじきが床に落ちた黄身の匂いをくんくんと嗅ぐ。

こまりは絶句して青ざめる。

「と、虎の子のたまごが……」

「力いれすぎだ、馬鹿っ」

ヤスが叱りつけると佐次郎は面目なさそうに大きな身体を縮ませた。

「す、すまん。おもわず肩に力が入ってしまって……」

「もう一回、やってみて。やさしくよ、やさしく……」

名誉挽回とばかりに、こまりは佐次郎にもうひとつ、たまごを手渡した。

「あまり無駄打ちはできないわ。そっとよ……そっと……」

「やさしく、そっと……」

佐次郎は己に暗示をかけるように小声で幾度となくつぶやき、緊張した面持ちでたまごを割った。

今度は力を抑えたかいがあって、たまごが飛び散ることはなかった。

だが、小鉢のなかには無数の殻が入っている。

いくら料理に不慣れとはいえ、たまごひとつ割るだけで実に前途多難である。

佐次郎もすっかりしょげてしまった。

「俺はたまごひとつ、まともに割れないのか……」

「殻は箸で掻きだせば大丈夫よ。千里の道も一歩から。慣れれば片手でも簡単に割れるようになるわよ」

こまりは箸で器用に小鉢に紛れ込んだ殻を丁寧にとりのぞいた。

「さぁ、次はこのたまごをかき混ぜてちょうだい」

佐次郎は指示されるがまま危なっかしい手つきで溶きたまごをつくる。だが、手つきが荒っぽくて、なにをするにもどうにもこころもとない。

「次はたまごを焼くのよ。薄くね」

佐次郎は緊張した面持ちでごくりと息を呑み、かまどにたまご鍋をおいて油を敷くと一気に溶きたまごを流し込んだ。

たまごは気泡を吹きながら、あっという間に固まっていく。

佐次郎はたまごが焼きあがる機会をじっと窺っている。

「佐次郎さん、焼きすぎよっ。たまごが焦げちゃうわ」

こまりは慌てて佐次郎を急かした。

「な、なにっ。どうしたらいいんだっ！」

「はやくたまごをとりだして」

「し、しかし……」

佐次郎がもたもたした箸さばきで持ちあげようとすると、薄いたまご焼きはあっという間に破けてぐちゃぐちゃになった。

しかも、火が入りすぎたため、たまごは焦げて黒ずんでいる。

　平皿におかれたたまご焼きは、もはや見るも無残な炭になっていた。

「こりゃ先は長そうだな……」

　ヤスは呆れて青息吐息である。佐次郎の顔は今にも泣きだしそうだった。

　こまりは慌てて佐次郎の肩を持つ。

「誰だって、はじめからうまくできるわけじゃないわ。何度も鍛錬してうまくなるんだから。もう少し特訓してみましょう」

　だが何度挑戦しても、佐次郎は綺麗にたまごを焼くことはできなかった。

　結局、一度もうまくいかないまま、たまごが底をついた。

　もとよりたまごは高級品だ。大量になど用意できない。

「いきなり源氏たまごは佐次郎には難しいんじゃねぇか？　まずはもっと簡単な料理に挑戦したらいいだろうよ。握り飯とか」

　ヤスが見かねて口を挟む。

「そうねぇ……。それがいいかもしれないわね」

　だが、頑なに首を縦にふらないのは佐次郎のほうだった。

　佐次郎は真剣な顔つきで改めて教えを乞う。

「いや、簡単な料理を百個覚えてもお鈴が興味を示さなかったら、なんの意味もない。

次の休みにまた挑戦させてくれないか」

それから佐次郎は非番の日になるたびに朝早く小毬屋へやってきて、源氏たまごの特訓に励むようになった。

はじめはたまご一つ、まともに割れなかった佐次郎も次第にコツを摑み、三回に一回はぶかっこうながらも、なんとか破れずに薄焼きたまごが焼けるようになってきた。

「その調子よ、佐次郎さん」

こまりも嬉々として、佐次郎を励ます。

「たまごを薄く焼くかげんも難しいが、れんこんの穴に白身を流すのもなかなか難しいな」

佐次郎はかまどの前で汗だくになって、海老色の麻の葉模様の手ぬぐいで額の汗を拭う。こまりも同意して相槌を打った。

「うまくやらないと白身がこぼれちゃうのよね」

蒸籠（せいろ）を鍋の上におき、遠火にかけると白い湯気が天高く立ちのぼっていく。

充分に蒸しあがるのを待って、佐次郎は蒸籠のふたを開けた。

「できた！」

「佐次郎さん、やったわね！　完璧よ！」

　こまりは飛びあがってよろこんだ。

　れんこんの穴に流しこんだ白身も漏れださずに綺麗に固まっている。

　佐次郎は源氏たまごを蒸籠からとりだし、冷めるのを待って切りわけた。

　ぶかっこうな出来ではあるもののそれなりに花の形になっている。

「味も悪くねぇ」

　ヤスはさっそく源氏たまごをひょいっとつまみながら独りごちた。

「ほくほくもちもちでおいしいわ」

　こまりも一切れつまんで舌鼓を打つ。

　佐次郎はこまりとヤスの食べっぷりを見て、ほっと胸を撫でおろした。

「さっそく、明日、お鈴に食べさせてやりたいんだが、小毬屋にお鈴とお鶴を連れてきてもいいだろうか。それとももっと訓練を積んでからのほうがいいだろうか……」

　佐次郎は少し不安そうにたずねた。今日がうまくいっても、明日もうまくいくとは限らない。だが妻子に滋養のある手料理を食べさせたいという逸る気持ちを抑えきれぬのだろう。

　こまりは佐次郎に自信を持たせようと太鼓判を押した。

「もちろんよ。あたしとヤスもお手伝いするし、大船に乗ったつもりで連れてらっしゃいな。明日は小さい子がよろこぶ献立をたくさん用意しておかないとね」

こまりはまだ見ぬ幼子が満面の笑みを浮かべて源氏たまごを頬張る姿を想像し、胸をおどらせた。

佐次郎は照れくさそうにうなずく。

「それじゃ、明日昼八つの頃に伺うよ」

夜も深まり木戸も閉まる頃、こまりは暖簾を下ろしながら首を傾げた。

「おかしいわねぇ、佐次郎さん。今日も昨日も来なかったわ……」

結局、約束の刻限を過ぎても、佐次郎一家はついぞ姿を現さなかった。

それどころかお鈴に料理を披露すると約束してから三日が経とうとしているが、佐次郎からは何の音沙汰もない。

「どうせまたお鈴とかいうガキが熱をだしたんじゃねぇのか。そのうちまたひょっこりとやってくるだろうよ」

こまりの心配とは裏腹にヤスはあまり気に留めもせずに店の片づけに精をだしている。

ヤスの足許では客の食べ残しにありつこうとひじきがじゃれついていた。

　こまりは片づけをヤスに任せ、店の奥へ行き、その日の売りあげ金をしまおうと金庫の錠前を開けた。

「あっ！　嘘でしょう？」

　こまりは金庫の中を見て、目を疑った。

　背後からヤスの声が飛んでくる。

「どうした？」

「七日ぶんの店の売りあげ金がなくなってるの……。金庫にしまっておいたはずなのに……」

　こまりは腰が抜けて、その場にへたり込む。

「なんだってそんな大金をずっと店においてたんだ」

　ヤスも慌ててすっ飛んでくる。

　こまりは顔を真っ青にして頭を抱えた。

　ひじきもやってきて、心配そうにこまりに鼻を寄せる。

「このところ忙しくて……。明日、両替商にもっていこうと思っていたのよ」

　金庫の中をいくら覗き込んでも、売り上げ金は入っていなかった。

「錠前はかかってなかったのか」

「もちろんかけていたわよ。当然じゃないの」

小毬屋で使用している金庫は小ぶりの箪笥(たんす)で丈夫な阿波錠(あわじょう)がついていた。

金庫はいつも客の目には届かぬ店の奥にしまってあるし、鍵を肌身離さず持っているのはこまりだけだ。

「でも、おかしいの」

「おかしいって何がだ？」

「金庫に変なものが入っているのよ」

それは手ぬぐいがまるまったものだった。

両端がきつく結ばれており、何かが入っている。

持ちあげて触れてみると固く細かい粒が詰まっている感触がする。

「なんだか大きなお手玉みたい。手触りからして、あきらかにこの中身は銭じゃないわ……」

「誰かが銭と小豆をすりかえたってか？　冗談じゃねぇ。釣りあいとれねぇぞ」

ヤスは怒り心頭ではらわたが煮えくり返っている。

「お手玉の中身といえば小豆だけれど、この手触りは小豆でもないわね。これはひょっとすると……」

こまりはきつく結ばれた手ぬぐいの片方の結び目をほどく。

ほどけた結び目から流れるようにこぼれだしたのは、こまりの見込みどおりだった。

「やっぱりお米よ」

ざらざらと米粒が流れてできたではないか。

「小豆だろうが米だろうが、銭の代わりにはならねぇだろう。いったい誰がこんなふざけた真似をしやがったんだ」

「あ、ちょっと！」

ヤスは声を荒らげながら、こまりから手ぬぐいを奪う。

畳の上に無数の米粒が広がって、こまりは慌てて両手でかき集めた。

銭が米に化けるとは、まるで狐狸に騙された気分だが米に罪はない。

あとで一粒残らず、おいしくいただかなくては……。

「ん？　この手ぬぐいは見覚えがあらぁ」

ヤスは海老色の麻の葉模様の手ぬぐいを食い入るように見つめた。

いわれてみれば、こまりにも見覚えがある。

「この手ぬぐいは佐次郎のもんだ」

こまりははっと息を呑む。手ぬぐいは佐次郎がよく首から下げていたものだった。

「そんな。佐次郎さんが金子を盗んで代わりにこの米が入った手ぬぐいをいれたっていうの？　いったい何のために？」

　こまりは困惑した。

　金に困って一時的に金を拝借したのだとしても、これっぽっちの米と引き換えではてんで釣りあいにはならない。

　あの小心で人当たりのよい佐次郎が小毬屋で盗みを働くなど考えられなかった。

「佐次郎さんが泥棒なんてするはずがないわ。あんなにお鈴ちゃんに手料理を食べてもらうことを楽しみにしてたのに……」

　食の細い娘を案じて懸命に料理に励む佐次郎の面影が脳裏をよぎる。

「だがよ……。昔のあいつは、そりゃあもう悪かったんだぜ」

　ヤスはうつむいて、ぽつりとつぶやいた。ヤスとしても、佐次郎を疑いたくはないのだろう。

　いくらこまりの知る佐次郎が心根のやさしい男だったとしても、佐次郎はヤスとおなじ凶状持ちであり、ヤスは佐次郎の過去を知っているのだ。

「たとえ魔が差したのだとしても、佐次郎さんが盗みを働くなんて考えられないわ」

　こまりはきっぱりと断言した。

「きっとなにか深い事情があったのよ。じゃなかったら、こんな手ぬぐいなんてわざわざ残していかないわ。この手ぬぐいには、なにか意味があるのよ」

こまりはヤスから手ぬぐいを奪いかえすと米を詰めて元通りにした。

きっと、これは佐次郎が残したなんらかの暗号なのだ。

であるならば、その意味を解きあかさねばなるまい。

「このところ姿を現さねぇのも、なにかのっぴきならねぇ事情があるってことか」

ヤスが真剣な面持ちで考え込む。こまりは強くうなずいた。

「明日、佐次郎さんの家を訪ねてみましょう。心配だわ。なんだかとても嫌な予感がするの」

「だがよ、俺たちゃ、佐次郎がどこに住んでいるのか知らねぇぞ」

盲点を突かれて、こまりは目を瞬かせた。


翌日、こまりとヤスは日が高くなる前に佐次郎の勤め先である駕籠屋へむかった。

仕事場の仲間たちと連れだって呑みにきたこともあるので場所は知っている。

佐次郎の安否や家の場所なども摑めるに違いない。

駕籠屋は浅草雷門のほど近くにあり、店の中は喧噪に満ちていた。

二人組になった屈強な肉体を持つ駕籠掻きたちが威勢よく駕籠をかついで、えっほえっほと駆けだしていく。町駕籠や辻駕籠として流しにいくのだろう。

「いらっしゃい。どこまで行くんだい？　二人だから駕籠は二梃でいいかね」

店に入ると帳簿とにらめっこしていた番頭の男が声をかけてくる。

番頭はもっぱら裏方専門なのか、ひょろりと痩せぎすの小男だった。

「佐次郎さんはいらっしゃいますか。あたしたち佐次郎さんに会いに来たの」

こまりが単刀直入にたずねると、番頭はおどろいた顔をした。

「佐次郎だって？　あいつは辞めたよ」

「辞めたですって」

「一昨日だったか。突然、無断で休んでな。心配して様子を見に行こうとした矢先に辞めるって文が届いたんだ。うちも急にやめられて困ってるんだ」

番頭は眉間に皺を寄せて、これみよがしの盛大な溜息をつく。

「体力はあるし、人当たりもいいから頼りにしてたんだけどねぇ。聞けば、凶状持ちだったらしいじゃないか。身寄りがないところを雇ってやったっていうのに恩を仇で返されて本当に許しがたいね」

番頭は怒り心頭で延々と愚痴をこぼしている。

　こまりとヤスは顔を見合わせた。

「いったい何がどうなってやがる。いったい誰が佐次郎が凶状持ちだとバラしやがったんだ?」

「佐次郎さんに会ってといただすしかないわ」

　こまりは煙たそうに顔を背ける番頭に幾度も頭を下げて、佐次郎の家を教えてもらった。


　佐次郎の住む長屋は深川の一角にあった。

　けっして日当たりがいいとは言えぬ裏長屋である。

　表通りにある小間物問屋が大家と思われた。

　こまりは小間物問屋の主に佐次郎一家についてたずねた。

　聞けば、小間物問屋の好々爺もここ数日、佐次郎やお鈴の姿を見ていないという。

　井戸端で噂話をしていた近所のおかみさんたちも、ここ数日、お鶴やお鈴の姿を見ていないと心配顔で教えてくれた。

「佐次郎さ～ん、佐次郎さ～ん」

　こまりは大声で名を呼びながら長屋の戸を叩いたが、中はもぬけの殻であるのか静まりかえっている。ヤスは小首をかしげた。

「留守か？」

「一家そろってどこへいったのかしら。佐次郎さんはともかくお鈴ちゃんはまだ小さいから、そんなに遠くへはいけないはずなのに……」

　こまりは眉をひそめる。

　一家離散、一家心中といった暗い言葉が脳裏をよぎって、こまりは思わず頭をふり、長屋の戸に耳を押しあてた。

　すると中から、かすかに誰かが呻くような声がするではないか。

　こまりは勢いよく戸を開いた。

「大丈夫ですか！」

　部屋の中では女が一人、倒れていた。

　こまりは部屋の中に飛び込んで女を抱きおこす。

　女は血の気のない真っ白な顔で、うっすらと目を開けた。

「すみません……眩暈（めまい）がして……。水を……」

　女は息も絶え絶えに呻く。

「ヤス、お水を持ってきて！」

「おう」

　ヤスは大慌てで長屋にあった水瓶から柄杓（ひしゃく）で水を掬い上げ、湯呑みにいれると女に手渡した。女はむせ返りながら水を呑む。

「慌てなくても大丈夫よ。あなた、ひょっとしてお鶴さん？」

　こまりがそっと女の背を摩（さす）りながらたずねると、女は小さくうなずいた。

「ええ……。あなたは？」

　お鶴は障子戸のように青白い顔で不安そうにこまりを見上げた。

「あたしはこまりよ。こっちはヤス。あたしたち居酒屋をやっていて、佐次郎さんは店によく来てくれていたの」

「それじゃあ、小毬屋の……」

　お鶴はか細い声でささやいた。

　どうやら小毬屋のことは佐次郎から話を聞いて知っているらしい。

「主人がいつもお世話になっています」

　お鶴はよろよろと起きあがり、姿勢を正すと三つ指をついて頭を下げた。

「無理しちゃだめよ。早く横になって。話は寝転がりながらでもできるから」

　こまりは強引にお鶴を寝かせ、掻巻（かいまき）をかけてやる。

お鶴は抵抗する力もなく、されるがままだった。

「いったい何があったの？　佐次郎さんとお鈴ちゃんはどこ？」

こまりはお鶴の顔を覗きこむ。

長屋には佐次郎だけでなく、お鈴の姿がないことが気がかりだった。

お鶴はふるえた声でぽつりぽつりと話しはじめる。

「実は……三日前からお鈴がいなくなったんです」

「なんですって」

こまりは血相を変えた。

「あの人はお鈴を探しにいくと飛びだしていったきり戻らなくて……」

お鶴も散々探しまわったが佐次郎とお鈴の行方は知れず、とうとうお鶴は心労で倒れたのだった。

「佐次郎さんの居場所はわからないの？　どこへ探しにいくとか言ってなかった？」

「いいえ。でも、あの人はどこかこころあたりがあるようでした……」

お鶴は天井の染みをじっと見つめながら、寂しげにつぶやいた。

佐次郎はお鶴にはなんの相談もなく、いなくなったのだ。

「困ったわ。佐次郎さんを探したくてもなにも手がかりがないんじゃ……」

　こまりは頭を抱えた。

「ねぇ、お鈴ちゃんがいなくなった場所はどこ？　なにか気になることはなかった？　なんでもいいの。誰かの話し声を聞いたとか、なにか落ちていたとか……」

「お鈴は家の前で、お気に入りの蝶々のおもちゃで遊んでいたんですけど、あたしがちょっと目を離したすきにいなくなってしまって……」

「蝶々のおもちゃって、どんなもの？」

「竹の棒の先に紙の蝶がついていて、棒をふると蝶が飛んでいるように見えるんです」

「これのことか？　ずいぶんたくさんあるんだな」

　ヤスが駕籠に入っていた蝶々のおもちゃを見つけてたずねた。

　駕籠には、色とりどりの紙の蝶々が入っていた。

「ええ。あの人が仕事帰りによく蝶々売りから買って来ていたの。無駄遣いしないように言っても、お鈴がよろこぶからって聞かなくて……」

　お鶴が駕籠の中を見て微かに目を細めた。

　それから何かを思いだしたようにはっとして、無理に起きあがると一枚の紙切れを簞笥からとりだした。

「そういえば、お鈴がいなくなった時、家の前にこの紙が落ちていました」

　こまりは紙切れを受けとった。

「なにこれ。蝶々じゃなくて蛇じゃないの」

　紙には真っ赤な蝮（まむし）がとぐろを巻いて、牙をむく姿が描かれていた。

　それも手書きではなく版画のようである。

「蛇だと」

　ヤスが血相を変えて、紙切れを奪いとる。

　同時にお鶴がふらついて膝をついたものだから、こまりは慌ててお鶴を支えた。

「だめよ。まだ寝てなくちゃ。顔色が真っ青なんだから。お医者を呼んでみてもらったほうがいいわ」

「でも、お鈴を探しにいかないと……。きっとお腹を空かせて、どこかで泣いているわ」

　お鶴はか細い声でまくしたてるが、すぐに口を手で覆ってえずいてしまう。

　吐き気があるものの、ろくに食べていないのか胃の腑が空っぽでなにも出ないらしい。

　こまりはお鶴の背をさすりながら諭した。

「お鈴ちゃんと佐次郎さんはあたしたちがかならず見つけだすわ。だから、お鶴さんはとにかく今は横になって。食べられるなら、ごはんも食べて。でないとお鶴さんが弱ってしまうわ」

「でも……」

お鶴はまだどこか不安そうだ。

こまりはお鶴をふたたび横に寝かせて白い手を握り、子守歌を聞かせるようにやさしくささやいた。

「お鶴さんが探しに出ている間に、お鈴ちゃんがひょっこり戻ってくるかもしれない。この長屋には誰か残っていたほうがいいわ」

お鶴は観念したのか、虚ろな目で小さくうなずいた。

「任せて。あたし、こう見えて人探しは得意なの」

お鶴の心配を少しでも軽くしたくて、こまりは胸を張って大見得を切った。


長屋を出る頃には日も沈みかけていた。

ふと見上げると燃えるような夕焼けに照らされたヤスの顔は暗く、どこか思いつめた様子で塞ぎ込んでいる。

「ねぇ、どうしたの。さっきからずっと黙りこくって怖い顔をして」

こまりがたずねるとヤスは足を止めた。

ヤスの手には、お鈴がいなくなった場所に残されていたという紙切れが握られている。紙切れに視線を落としながら、ヤスは眉間に深い皺を刻んだ。

「姐さん、まずいことになった」

「どういうこと？」

こまりは訳がわからず、きょとんとする。

ヤスはこまりの手をとると足を早めて裏長屋の立ちならぶ通りを出て、人影のない薄暗い路地でようやく口を開いた。どうやら誰かに聞かれたら不味い類（たぐい）の話のようだ。

「佐次郎が凶状持ちだった頃の話だ」

ヤスはこまりの耳元でささやき、こまりはとまどいながらもうなずく。昔の佐次郎を知らないせいか、やはり佐次郎が悪人だった姿はどうにも想像がつかない。

ヤスは周囲を見渡して、今一度誰もいないか確かめた。

「佐次郎は紅蝮（べにまむし）組の一味だったんだ」

「紅蝮って、あの盗賊の？」

こまりは言葉を失った。

紅蝮組は江戸でも名を轟かせている恐ろしい盗賊団である。

「あぁ。あいつは土蔵破りの佐次と呼ばれて恐れられてた。あいつの錠前破りは天下一品で、当時、破れねえ土蔵はなかったんだ」

「錠前破りが得意ですって？　包丁さばきを見るに手先が器用にはみえなかったけど……」

こまりは佐次郎のたどたどしい包丁さばきを思い出す。

手が小刻みにふるえて、とてもお粗末なものだった。

「あいつが得意なのはからくり錠だ。からくり錠ってのは、ふつうの錠前と比べて、閃きがモノを言うんだ」

「信じられない。あの内気で心根のやさしい佐次郎さんが紅蝮組の一味だったなんて……」

「あいつは一見、日和見な性格だが一度頭に血がのぼると手がつけられねえ性分なんだ」

「それで今回の件と紅蝮組がなにか関係があるの？」

こまりが小首を傾げるとヤスは更に眉間の皺を深めた。

「いいか？　紅蝮の文様といえば、そりゃ赤い蝮だ。紅蝮組が押し込みを働いた商家には必ず赤い蝮の文様が残される」

「それってつまり……」

こまりはヤスの手の紙切れを奪いとって、食らいつくようにみた。

お鈴のいなくなった場所に残されていた紙切れは、紅蝮組の犯行の証だったのだ。

ヤスは青ざめた顔でうなずく。

「ああ。お鈴は紅蝮組に攫われたとみて間違いねぇし、この文様を見て気づかねぇほど佐次郎も間抜けじゃねぇ」

「でも、お鶴さんは……」

「あの女房は佐次郎の過去を知らねぇんだろうよ。だから佐次郎もこいつが絡んでるとは打ちあけられなかったんだ」

ヤスは悲しそうに眼を伏せ、苛立ちまぎれに舌打ちした。

だから、ヤスはお鶴の前では口を閉ざしていたのだ。

佐次郎が必死に守ってきた家族の絆をヤスの一言でぶち壊すわけにはいかない。

「それじゃあ、佐次郎さんは紅蝮組にお鈴ちゃんをとり戻しに行ったってこと？　でも、どうして急にそいつらがお鈴ちゃんを……。佐次郎さんは足を洗ったんでしょ？」

こまりは小首を傾げる。だが、その問いの答えはヤスも持っていない。

　ヤスは頭を左右にふった。

「そいつはわからねぇ。だが、考えてみろよ。店の売りあげがなくなったことと今回の件が関わりがねぇとは思えねぇだろ」

　こまりははっとした。

「佐次郎さんは、お鈴ちゃんを人質にとられて脅されているのね」

「ああ、それこそ金の無心か盗みの手伝いか、あるいは両方か。帰参しろと脅されているのかもしれねぇ」

　佐次郎の過去を仕事場でばらし、辞めさせたのも紅蝮組の仕業に違いない。

「綺麗に足を洗ったと思っていたのは佐次郎だけで、紅蝮組は佐次郎に弱みができるのを虎視眈々と狙っていたのかもな」

　ヤスは苦々しげにつぶやいた。

　独り身なら恐れるものはなにもない。

　紅蝮組は、辞めたがる佐次郎を引き留める手段を持ちあわせていなかった。

　だが今の佐次郎には守るべき家族がいる。佐次郎の生きる糧は同時に佐次郎の弱みとなったのだ。

　こまりはたまらずに駆けだそうとして、ヤスに手を掴まれた。

「おい。どこへ行くってんだ」

「もちろん、紅蝮組に殴り込みにいくのよ！」

こまりは叫んだ。だがヤスに一喝される。

「馬鹿野郎っ。姐さんひとりで乗り込んでいったって、簀巻き(すま)にされて沈められるだけだ。むざむざと殺されてぇのか。だいたいあいつらがどこに潜んでいるかもわからねぇだろうが」

「だからって、このまま指を咥えて見ていろっていうの。こうしている間にもお鈴ちゃんや佐次郎さんが辛い目にあっているかもしれないのよ！」

「俺たちだけじゃ力不足だっつってんだろうが」

こまりが怒鳴ると負けじとヤスも応戦する。

「離してよ！　あんた、それでも咎犬のヤスなの。あんたの牙はどこへいったのよ！」

こまりはきつくヤスをにらみつけた。

「多勢に無勢だっつってんだ」

ヤスはこまりの手首を掴んだまま、にやりとした。

「小毬屋の常連には、こういう時に力になってくれるうってつけの連中がいるだろうが。今、頼らなくて、いつ頼るってんだ」

「というわけなのよ」

日もたっぷりと落ちると小毬屋には銕之丞（てつのじょう）と白旗（しらはた）、そして夜猿丸（やえんまる）の姿があった。

こまりはかくかくしかじか、ことの顚末を語って聞かせた。

縁あって小毬屋へと足繁く通う常連客の銕之丞と白旗は火盗改メ、夜猿丸にいたっては幕府の隠密——すなわち御庭番という泣く子も黙る面ぞろえである。

「なるほど。只事ではありませんな」

こまりのうちあけ話を聞き、白旗は酒を浴びるように呑みながら、けろりとした顔でこたえた。話を聞きながら、すでに一升は空けている。

こまりが知る客の中でも白旗は淡泊な顔に似あわず大の酒豪である。

「紅蝮組には我らも手を焼いていたのだ。佐次郎とお鈴を助けだし、紅蝮を一網打尽にできるいい機会じゃ」

銕之丞も徳利を片手に意気揚々と気炎を吐く。

「しかし、どうやって紅蝮組の次の狙いを洗いだす。潜伏先も現れる場所もわからなければ、待ち伏せもできぬぞ」

夜猿丸が淡々と論じた。幕府の隠密である夜猿丸は小毬屋に姿を現すたびに異なる風体をしているが今宵は鳶（とび）の恰好をしている。

常日頃から江戸の庶民の様々な商いに化けて要人の警護をしたり、市井の情報を探ったりしているのだ。

「紅蝮組の次の狙いなら、俺に思いあたる節があらぁ」

ヤスがぶっきらぼうに話に割りこんだ。皆の視線がヤスに集まる。

「あいつは凄腕の土蔵破りだった。どんな錠前でも手妻みたいにいともあっさりと開けちまう。佐次郎が呼び戻されたってぇことは、あいつらの狙いは誰にも開けられねえからくり錠がある土蔵に違いねぇ」

「なるほど。いい読みですな」

夜猿丸が肴の枝豆を口に放り込みながら相槌を打つ。

「お前ら、どんな土蔵破りも尾っぽ巻いて逃げだすようなからくり錠を使っている商家を知らないか」

ヤスは銕之丞と白旗、夜猿丸の顔を見渡した。

「からくり錠か……。ううむ……」

銕之丞と白旗が首を捻る。

「まぁ、こころあたりがないこともねぇですが」

夜猿丸がけろりとして告げた。

こまりはぱっと目を輝かせる。

「夜猿丸、本当？　もったいぶってないで早く教えてよ」

夜猿丸は指を三本立てて、こまりの顔面にずいっと差しだした。

「三日いただけやすかい」

「三日？」

「三日以内に紅蝮組が次に狙うからくり錠を持つ商家を探しだしてみせやす」

「そんなことができるの？」

「見くびってもらっちゃあ困る。あっしはこれでも御庭番なんですぜ。あっしら御庭番は市井にたくさんの仲間がいる。始終、江戸の動向に目を光らせているんでさ」

「ならば、火盗改メは二日以内にからくり錠のある商家を洗いだしてやるぞっ。幼子の命がかかっている。一刻を争うからなっ」

鋏之丞が変な対抗意識を燃やして吠えた。

「なら、あっしらは明日の夕刻までに」

夜猿丸も負けじと刻限をくりあげ、不遜な笑みを浮かべた。

「その代わり、この貸しは高いですぜ」

翌日の夕刻、夜猿丸は本当にからくり錠のある商家をつきとめて、小毬屋へやってきた。

その日、夜猿丸の身なりは、髷を結った立派な武士風であった。

「紅蝮組の次の狙いは蔵前通りにある唐薬種問屋の伊地知屋で間違いござらぬ」

夜猿丸は日々の変装によって、口調も声音もめまぐるしく変わる。

いったいどれが素の声なのか、こまりには皆目見当もつかないくらいだ。

「伊地知屋の当主は大のからくり好きで、土蔵の錠前も錠前師に特別なからくり錠を作らせたと自慢して吹聴しているらしい。どんな土蔵破りだろうが破れるわけがないと」

だが夜猿丸の話を遮って、一刀両断したのは鋏之丞だ。

「いや、紅蝮組の次の狙いは日本橋の材木商千賀屋だろう。この若き当主の千賀喜左衛門は先代と違って、だいぶやり手であるらしい。金遣いも豪快で、錠前に限らず、南蛮渡来の物珍しい品を集めるのが趣味だとか。抜け荷の噂も絶えぬし、さぞや貯め込んでいるとみえる」

夜猿丸はつまらなそうに鼻を鳴らした。

「千賀屋は我らも考えたが狙うには派手すぎる。下手を打てば戦になりますぜ」

夜猿丸の調べでは、千賀屋は腕に覚えのある浪人を大勢雇って、警護にあたらせているらしい。

千賀屋を狙えば蔵に辿りつく前に大勢の剣客たちと事を構えねばならぬのだ。

「紅蝮組の今の勢いを考えたら、千賀屋に狙いを定めても微塵もおかしくなどないわ」

鋏之丞が反駁し、ふたりは一触即発でにらみ合う。

どちらも考えを譲る気はないらしい。

「いったいどっちなのかしら」

こまりは小首を傾げた。どちらの言い分が正しいか、こたえはでない。

「ならば二手に別れましょう。我ら火盗改メは千賀屋へむかう。こまり殿と御庭番は伊地知屋を見張られよ。こちらに賊が現れれば、すぐに知らせます」

白旗が冷静に提案すると鋏之丞と夜猿丸はしぶしぶながらうなずいた。

「いいだろう。戦力を二分するのは痛いが致し方あるまい。今宵すぐにでも賊が動くかもしれん。今は時が惜しい」

「火盗改メと御庭番、どちらが有能か見極めるいい機会でござるな」

「フンッ！　後で吠え面をかいても知らんぞ！」

鋏之丞と夜猿丸の視線は交錯し、火花が散った。

「では、これにてご免」

白旗と銕之丞はさっそく千賀屋へむかって、小毬屋を颯爽と出ていった。

「姐さん、俺たちも行こうぜ」

ヤスと夜猿丸もまた伊地知屋へむかって出立しようとしたが、こまりは動かぬままだった。ヤスが怪訝そうにふりかえる。

「どうした？　腹でも痛ぇのか？」

いつもは誰よりも無鉄砲に一目散に飛び出していくこまりである。

「なんだか気にかかることがあって……」

ヤスは気味が悪そうに、こまりの顔を覗き込んだ。

こまりは佐次郎が残していった米の包まれた手ぬぐいを床几の上においた。

ヤスと夜猿丸も釣られて、じっと手ぬぐいを見下ろす。

「ひょっとして、この手ぬぐいが紅蝮組の次の狙いをつきとめる鍵なのではないかしら」

「どういうわけですかい？」

夜猿丸がきょとんとする。

「佐次郎さんがあたしたちにこっそりと残した暗号だったんじゃないかってことよ」

こまりは夜猿丸に店の売りあげが消失し、金庫に佐次郎の手ぬぐいが残されていた旨を語って聞かせた。

「佐次郎さんは密かにかつての仲間たちから組に戻れと脅されていたのよ。だけど佐次郎さんにはすでにもう大事な家族がいる。今さら悪行に手を染めるわけにはいかない。だから断った」

　こまりは思いつく限りのことを口にした。

「だから紅蝮組は強硬な手段にでて、お鈴を攫ったんだな」

　ヤスが相槌を打ち、こまりはうなずく。

「きっと誰かにしゃべったり、奉行所に訴え出ればお鈴ちゃんを殺すと脅迫されていたんだわ。だから誰にもうちあけることができなかった」

　こまりは滔々と語った。

「だけど、かつての悪友で己の過去を知るヤスなら、ひょっとしたら気付いてくれるかもしれない。この手ぬぐいは佐次郎がヤスに残した助けを求める暗号なのよ」

「しかし、どんな意味があるっていうんだ？」

　ヤスは歯がゆそうに月代を掻いた。

　ふいにずっと考え込んでいた夜猿丸が口を開く。

「なんだかお市の方の袋の小豆に似ているな」

た。

こまりは藁にもすがる思いでたずね、夜猿丸は淡々と袋の小豆について説明をはじめ
「お市の方とは織田信長の妹で浅井長政に嫁いだ姫君にござる。だが織田信長は浅井家と古い同盟関係にあった朝倉家を攻め込まぬという盟約を反故にし、朝倉討伐の兵を挙げる。そして浅井軍は信長を裏切り、朝倉家と手を組み戦がはじまった。世にいう姉川の戦いじゃ」

「自分の旦那と兄が戦をはじめるだなんて難儀なものね。どっちの肩を持ったらいいのかわからないわ」

こまりはお市の方に深く同情を寄せた。

「姐さんは姫君って柄じゃねぇけどな」

「たとえ話じゃないのっ」

ヤスが茶々を入れ、こまりが怒って小競りあいをはじめると、夜猿丸は呆れつつも話を続けた。

「まぁ、信長が浅井家の裏切りを知ったのがお市の方からの密告だったのです」

「お市の方は信長を助けたのね」

「お市の方？　なあにそれ？」

「然り。とはいえ、浅井家にいるお市の方は信長に手紙を書くわけにはいかぬ。浅井家の者たちが目を光らせて見張っておるからな。親戚といえば聞こえはいいが、戦乱の世にあって、お市の方は立派な人質にござる」

夜猿丸は佐次郎が残した手ぬぐいを手にとって、よく観察した。

「お市の方は、ちょうどこの手ぬぐいのように小豆を袋にいれて両端を縛ったものを信長に渡した。これが浅井家謀反の暗示だったのじゃ」

「ええ、信長はどうしてその縛られた袋を見ただけで浅井家謀反だとわかったのかしら？」

こまりが首をかしげると夜猿丸は講談師のように話を進めた。

「ようは端と端を縛り、袋のねずみだと見立てたのだ。実に信長は朝倉・浅井両軍に挟み撃ちにされるところだったのだからな」

「つまりよ、佐次郎は俺たちのなかに裏切り者がいるって言いてえのか？」

ヤスが眉をひそめた。

「まさか。佐次郎さんと出会って日が浅いあたしたちに裏切り者なんているはずがないわ。佐次郎さんが元紅蝮組だったなんて、ヤスのほかは誰も知らなかったんだから」

「じゃあ、この手ぬぐいの米はどういう意味なんだ？　ちっともわからねぇ」

ヤスはお手上げだとでもいうように頭を抱えた。

夜猿丸も佐次郎の真意までは読みとれぬのか口を閉ざす。

こまりは諦めきれず、手ぬぐいを穴があくほどじっと凝視し続ける。

「そうね……。袋のねずみ……挟み撃ち……」

こまりの頭の中を閃きの稲光が走った。

「そうだわ！　この暗号は、やっぱり紅蝮組が次に襲撃する場所を示していたのよ！」

「なんだって！　しっかし、どこだっていうんだ。伊地知屋も千賀屋も米や小豆は扱わねえぞ」

「ならば、どちらの商家でもなく米問屋が狙われると？」

夜猿丸が目の奥を光らせた。

「米問屋なんて江戸にはいくらでもあらぁ。いちいち探してたら年が明けちまうぜ」

ヤスは半信半疑で、不満そうに口を尖らせる。

「違う。そうじゃないわ。江戸で一番お米が集まる場所といえば」

こまりは店の中から江戸の地図を大至急とってきて広げた。

「蔵前でござるか」

夜猿丸が地図を覗き込み、はっと口元に手をあてた。

蔵前は鳥越の丘を切り崩して隅田川を埋め立てて造られた地であり、幕府が天領から集めた年貢を納める米蔵がいくつも立ち並んでいる。

「そう。きっと蔵前付近よ」

「んなこと言ったって、蔵前には山ほど米蔵があるだろうが。警備だって強固なはずだ。そんな場所を襲うっていうのかよ」

「確かに蔵前は武家屋敷も多く、蔵奉行をはじめ多くの役人が目を光らせている。賊が悪さをするには不向きだ。なにせ米は我ら武士の大事な扶持でござる」

ヤスと夜猿丸はどちらも納得せず、激しく抗弁した。

だが、こまりは微塵も揺るがなかった。

「そう。だから狙いはここ」

こまりは地図の上の蔵前通りを指さし、口角をあげて断言した。

「蔵前通りにあるからくり錠を持つ商家は唐薬種問屋の伊地知屋よ」

こまりとヤス、夜猿丸たちは蔵前通りへ向かった。

三人の後ろをひじきが陽気な足どりでついてくる。

黄昏時になって夕焼けが燃えるように赤かった。

風はなく、じっとりとして蒸し暑い。

蔵前通りは日本橋・神田あたりから吉原へ向かう通りで、夕暮れ時ともなれば吉原へむかう男たちで喧噪に満ちていた。

駕籠を飛ばして吉原へ急ぐ男たちは大金を持っている。ゆえにこの辺りは物騒で物陰ともなるとよく追い剝ぎがでる治安の悪い場所でもある。

紅蝮組が狙いを定めるにもってこいの場所だ。

「しかし、伊地知屋が襲われたとしても、そこにお鈴がいるとは限らねえぞ」

ヤスが汗だくになって走りながらぼやいた。

「確かに。別の場所に捕らえられているのだとしたら厄介じゃ。佐次郎が錠前破りをし損じれば、お鈴の命はないやもしれぬ」

夜猿丸は汗ひとつ掻かずに涼しい顔で走り続けながら、淡々と恐ろしいことを口走る。

「でも、今からどうやってお鈴ちゃんの居場所まで探したらいいのか……」

こまりが頭を抱えた時である。こまりたちをあっという間に追い抜き、前方を軽快に走っていたひじきが立ち止まり、道端に落ちていたなにかをひょいっと咥えたではないか。

「ねぇ、ちょっと！　これを見て！」

こまりはひじきを抱きあげ、おどろきの声をあげた。こまりが手を伸ばすと、ひじきはおとなしく咥えていたものを離す。

「蝶々の羽根だわ！」

「あ、蝶々だぁ？」

ヤスがこまりの手のひらを覗き込む。

手のひらにちょこんと載っていたのは、菜の花色の蝶々の羽根である。

むろん本物ではなく紙でできた玩具だ。

「賢い子。きっとお鈴ちゃんが目印になるように、こっそりとちぎって落としていったのよ」

「こっちにも落ちているぞ」

しばらく先を歩いていた夜猿丸がちぎれた色紙を拾いあげる。

それは濃紅色の蝶々の羽根だった。

お鈴は己が持っていた蝶のおもちゃを少しずつちぎり、目印になるように道に落としていったのだ。

「やっぱりお鈴ちゃんも佐次郎さんの近くにいるのよ」

こまりは顔をあげて断言した。

「この蝶のかけらを拾っていけば、佐次郎さんとお鈴ちゃんにたどりつけるわ」

夜もとっぷりと深まった丑三つ時。

佐次郎は伊地知屋の屋敷に忍び込んでいた。

唐薬種問屋である伊地知屋の主人は薩摩の出で、主に砂糖を商いの種として一代でこまでの身代を築いてのしあがった希代の男であるらしい。

高価な砂糖でよほど儲けているのか蔵も大きく、どことなく屋敷全体が甘い香りに包まれているような気がした。

佐次郎は紅蝮組の一家が砂糖菓子に群がる醜い蟻に思えた。

目の前には見たこともないほど大きく頑丈なからくり錠が蔵の扉にぶらさがっている。

「こいつが例のからくり錠よ。こいつが解けなきゃ、てめぇの娘の命はねぇ。わかってるだろうな」

紅蝮組の頭である太助が残忍な笑みを浮かべ、佐次郎を脅した。

太助の隣では手下がお鈴の首に匕首（あいくち）を突きつけている。

親分の号令一つで、小さな命の灯は掻き消えるだろう。

お鈴は手ぬぐいで口を塞がれ、両手首を縛られ、恐怖でふるえたまま声もでない。

「しかし、このからくり錠はかなり難しい……」

佐次郎は錠前を目にして固唾を呑んだ。

抵抗するために、わざと仄めかしているのではない。

事実、伊地知屋の蔵の錠前は、佐次郎も過去に経験がないほど屈強で難解だった。

佐次郎はかつて紅蝮組にいたころ、土蔵破りの佐次の異名で恐れられていた。

現役だった頃、佐次郎に開けられぬ錠前など存在しなかった。

だが、足を洗って三年という月日が経った。錠前師と土蔵破りの技術はいたちごっこである。土蔵破りが蔵を暴けば、錠前師はさらに難解な鍵を造る。

技術は日進月歩で進化を続けている。

堅気になって以来、佐次郎は錠前にろくに触れてすらいない。

錠前師が日々努力を重ね、渾身の腕をふるった最新の技が暴けるかどうか。

佐次郎には自信がなかった。

だが悪道を生きる太助にそんな道理は通じない。

「できねぇ、なんて言葉は聞きたくねえ。いいか、こいつが最後だ。開けられなかったら、てめぇの娘の命はねぇ……」

お鈴は泣きつかれて涙も涸れ果て、ただ佐次郎の姿をじっとどんぐり眼(まなこ)で見つめている。

佐次郎は歯を食いしばる。

たとえ血の繋がりがなくとも、お鈴の前では立派な父親であろうとしてきた。

ゆえに、お鈴に土蔵破りをしている姿を見られるのは辛かった。

だが、ただ棒のように突っ立っているだけではお鈴の命はない。

佐次郎はお鈴に背をむけ、からくり錠を手にとった。

鉄でできたからくり錠はひんやりと冷たい。

大きな錠前には、さまざまな動物の絵が円になるように描かれており、鍵穴はどこからも見えなかった。

佐次郎の背中を冷や汗が流れていく。

「このからくり錠、お前さんはどう思う」

太助が佐次郎に問いかける。

佐次郎は動物を目で追っていく。

馬、竜、鼠、猿、蛇、犬、鳥、山羊、猪、寅、牛そして――猫。

「動物が十二頭。誰もが十二支を思い浮かべる。干支の順番通りに紋を動かしていけば鍵穴が現れるに違いないが……」

「普通に考えりゃあな。だが、おかしいだろう。この十二支には猫がいる。十二支に猫はいねぇはずだ」

「猫だけじゃない。この猪も変だ。似ているが違う生き物のようにも思える」

佐次郎は猪をじっと観察した。

その猪の絵は牙もなく、丸みが強く肥えているように見えた。

なぜ猪だけ太っているのか理解しがたい。

太助は冷酷な眼差しで告げた。

「てめぇの代わりに雇った錠前破りは誰も解けやしなかったぜ。役立たずは、みな闇に葬ったがな」

佐次郎は錠前に描かれた猫をじっと見つめた。

おそらく、このからくり錠は手段を間違えば音が鳴り響き、さらに深く鍵穴が隠される代物だ。

十二支の順番通りに動かさなければならぬならば、猫はいったい何番目に動かせばいいのか。

十二支の逸話を思い返せば、お釈迦様が十二支を決めるおふれの日にねずみに騙されて一日遅れでやってきた猫は一番最後とすべきか。

しかし、それではあまりに安直すぎて暗号にすらなっていない。

佐次郎の背中を脂汗が流れていく。

早くこの謎を解かなければ……。

しかし、焦れば焦るほど思考は鈍り、昔のような冴えや閃きは遠のいていく。

まるで底なし沼にずぶずぶと沈んでいくように身動きがとれなかった。

そんな時、ふいにお鈴がもぞもぞと動きだす。

「なんだ、最後の命乞いか。いいだろう、言ってみろ」

太助は面白がって、お鈴の手ぬぐいをほどき喋れるようにした。

お鈴は凛とした瞳で、まっすぐ佐次郎を見抜いた。

「うさぎがいないの。うさぎがいないいんだよ」

「あ？　何言ってやがる」

太助は眉をひそめ、佐次郎ははっとした。

「そうか……これは……」

佐次郎は錠前にむきなおり、前後、表裏を丹念に観察し、紋をゆっくりと動かしはじめた。

その手つきに迷いはない。

鼠、牛、寅、猫、竜、蛇、馬、山羊、猿、鶏、犬、猪――。

するといと錠前から鍵穴が現れたではないか。

「おおっ」

紅蝮組の一味たちから感嘆の声が溢れた。

「しっ。静かに。錠前破りはここからが本番だ」

佐次郎は錠前に耳をぴったりと添え、細い針金を差し込んだ。

佐次郎は神経を研ぎ澄ませ鍵穴の奥を暴いていく。

やがて、かちりと小気味のいい音がして錠前が外れた。

蔵が開いたのである。

佐次郎はほっとして、力が抜け、その場にへたり込む。

紅蝮組の一味たちが怒濤のように蔵になだれ込み、うずたかく積まれた千両箱を次々と担ぎだしはじめた。

「どうしてわかった？　猫を寅と辰の間にいれるなんざ……」

太助がつまらなそうに鼻を鳴らし、佐次郎を見下ろした。

「気づいてしまえば簡単なことさ。おそらくこの鍵前は日ノ本で作られたものじゃないんだ」

「なんだと？　異国で作られたもんだって言いてぇのか」

　太助は目を丸くする。

「おそらくな。だから俺たちの知っている干支とは畜生の種類が微妙に違うのさ」

　佐次郎は脱力しながら応えた。

「猫ばかりに気がとられていたが、この干支には卯、つまりうさぎがいない。そしてこの動物……」

　佐次郎は錠前にかかれた猪のような生き物を指さした。

「こいつもよく見れば猪じゃない。こいつは豚だ」

「豚だと？」

「その国には、うさぎや猪はいないんじゃないか。もしくは、俺たちほどは馴染みがないか。だから干支の動物が違うんだ」

　太助は考えもしなかったのか、食い入るように錠前の豚を覗き見た。

「豚は猪の代わりと考えれば、あとたりないのはうさぎだけだ。猫はうさぎの代わりだ」

　佐次郎は太助を見上げ、必死に訴えた。

「約は果たした。蔵は開いた。だから、どうかお鈴を返してくれ」

佐次郎は土下座をして地に額を擦りつけ懇願した。

だが、太助は残忍酷薄だった。冷めた瞳で佐次郎を見下ろす。

「嫌だね」

「なんだと？」

太助はうっとりと恍惚の表情を浮かべ、饒舌に語りだす。

「佐次郎。やはりお前の錠前破りの腕は最高だ。堅気に戻るなどとつれねえ言葉を口にするのはいいかげん、あきらめろ」

佐次郎は目を見開いた。

「約が違うじゃねぇか！」

佐次郎の必死の訴えに太助は聞く耳を持ちあわせていなかった。

太助は面倒くさそうにお鈴に目をやる。

「だいたい、このガキは貴様にちっとも似てねえじゃねぇか。血の繋がらねぇガキと親子ごっこをして、お前は楽しいのか？　どこが可愛いんだ？」

佐次郎は腹の底から怒りが湧いた。自分はどんなに貶められても構わない。

だが、どんな昔馴染みだろうとも、お鈴を蔑む言葉は許せない。

「やめろ。お鈴は俺の娘だ。血の繋がりなんていらない」

佐次郎の声は怒気でふるえた。

「ああ、佐次郎……。可哀想に……。お前は本当に腑抜けになっちまったんだな」

太助は心底軽蔑するように深く嘆息し、名案を思いついたとでもいうようにぽんっと手を叩いた。

「そうだ。なら、今すぐ俺が目を覚まさせてやる。手始めにこのガキを殺そう。そしてお鶴とかいう女も殺そう。すべてを失えばお前の帰ってくる場所は紅蝮組しかない。ふふっ、そうしよう」

「……ふざけんじゃねぇっ」

佐次郎は怒髪天をつく勢いで太助を怒鳴りつけた。

「お鈴とお鶴になにかしてみろっ。貴様をぶっ殺してやるっ」

佐次郎が逆上して我を忘れ、太助に飛びかかると同時に紅蝮組の手下たちが佐次郎を押さえつける。

佐次郎は野生の狼のごとく咆哮し、手下たちを次々と投げ飛ばしていく。

「なんだ、俺に逆らうのか。佐次よ、とても残念だ。俺たちはわかりあえると思っていたのに」

太助はドスの利いた低い声で手下に命じた。

「その娘を殺せ――……」

だが、その時である。

「火盗改メである！　神妙に縛につけ！」

「なんだとっ」

鋏之丞たち、火盗改メの一団がその場になだれ込む。

現場は混乱し、乱闘になった。

その隙を突いて、佐次郎はお鈴に手をかけようとする手下に飛びかかる。

手下の匕首が佐次郎の頰を裂くと同時に、佐次郎はこぶしで豪快に相手を殴り飛ばした。

「おっとうっ！」

「お鈴っ」

お鈴が大粒の涙をこぼしながら、佐次郎の腕のなかに飛び込んでいく。

佐次郎は小さな我が子を強く抱きしめた。

「佐次郎さん、大丈夫？」

火盗改メが乱入すると、こまりたちも佐次郎のもとへ駆けつけた。

盗賊たちは蜘蛛の子を散らすように逃げていき、ほとんどが火盗改メに捕縛された。

残党狩りで一網打尽となるのもまもなくだろう。

佐次郎は頬がぱっくりと切れて血が溢れている。

お鈴は佐次郎の怪我を見て、今にも卒倒しそうなほど青ざめた。

こまりは慌てて手ぬぐいをとりだし、佐次郎の頬にあてて止血した。

頬はすでにある古傷と重なって二重の線となっていた。

「たいしたことないさ。こんな傷、舐めればなおる」

「舐めるって、こんなところまで舌が届くわけないじゃない。なるべく早く医者に見せたほうがいいわ」

こまりは呆れた。

出血は派手だが、佐次郎も軽口を叩く程度の元気はあるようだった。

興奮のあまり痛みもさして感じていないのやもしれぬ。

「おっとう……、おっとう〜……」

お鈴が佐次郎の胸に顔をうずめて、ぼろぼろと涙をこぼしながらしがみつく。

「お鈴、大丈夫か？　痛いところはないか？」

佐次郎は自分の傷などそっちのけで、お鈴の身体を労わった。

お鈴は泣きじゃくりながらも。こくこくと幾度も強く頷いた。

「よかった……」

佐次郎はほっと胸を撫でおろす。

「しかし、助けに来てくれて助かりました。火盗改〆まで駆けつけてくれるとは」

こまりは伊地知屋が狙われているとわかってすぐ、銕之丞たちに知らせるため夜猿丸の相棒白夜丸(びゃくやまる)――まるまるとした愛らしい白梟(しろふくろう)に密書を飛ばしてもらったのである。

千賀屋を張っていた銕之丞たちはすぐ駆けつけて来たというわけだ。

「佐次郎さんとお鈴ちゃんのおかげよ。手ぬぐいの暗号と蝶々を残してくれたから」

「お鈴が？」

佐次郎は、お鈴までもが目印を残しておいたことにおどろいて、目を瞬く。

「まったく似たもの親子なんだから」

「おっとう。お鈴の蝶々、なくなっちゃった……。一番のお気に入りだったのに……」

お鈴が涙声で太い腕に顔をうずめると、佐次郎の顔がくずれていく。

「ああ、蝶々ならいくらでも新しいのを買ってやろうとも。蝶々はお鈴の命を救ってくれたのだからな」

佐次郎はお鈴の頭を大きな手のひらで撫で、こまりはほほえましく睦まじい親子をながめた。

「まったく佐次郎さんは娘には本当に甘いんだから」

だが、そんな大団円に水を差す冷たい声が響いた。

「なぁ、兄貴。俺はお前の実の弟だぜ。血の繋がらねえガキより、血の繋がりのある弟を捨てるのかよ」

恨めしげな声で嘆いたのは紅蝮組の頭、太助だ。

火盗改メに捕らえられ、すでに両腕を縄で縛られているが、佐次郎を見つめる昏い目には色濃い怨嗟の炎が燃え盛っている。

太助はか細い声で佐次郎に訴えかける。

「辛かったよなぁ、ガキのころはよ……。飢饉で食べるもんもなくて……。俺ひとり、口べらしで山に捨てられることになってよぉ……」

佐次郎はお鈴を抱きしめたまま、きつく唇を噛みしめる。

「山奥で親父に絞殺されそうになった時、兄貴は俺を助けてくれたじゃないか。二人で遠くへ逃げようって……連れだしてくれたじゃないか」

太助は感情を剝きだしにして、涙ながらに絶叫した。

「中途半端に捨てるなら、どうしてあの時、俺を見殺しにしなかったんだ！　今さら独りぼっちになるくらいなら、あの時、死んじまえばよかったんだ！」

佐次郎が口を閉ざしたままでいると太助はがっくりと項垂(うなだ)れる。

「考えてもみろよぉ……。兄貴が父親になんかなれるわけねぇ。俺たちゃ、親の愛なんか知らねえじゃねえか。口べらしだって実の親に殺されかけて逃げたんだ。どうやって子供を育てるっていうんだよぉ……」

「太助……」

「俺は奪うことと奪われることしか知らねえ。兄貴だって、そうじゃねえのか。ずっと一緒にそうしてきたじゃねえか。なんで堅気になんかなっちまうんだよ……」

佐次郎は悲しげに目を伏せる。

「太助……。お前の言う通りだ。だけど、お前よりちょっとだけ長く生きているから、俺は少しだけ親の愛ってもんを知ってる」

佐次郎はお鈴を抱く腕に力を込めた。

「おっとうもおっかあも最後まで悩んでいた。どうにか口べらしせずに、兄弟全員、生きられぬものかと。ずっと悩んで泣いていたんだ」

「うるさい！　うるさい！　うるさい！」

太助は頭をふって絶叫した。耳を塞ぎたくとも両腕には縄がかけられている。

「今さら綺麗ごとなんざ、聞きたくもねぇ！」

　太助は強く暴れ、鋏之丞たちにとりおさえられる。

「このガキが兄貴にとってそんなに大事なら、俺がいつか殺してやる。兄貴の大事なものは全部、俺が壊してやるっ」

　太助の暗い瞳から一筋の涙がこぼれ落ちていく。

「そうしたら、また俺だけの兄貴に戻ってくれるだろ……？」

　こまりはつかつかと歩みよると太助の頬を張った。

「なにしやがるっ」

「この意気地無しの臆病者がっ」

　こまりは声を張りあげて、太助をどやしつけた。

「あのね、佐次郎さんは誰がなんといおうとお鈴ちゃんの立派な父親よ。知りもしないくせに悪く言わないでちょうだいっ」

「誰だ、てめぇは！　俺は誰よりも兄貴のことなんざ、見てきて知ってるんだっ。口を挟むんじゃねぇっ」

　こまりは懸命に太助に語りかけた。

「佐次郎さんはね、食の細いお鈴ちゃんに食べさせるために苦手な料理も一生懸命鍛錬してきたのよ。そんないい父親、どこを探したっていないわよ」

「兄貴が……料理だって？」

太助は目を見開き、耳を疑った。

「そうよ。たまごだってはじめはろくに割れないし、焼かせれば焦がしてばっかりだし、れんこんの皮を剝くのだってひどいもんだったんだから。だけど、お鈴ちゃんのために必死でがんばったのよ。佐次郎さんはもう立派なお鈴ちゃんの父親なの」

「アーハッハッハ！　兄貴が手料理とはおかしすぎて腹がよじれるぜ」

太助は、なにがおかしいのか声を張りあげて呵々大笑した。

「……兄貴はずっと包丁が怖かったんだ。俺が間引かれるとき、兄貴は家にあった包丁で咄嗟に親父を刺して俺を助けてくれた。それ以来、兄貴は包丁を見ると眩暈がして、料理なんざできねぇはずだったんだ……」

錠前破りで手先が器用のはずの佐次郎が料理だけはからきしだったのは理由があったのだ。

「そうか……。兄貴があのガキのために料理をね……」

太助は観念して、ぐったりと力なくうなだれる。

「兄貴は本当に自分の居場所を見つけたんだな……」

太助はそっと目を伏せた。

「すまん、太助……。俺ばかりが逃げて……。太助も一緒に足を洗うべきだったんだ」

佐次郎が声をふるわせると太助は小さく頭をふった。

「気色の悪い冗談はよせや。俺の居場所はこの紅蝮組よ。かわいい子分どもが俺の子供みてぇなもんさ」

銕之丞に引き立てられ、太助は唾を吐いて去っていく。だが、もはや威勢はなく、まるく縮こまった背中はどこか物悲しい哀愁が漂っていた。

お鈴は佐次郎にしがみついたまま、傷のない片頰をぺちぺちと叩き、目を輝かせて甘えた声を発した。

「おっとう、お腹すいた。おっとうの手料理、食べたい!」

「そうかぁ。おっとうはお鈴のためにごはん、たくさん作るぞ。これからたくさん作るからなぁ」

佐次郎は涙で声をふるわせて、お鈴に頰を寄せた。

日を改めて、小毬屋では佐次郎の料理お披露目会が開かれていた。

天高く入道雲が広がる晴天の日であった。

小毬屋には、お鶴とお鈴の姿があった。

お鈴は新しく買ってもらった蝶々のおもちゃをふりまわして、楽しそうに遊んでいる。

「さ、できたぞ。口に合うといいんだが」

佐次郎はできたての源氏たまごをふたりの家族の前におく。

これまでで一番の会心の出来だった。

お鈴は皿を覗き込んで、感嘆の声をあげて飛び跳ねる。

「うわあ、かわいい。お花みたい」

「本当、綺麗なお花が咲いているみたいね。きっと蝶々も喜ぶわよ」

お鶴も目を細めて、やさしく微笑んだ。

佐次郎が小皿にとりわけて、お鈴たちに手渡す。

包丁を握る手つきはいまだにおぼつかないが、こまりが目を見張るほどめきめきと上達している。

お鈴はおもちゃの蝶々を源氏たまごの花に寄り添わせた。

「蝶々さん、ごはんおいしいねぇ」

「ほら、蝶々と一緒にお鈴もお食べ」

「うん！」

佐次郎がうながすとお鈴はにっかりと白い歯を見せて笑った。

食が細いという言葉が嘘のように、お鈴はにぎり箸で源氏たまごにかじりつく。

「おいしい！　お鈴、蝶々になったみたい！」

「そうかぁ。蝶々とおなじごはんを食べてるもんなぁ、お鈴は」

佐次郎の頬がゆるみきっている。

怪我もすっかりよくなって、古傷と新しい傷が寄り添うように並んでいた。

お鈴はもう佐次郎の顔の傷も怖くないようだ。

「おかわり！」

「もちろんだ。いっぱいあるからたくさん食べるんだぞ」

お鈴が綺麗にたいらげた皿に佐次郎はふたたび源氏たまごを一切れ載せる。お鈴は目を輝かせてかじった。

「お鈴がこんなにうれしそうにれんこんを食べるなんて……」

お鈴の旺盛な食欲に佐次郎は目をうるませている。

やはり料理の習得に源氏たまごを選んだのは大当たりだった。

お鶴もおどろきを隠せずに、お鈴の食べっぷりを呆気にとられてながめている。

「おっかあも食べて」

「はいはい」

お鈴に箸が止まっていることをたしなめられ、お鶴はやさしく微笑んで小さな口でかじる。

「あら、れんこんがしゃきしゃきして、たまごの甘味もあって本当に美味しいわ。ふふふ、あたしより料理が上手よ」

「お鶴……今回の騒動は迷惑をかけて悪かった……」

佐次郎はお鶴の隣に腰を下ろし、ぽつりとつぶやいた。

お鶴は小首をかしげて、佐次郎を見上げた。

「あなたのせいじゃないわ」

佐次郎は思い詰めた顔で、握ったこぶしをわなわなとふるわせた。

「いや、俺のせいなんだ。俺は紅蝮組の残党なんだ。いくら堅気に戻ったところで、また今回のようにお鶴やお鈴に迷惑をかけないとも限らない。俺はお前たちの前から姿を消したほうがいい……」

「あたし、本当は知ってました」

お鶴は前をむいて、凛とした声音で告白した。

「あなたが凶状持ちだってこと。何度かあなたの弟さんから文をもらったことがあるの。

あなたとは別れてくれって。住む世界が違うからと文には書いてありました。生い立ちのことも、あなたがかつて父親を刺したことも……」

佐次郎は目を見開いた。

「じゃあ、どうして今まで黙っていたんだ……」

お鶴は強いまなざしで佐次郎を見つめた。

「あなたが好きだから……。過去のことはよく知らないけれど、今のあなたとこれからも一緒に生きていきたいの。あたしもお鈴も、この子も……」

お鶴はそうささやいて、己の腹を撫でた。

「お鶴、もしかして……」

佐次郎は目を見開く。お鶴はにっこりと微笑んで、佐次郎の手をとってお腹に触れさせた。

「これからも、どうかお鈴とこの子のおっとうでいてください」

「お鈴ちゃん、こっちにもいいものがあるわよっ」

こまりは店の外からほがらかにお鈴を呼んだ。

「なあに、こまりちゃん」

お鈴は蝶の玩具を握りしめてやってきて、ふしぎそうに細長い竹を組みあわせたからくりの装置を見上げた。

「これはあたしが発明したからくり。そうめん流しよ」

こまりは、えへんと胸を張った。

真っ二つに割った竹を長く伸ばし、常に水のたまった鹿威(ししおど)しのように斜めに固定して、水と一緒にそうめんを流すのである。

高い位置の先端には、ヤスがざると柄杓を持って構えており、次々と井戸水とそうめんを流していく。

「おら。次、いくぞ」

「よっ、ほっ」

銕之丞が素早く流れていく麺を掴もうとしたが、そうめんは無惨にも箸の隙間を滑り落ちていく。

滑り切った竹の道の底にもざるがおかれており、そこに待ち構えていたひじきがぱくりとそうめんを食べた。

「くっ。なかなか難しいぞっ」

銕之丞は悔しそうに歯噛みをして地団駄を踏む。

こまりは陽気に笑った。

「情けないわねぇ。剣の達人なんだから真剣白刃取りみたいにして頑張ってよ」

「いや、無茶を言うな。全然違うぞっ」

錬之丞が顔を真っ赤にして吠えると同時にふたたび麵が錬之丞の箸の隙間を滑り落ちていく。

「くそっ。もう一度だっ」

「へー、へー」

ヤスが気怠そうにもう一度そうめんを流すと、今度は錬之丞の手前にいた白旗がごっそりとそうめんの束を箸でさらっていった。

白旗はつゆの入った碗にそうめんをさっと浸すと、これみよがしに豪快にすすった。

「ああ、旨い旨い。暑い夏の日に井戸水で冷えたそうめんは格別ですな」

「くそっ。ずるいぞ、白旗っ！　その麵は俺様が狙っていたのだぞっ」

「さっさととらぬのが悪いのです。早い者勝ちというもの」

錬之丞は子供のように喚き散らしたが、白旗は会話も流しそうめんのごとく流して相手にしなかった。

こまりが二人の様子を見てけらけらと笑っていると、お鈴は目を輝かせて、手をあげる。

「こまりちゃん！　あたしもやりたい！」

「はい、どうぞ」

　こまりはかがんで、つゆの入った碗と箸をお鈴に手渡した。

「そんじゃ、また流すぜ」

　ヤスの掛け声とともにふたたびそうめんが竹の台を伝って流れていく。

　お鈴は懸命に箸を使ってそうめんを摑もうとするが、やはり子供にはまだ難しく、うまく摑めぬまま、あっという間にそうめんは流れ落ちていった。

「あ〜っ、くやしいっ」

「どれどれ、おっとうが手伝ってやろうな」

　佐次郎がやってきてお鈴の背にまわる。

　お鈴の小さな手に佐次郎の大きな手が添えられた。

　介添えの甲斐があって、お鈴はそうめんをなんとか捕まえ、うれしそうに口いっぱいにそうめんをすすった。

「おっとう」

「どうした、お鈴？」

お鈴は佐次郎を見上げた。

「これからもずっとお鈴たちと一緒にいてくれる？　前のおっとうみたいに、いなくなったりしない？」

お鈴の目が不安げに揺れている。

佐次郎は目に涙を溜めて、くしゃくしゃとお鈴の頭を撫でた。

「ああ、ずっと一緒にいる。約束だ」

「ん。約束ね！」

お鈴は満面の笑みでちゅるんと小気味のいい音を立てて、ふたたびそうめんを頰張った。

こまりは親子の背中を微笑ましくながめて、追加の具材の載ったざるをヤスに手渡した。

「次もどんどん流すわよー」

こまりとヤスはふたりがかりで次々と竹の上に具材を流す。

「西瓜(すいか)だ！」

「ちくわも流れてきたぞ！」

「くそっ、うまくつかめんぞ。白旗っ、横どりするなっ」

「おや、うずらのたまごですか。なるほど、よく冷えていて美味ですな」

こまりが新しい具材を流すと皆、我先に摑みとろうとやいのやいの大騒ぎとなった。

お鈴も西瓜を掬い、誇らしげに食べている。

みんなでわいわい遊びながら食事をすれば、お鈴もはしゃいで苦手なものなどすっかり頭から吹き飛んでしまったようだ。

こまりの策の大当たりである。

「お鈴ちゃん、えらいじゃない。苦手な食べ物もちゃんと食べてるみたいね」

こまりがにこやかに問いかけると、お鈴はこまりのそばに近づいてきて袖をくいっと引いた。

「どうしたの、お鈴ちゃん」

こまりが膝をかがめて耳を寄せると、お鈴はませた顔でにこにこと笑って、そっと耳打ちした。

「あのね、お鈴、もうすぐお姉ちゃんになるの。だから、これからは子供みたいに好き嫌いなんて言ってられないんだ」

第二献　鴨獲りの呼吸

季節はめぐり、すすきの穂が重たげな頭を下げて涼風に揺れる頃合いのこと。

夜空には望月がぽっかりと浮かぶ絶好のお月見日和である。

小毬屋でも月見酒で風流を味わう酔客たちが高らかに笑い声をあげ、宴を楽しんでいた。

今宵のおすすめの逸品は里芋を串に刺して焼き、味噌ダレをかけた月見団子風の里芋焼き。しいたけのかさの内側に醤油と酒で下味をつけ、うずらのたまごを割り入れて焼いた月見しいたけである。

「ん〜、どれも絶品じゃの」

「しいたけの香ばしさがたまりませんな」

馴染みの玄哲と佐次郎がひとつの床几に相席し、舌鼓を打つ。

「十五夜といえば月見だんごじゃが、拙僧は小毬屋の里芋焼きのほうがいいのう。酒が進んで呑みすぎるわい」

玄哲は空になった徳利を覗き込み、こまりに即座におかわりを頼んだ。玄哲は花より団子、月見より酒であるらしい。

「そういえば近頃は火盗改メの連中をとんと見かけませんな」

中秋の名月をながめていた佐次郎がふいにつぶやいた。

佐次郎はお鈴をかどわかされた事件以来、火盗改メに心酔しているのだった。

「以前の事件の礼を言いたかったんだが」

「そういえば鋏之丞も白旗さんも近頃はとんと顔を見ないわねぇ。どうにも最近忙しいみたいよ」

こまりは徳利になみなみと酒をそそぎ、玄哲に手渡す。

「火盗改メが忙しいとは物騒じゃのぅ。奴らは常に暇を持てあまし、酔っぱらってくだを巻いてるくらいが丁度いいんじゃが」

玄哲が眉をひそめてつぶやいた時である。

突如、カン高い半鐘が鳴り響いた。

「あら、火事だわ」

こまりは耳をそばだてた。客たちも何事かとざわめきだす。

半鐘は鳴りやむことなく乱打されていた。

「姐さん、こりゃ近いぞっ」

鐘の音を聞きつけて、ヤスが厨からすっ飛んできた。

半鐘の打ち方には定めがある。

遠い火事の知らせの場合は一打してからやや間がおかれる。

カンカンと二度打ちされた場合は大火のおそれ、そして近火の場合は乱打である。

ヤスは素早く客の膝の上で寝こけていたひじきを抱きあげ、脇にかかえた。

「みんな、早く逃げましょう。お代はツケで結構よ」

こまりは大事な帳簿を抱えて、客たちに一気に声をかけた。

慌てて外にでると、こまりは裏手の井戸に分厚い帳簿を投げ入れる。

帳簿は水に強い和紙でできており、火災の際は大事な帳簿が焼けないよう井戸へ投げこむことが多かった。

「火元はどこかしら」

こまりは小走りで火除け地にむかいながら、ヤスに聞いた。

火除け地は玄哲が住職を務める投げこみ寺の近くにある空き地で、火事の際には逃げる決まりとなっていた。

「さあな。半鐘の音からするとかなり近いが、月明りだけじゃなにもわからねぇな」

　ヤスは周囲を見渡しながら首を捻った。

纏(まとい)を持った町火消しが駆けていく姿もなければ、空高く昇っていく黒煙も見当たらない。近場の火事ならば風に乗って焼け焦げる臭いが流れてきてもよさそうなものだが。

「しかし、心配じゃな。今日はからっとした秋晴れで風も強い。一度、燃え広がったら歯止めがきかなくなりそうだ」

　玄哲が眉をひそめた。両手にはちゃっかりと徳利と里芋の串焼きがにぎられている。

「お鶴やお鈴も無事に逃げているといいんだが……」

　佐次郎が真っ青な顔で独り言ちる。佐次郎にとっては長屋に残してきた身重の妻と幼い娘が心配でたまらぬのだった。

　ふらりと気晴らしに呑みに出たことを悔やんでいるに違いない。

　こまりたちはすぐに火除け地までたどりついた。たとえ火災が燃え広がったとしても、この場にいれば延焼に巻きこまれるおそれはない。

「それにしても最近、火事が多いな」

ヤスは苛立った調子でぼやく。

手持無沙汰で貧乏ゆすりが止まらぬようだ。

「昨日も一昨日も半鐘の音がしてたじゃねぇか。今日ほど近くはねぇけどよ」

「そうね。たしかに最近、半鐘の音をよく聞く気がするわ」

こまりは浅草界隈が燃え広がるありさまを想像してふるえあがる。

「文月にも麻布で大火があったばかりですしねぇ」

佐次郎が大きな身体を縮めるようにして相槌を打つ。

麻布笄橋から出火した火事は、赤坂、麴町、番町、飯田町、小川町などへ延焼し、多くの人々が焼けだされ、今も困窮している者たちであふれていると聞く。

もし栄蔵から受けついだ大切な小毬屋が火に呑まれて灰燼に帰してしまったら、こまりもヤスも路頭に迷うことになる。

「おそろしいわね。小毬屋も火の始末は気をつけないと」

こまりはひどい不安に駆られながらつぶやいた。

「こまり殿っ」

その時、闇夜の中を駆け抜けてきたのは鋏之丞たち火盗改メの一団だった。

「あら、鋏之丞じゃない。どうしたの。今出番なのは火消しであって千人斬りの剣客じゃないわよ」

「こちらに怪しい風体の者どもがやってこなかったか」

鋏之丞は真剣な面持ちで開口一番にたずねた。

こまりの軽口につきあう余裕もないらしい。

火盗改メの一団の殺気だったただならぬ様子に、こまりは固唾を呑んだ。

「あたしたちのほかは誰もこなかったけど……」

「くそっ。またとり逃がしたかっ」

鋏之丞が悔しそうに地団駄を踏む。

「まさか付け火でもあったの？」

こまりが血相を変えてたずねる。

火事があり、火盗改メが出張っているとなれば、火災は失火ではなく放火とみたほうが妥当である。

「我々が追っているのは風神雷神にござる」

鋏之丞の一歩後ろにいた白旗が冷静にこたえた。

「風神雷神？」

こまりは耳慣れぬ言葉にきょとんとする。

鋏之丞が苦虫を嚙み潰したような顔で説明した。

「近頃、江戸を騒がせている賊じゃ。二人組の盗賊で双子の兄の風伯が火事を偽装する騒ぎをおこし、その隙をついて弟の雷公が商家から金品を奪う」

「ええっ、じゃあ、さっきの火事騒ぎは偽りだったってこと？」

鋏之丞の話を聞き終わる前に、こまりはおどろきの声をあげた。

「姐さん、こりゃ一大事だ。早く店に戻るぞっ」

ヤスも大慌てで、すっ飛んでいく。ふたりは急いで小毬屋へ戻った。

突然の火事では、手に持って逃げられる貴重品は限られる。

こまりは急ぎ裏手の井戸から帳簿を引っ張りあげた。

月末や年末の掛け払いの形が多いこの時代で帳簿はとても大切なものだ。

「よかった……。大福帳は無事みたい。さすが水に強い紙でできているだけあるわ」

こまりは水に濡れた帳面をながめて安堵の息を漏らす。

全身の力が抜けて、へなへなとその場にへたりこんだ。

「皿や椀、調理道具も盗まれた形跡はなさそうだぜ」

ヤスも厨を見渡して、ほっと息をついた。

ひじきも自分の餌皿を咥えて、うれしそうに跳ねまわっている。

金庫も売りあげも無事だった。

「どうやら風神雷神の魔の手からは逃れられたみたいね」

「そりゃそうじゃ。風神雷神のような賊が小毬屋のようなちっぽけな店を狙うわけがなかろう」

「なんですって」

ふいに第三者の野太い声がして、こまりは肝を潰した。

鋏之丞が追ってきたのかとふりむけば、見知らぬ男が小上がりに座っていた。

男はあぐらをかき、ふてぶてしくふんぞり返っている。

「風神雷神の狙いはこの近くの呉服屋だろう。なにせあそこは大店だからな」

男は卓の上に残っていた月見しいたけを豪快にほおばり、咀嚼した。

「む。こりゃ冷めていると味も半減だのう。焼きたてが食べたいものじゃ」

「あなた誰？　まさか風神雷神の一味？」

こまりは思わず身構えた。

男は襤褸(ぼろ)の常袴を身にまとった恰幅のいい大柄で、縮れ髪をした山賊の親玉のような風体であった。

「ああ？　俺の名は近藤重蔵守重(こんどうじゅうぞうもりしげ)。火盗改〆の期待の新人よ」

男は威風堂々と名乗りをあげ、客が残した酒を豪快に呷った。

「自分から期待の新人とかいう？　本当に火盗改〆なの？」

こまりは半信半疑で男を凝視する。

「ただの火事場泥棒なんじゃねぇか？　自身番に突き出すか？」

ヤスも胡散臭そうに重蔵をにらんだ。

「お、こりゃうまそうな里芋だな」

重蔵はこまりとヤスににらまれても屁でもないというように正々堂々とつまみぐいを続けている。

「ちょっと味が濃くねぇか？　芋食ったら喉が渇いちまったな。女ァ、酒のおかわりを頼む」

重蔵が空の徳利を突き出したものだから、こまりは呆れた。

「あんたねぇ……」

「おい、重蔵ッ！　こんなところでなに油を売っているッ」

その時、小毬屋に銕之丞が駆けこんできて重蔵を怒鳴りつけた。

重蔵はどこ吹く風で、銕之丞とは眼もあわせず耳の穴を小指でほじっている。

「貴様が足なみをそろえぬから、また風神雷神をとり逃がしたではないかっ」

銕之丞は烈火のごとく顔を真っ赤にして怒り心頭である。

だが重蔵は歯牙にもかけぬという調子で銕之丞を嘲笑った。

「いやぁ、坊ちゃんのいきつけの居酒屋が近くにあるって聞いたので、こうして留守を守っていたんじゃありませんか」

「坊ちゃんって呼ぶな!」

銕之丞が地鳴りのような声で怒鳴ったが重蔵はどこ吹く風で飄々としている。

「坊ちゃんは坊ちゃんでしょう。しかし、坊ちゃんらしくお高い店に足を運んでいると思えば、このような安普請の庶民の店とは。俺のような貧乏人でも通えそうですな」

「なにをっ。小毬屋を先に見つけたのは俺様だぞっ。貴様などお呼びでないわっ」

「まぁ、そうかりかりしなさんな。いきつけの店がおなじでもいいじゃねぇか」

「ふざけるな! 貴様と顔をあわせたら酒がまずくなるだろうがっ」

「ずいぶんとひどい言い草をしなさるねぇ」

銕之丞と重蔵は火花を散らしあい一触即発でにらみあっている。

「ねぇ、ちょっと。あの荒くれ者は本当に火盗改メなの? ずいぶんと銕之丞とは険悪そうだけど……」

こまりは店の入り口に背をあずけてのうのうとことのなりゆきを見守っていた白旗に

駆けよってたずねた。白旗は思わず苦笑を漏らす。

「ええ、あの男は近頃、火盗改メに加わった近藤重蔵という者です。御家人の軽輩者ながら御先手組与力として出仕していたところ、文武に優れ、次々と難事件を解決に導き、能力を買われて火盗改メに大抜擢された男です」

「まぁ、すごい人なのね。銕之丞とは犬猿の仲みたいだけど……」

こまりは目を瞬いた。

そもそも武家社会はなんといっても血筋がものをいう世襲制である。身分の低い者が才を認められて大抜擢されるなど前代未聞である。重蔵は荒くれ者ながら、よほどの切れ者であるに違いない。

しかし、銕之丞と重蔵は顔をあわせてからずっと罵詈雑言の嵐が飛びかっている。

「どうにも水と油といいますか、そりがあわぬようで……」

白旗は犬猿の仲のふたりを仲裁するわけでもなく、ただにやにやと静観しているだけだった。白旗は淡々と論じる。

「重蔵殿もここまで登りつめるには相当な艱難辛苦があったご様子。銕之丞などは苦労知らずの親の七光りに映るのでしょうな」

こまりはピンときた。白旗はこの事態を完全におもしろがっている。

「白旗さんはどっちの味方なの？」

「拙者は中立。どちらの味方でもありませぬ。ふたりが手をにぎりあえば、火盗改メは鬼に金棒だとは思いますがね。はてさて、どうなることやら」

こまりが呆れてたずねるも、白旗はどこまでも白々としている。

つきあいの長い銕之丞の肩を持つ気は更々ないようで、どうにも腹の底が知れぬ男だ。

誰も止めに入らぬまま、ふたりの喧嘩は次第に盛りあがっていく。

「重蔵！　それは俺様が小毬屋に持ちこんだ座布団だぞっ！　俺様の座布団を勝手に使うとはなにごとだっ」

「まぁ、けちけちしなさんな、坊ちゃん。へるもんじゃねぇし、いいじゃねぇか」

「いいや、へるっ。貴様の汚い尻の厚みで潰れるだろうがっ」

激しい音とともに銕之丞と重蔵のとっくみあいの喧嘩がはじまった。

「なにをするかっ」

「うおっ！」

銕之丞は重蔵に軽々と投げ飛ばされ、激しい音とともに障子戸に大きな穴があく。

こまりは怒りでわなわなとふるえた。

「あんたたち、いいかげん、出ていってーっ！」

こまりは怒髪天をつく勢いで、銕之丞と重蔵を小毬屋から締めだした。

その後も神出鬼没の風神雷神は破竹の勢いで江戸を喧噪の渦に巻きこんだ。

品川や吉原、銀座、八丁堀、霊厳島、芝、目黒など様々な場所が半鐘の音に翻弄され、江戸の人々をたちまち混乱に陥れた。

小毬屋にも時折、遠くから半鐘のけたたましい音が聞こえてきた。

「ふぁ……。眠たい……。風神雷神騒ぎのせいで寝不足よ……」

こまりは仕込みの包丁を握る手を止め、大きなあくびをした。

昨夜も近所で風神雷神の騒ぎがあり、すっかり熟睡していた丑三つ時に半鐘の甲高い音で飛び起こされた。

騒動が落ち着いてから仮眠をとったが寝た気がしない。

「昨日はせっかく幻の銘酒を呑む夢を見ていたのに……。これからってところで起こされて……っ。風神雷神の奴ら、許せないわ」

こまりは宙をにらみつける。

小毬屋から逃げた現(うつつ)よりもいい夢を邪魔された時のほうがはるかに怒りが大きかった。

しかし、今は眠くて眠くて、どうにもまぶたが重たい。

このままではうっかり指を切り落としそうだ。

「そうだ。眠気覚ましに一杯、ひっかけましょう」

こまりは包丁をおき、湯呑みにたっぷりと酒をそそいだ。

「ぷはーっ。これこれ。幻の銘酒にはほど遠いけど、やっぱり現の安酒が一番効くわね」

その時、勝手口からヤスが入ってきた。

買いだしから帰ってきたヤスの持つ籠（かご）には鴨肉、かぶ、長ねぎ、春菊などたくさんの食材が入っている。その横には桶で水に浸かったうどんもあった。

「おい、今日の瓦版読んだか」

「なになに。また風神雷神？」

「おうよ。しかも、昨晩の捕り物帖はすごかったらしいぜ」

こまりはヤスから瓦版を受けとって、黙々と読んだ。

近頃の瓦版は風神雷神の話題一色だ。

「こりゃ、また鋏之丞たちも立つ瀬がないわねぇ」

こまりは瓦版の記事を読み、火盗改メに深く同情した。

記事は風神雷神の身軽さと聡明さをおもしろおかしく褒めたたえており、一向に捕縛できぬ火盗改メの無能さをさりげなく批判しているものだった。

「毎晩のごとく風神雷神が現れてるっていうのに、火盗改メの連中が一向に捕まえねぇから、みな苛立ってるみたいだな」

ヤスは包丁を手にとり、こまりが放りだした仕込みの続きをこなしはじめる。

「そりゃ昼夜とわず、いたずらに半鐘を鳴らされたらたまったものじゃないわ」

こまりは、たっぷりと酒をあじわいながらつぶやいた。

「おかげですっかり寝不足よ。見て、この目の下のひどい隈。美人がだいなしよ」

「寝不足だろうがよ、店の仕込みを放りだして酒をかっくらう奴があるか」

「痛っ」

ヤスは、憂さ晴らしに酒を呷るこまりの額を指先で弾く。

風神雷神の騒ぎを江戸の庶民たちは娯楽として享受している反面、少しでも火事騒ぎに巻きこまれた者たちははた迷惑だと鬱憤も溜めこんでいた。

ひとたび急な火事となれば商いをしていようが寝ていようが、江戸の庶民たちは着の身着のまま逃げ出さなければならない。

騒動が続けば続くほど水面下では苛立ちがつのり、怒りの矛先は火盗改メへとむかっている。

「そのうち半鐘が鳴っても誰も信じなくなるんじゃねぇか？　現に吉原じゃ、どうせ風神雷神の仕業だと決めつけて、ろくに逃げなかった見世も多かったらしいぜ」

「半鐘が鳴っても誰も逃げないの？　本当に火事だったら、それこそ大変よ。大勢の人が煙に呑まれて死んでしまうわ」

こまりは思わず声を荒らげた。

風神雷神の騒動ではまだ死者こそ出ていないものの、本当の火災が起き、油断した大勢の人間が逃げ遅れたらとりかえしがつかない。

「なんとかして風神雷神を捕まえる方法はないかしら」

「おい、そいつぁ、火盗改メの仕事だろうが。また余計なことに首つっこんでねぇで、仕込みを手伝いやがれ」

「だって、また幻の銘酒を浴びるように呑む夢を邪魔されたらたまったもんじゃないわ！」

こまりが必死に訴えた時、店の戸が開き、噂の火盗改メの連中——銕之丞、白旗、重蔵がやってきた。

「あら、まだ日も高いのにめずらしいわね」

こまりはふりかえって微笑んだ。

「ひょっとして昼間から酒で憂さを晴らそうってわけ？」

「いや、今回は小毬屋で昼餉を馳走になりたいのだ。だめだろうか」

「あら、お酒はいいの？　まだ仕込みの最中だからまかない程度のものでよければかまわないけど……」

「そう。じゃあ、昨日の残りものだけど里芋のにっころがしと味噌汁でも……。って、あんたたち、どうしたのそれ？」

こまりは驚愕して、銕之丞と重蔵の足もとをみた。

なんとふたりの足首が荒縄できつく結ばれていたのである。

銕之丞と重蔵はたがいにそっぽをむいたまま、口を利こうともしない。

「ぶっ。くくくっ」

ついに耐えかねて、白旗が口をおさえて忍び笑いをもらしはじめる。

「白旗、笑うな！」

銕之丞は顔を真っ赤にして叫んだ。

「どういうこと？」

こまりは白旗を見つめた。白旗は笑いすぎて目尻にうっすらと浮かぶ涙を筋張った指先でぬぐう。

「いやですね、こまり殿も瓦版で我らの醜聞は聞きおよんでいると思いますが」

「そうね。風神雷神が捕まえられなくて苦戦してるみたいね」

「我らも忸怩(じくじ)たる思いがあるのですが」

白旗は黙りこくっている銕之丞と重蔵の顔をちらりと盗み見た。

「実は昨晩の大捕り物でふたりがやらかしましてね」

「俺様は悪くないぞ、右だといったのに重蔵が左に突っ込んできたんじゃ！」

「なにをおっしゃいますか。坊ちゃんが勝手に俺の足を踏みつけたんじゃろう」

ふたりの見苦しい言いわけに白旗は肩をすくめた。

「なんといっても風神雷神は双子の賊でまさに以心伝心。息ぴったりの絶妙な連携技に我らは翻弄され続けておりまして」

「仲違いしたままのふたりじゃ、以心伝心どころか会話もままならないわね。勝てるわけないわ」

こまりはすっかり呆れた。

銕之丞も重蔵もそれぞれは相当な手練(てだ)れなのであろうが、敵はふたりで息ぴったりの妙技を使うとなれば厄介だ。

犬猿の仲のふたりをふりまわすなど赤子の手をひねるようなものだろう。

「さすがに昨日の一件では、銕之丞の御父君も怒り心頭でございまして」

銕之丞の父親は泣く子も黙る鬼平こと長谷川平蔵である。

怒りの鉄槌をうけた昨晩を思いだしたのか、銕之丞はすっかり青ざめて意気消沈となった。重蔵も口が重そうだ。

こまりはあ然とした。

「それで銕之丞の御父上が銕之丞と重蔵の足を荒縄で縛ったってわけなの？」

「いかにも。ふたりで風神雷神をとらえるまで荒縄をほどいてはならぬとの厳命にて」

荒縄は太く、三尺（約一メートル）ほどの長さがある。

どんなに嫌いでも、ふたりは三尺以上、離れることができない。

これでは厠（かわや）にいくのも湯屋にいくのも一苦労だ。

「ほどいたら、どうなるの？」

「腹を斬れ、と」

「切腹ってこと？」

こまりは同情した。それはあまりにも厳しすぎやしまいか。

「もうおしまいじゃ……。こんな木偶（でく）の坊に足を引っ張られ続けては風神雷神の間合いに飛びこむことすら叶わぬ。まだ足鎖をつけられたほうがマシじゃ……」

銕之丞は頭を抱えてうずくまった。すっかり後ろむきになっている。

「ハッ！　俺だって迷惑千万だ。こんなお坊ちゃんのおもりをさせられて、風神雷神どころか火事場泥棒一匹、捕まえられやしねぇ」

「こんなひどい状況でどうして小毬屋に？」

ふたりは歩み寄るそぶりさえ見せない。こまりは困り果て、すがるような目で白旗を見た。

「いや、それはおもしろそう……、げふんごふん。ではなく、こまり殿ならなにか名案を閃（ひらめ）いてくださるのではないかと」

「名案ですって？」

「以前、御前試合の前に銕之丞が緊張で腹をくだしていた時も、こまり殿は腹を壊さぬ秘術を伝授してくださったでござろう」

「ここ一番の試合で腹をくだすたぁ、育ちのよい旗本のお坊ちゃんはずいぶんと肝が小せぇもんだな」

重蔵が小馬鹿にするように喉の奥で笑い、銕之丞がむっと唇を尖らせる。

「うるさいっ。貴様に俺様のなにがわかるっ」

「わかってたまるか。俺はたいした能力もないくせに、生まれがいいってだけでえらそうにふんぞりかえっている奴らが大嫌ぇなんだ」

重蔵は吐き捨てて、そっぽをむいた。

「なんだと、貧乏なあまり心も卑しくなった無礼者め。我が妖刀の餌食にしてくれようか」

銕之丞は恥辱に顔を歪ませて、刀の柄に手を添え鯉口を切る。

「いいかげんにしなさいっ」

こまりは見るに見かねて、いつまでも低俗な口喧嘩をやめぬふたりを叱りつけた。

「そんなに仲違いばっかりしてたら、風神雷神なんて捕まえられるわけないじゃないの」

「しかし、だな……」

銕之丞がもごもごと口ごもって、うろたえる。

「つまり、ふたりが息ぴったりになればいいわけね」

こまりはにっかりと笑い、ぱちんと指を弾いた。

「なら、ぴったりの策を思いついたわ」

こまりはさっそくふたりの息をあわせるための策にとりかかった。

なにごとも善は急げである。

「名づけて二人羽織大作戦よ！」

こまりは急いで厨に入ると鍋に水を入れ煮立ったら、鰹出汁と醬油で味を整えた。仕込みを手伝えというヤスのにらみに目をつぶって、さらに鴨肉と焼いた長ねぎを投入してゆでる。鴨肉に火が通ったら、どんぶりにうどんを入れて熱々の汁をそそぎ、鴨肉、長ねぎと水菜を加えて彩を整えた。鴨南うどんのできあがりである。

「本当にこんな策で息があうようになるのか？」

いつもは常に自信満々の銕之丞が不安げな声を漏らす。

「大丈夫。さ、これを食べてみて」

こまりは銕之丞の前に熱々の鴨南うどんをおいた。

たっぷりと汁の入ったどんぶりからは真白い湯気が立ち昇っている。

「うまそうなうどんだが……。熱そうじゃ」

銕之丞がごくりと喉を鳴らしつつも怖気づくような声をあげた。

「俺様は猫舌なんだが……」

「どれどれ。では、さっそくいただくとするか」

重蔵が楽しそうな声をあげた。

ふたりはたがいにひとつの羽織を着て、小上がりに座っている。羽織の袖からでている浅黒い腕は重蔵のものだ。顔を出しているのは鋏之丞で背後にまわっているのは重蔵。

二人羽織で熱々のうどんが食べられるようになれば、おのずとふたりの息もあうに違いないというこまりの策である。

「不安しかないぞ」

鋏之丞はすがるようにこまりと白旗を見た。

「なにごともやってみなきゃわからないわ」

こまりは期待のこもった眼ざしでふたりをながめる。

「そうですぞ。なにごとも精進あるのみ。挑戦する前から腰が引けているようでは、武士の名折れです」

こまりは大真面目だが白旗は懸命に噴きだしそうになるのを堪えており、完全におもしろがっている。

「それじゃ、いきますぞ」

重蔵が掛け声をかけて、おぼつかぬ手つきで箸を摑む。

前が見えていないにもかかわらず、重蔵は箸を器用に使ってどんぶりから麵をすくいあげ、銕之丞の口もとへもっていく。

銕之丞はひやひやしながら、おそるおそる口をあけた。

「待って！　高すぎる！　もっと下だ！」

「ほう。こっちですかな？」

銕之丞はほとんど悲鳴のような指示をだしたが、重蔵にはうまく伝わらない。

うどんは銕之丞の口には入らず、左目に押しつけられた。

「熱いっ！」

銕之丞はたまらずに羽織から飛びだし、片目をおさえて悶絶した。

重蔵が悪びれもせずに頭をぼりぼりと搔く。

「悪い。手がすべった」

「貴様……。今のはわざとだろう」

銕之丞が恨めしげな声でうめいて、重蔵をにらむ。

重蔵はしらじらしく手をふった。

「滅相もない。前が見えぬ故の過ちにござる。坊ちゃんがもっと的確な命を出していれば、避けられた災難ではござらぬかな？」

「なんだと？」

鋏之丞のこめかみにうっすらと青筋が浮かぶ。

「次は貴様が食べる番だ！　俺が後ろでうどんを食わせてやる！」

「いいでしょうとも」

重蔵は鷹揚にうなずき、羽織を着た。鋏之丞はにやりと悪い顔をして後ろから羽織にもぐりこみ、袖を通した。

「む。坊ちゃん、もっと上ですぞ、上」

「こっちか」

「もう少し左にござる」

「ならこっちだ。きひひ、この辺だろう」

「いや、もう少し右にて」

鋏之丞は重蔵にやり返そうとして指示とは真逆の方向に箸を動かす。

だが、重蔵も心得ており、鋏之丞に法螺(ほら)の命をだしては騙し、うまく誘導していく。

「ここで、どうじゃ！」

「うむ。弾力があって実に美味なうどんじゃ」

鋏之丞の箸が運んだうどんは、重蔵の口の中へちゅるりと綺麗に吸いこまれていった。

「なぜじゃ！」

　銕之丞があ然として、羽織を脱ぎ捨てる。

「うどんが熱くないのか！」

「ほどよく冷めて、ちょうどよい食べごろですな」

　右だ左だと大騒ぎしている間に、うどんはすっかり適温になっていたようだ。

　重蔵がどんぶりを持ち、うどんを豪快にすすった。

「くそっ。うまそうに食いおって。ずるいぞっ」

「なにを申されますか。うどんで相手を攻撃する競技ではありませぬぞ。先ほども坊ちゃんがもっと的確な指示をだしていれば痛い目にあうこともなく、うどんを堪能できたのではありませぬかな？」

「なんだと？」

「これもいい機会です。どちらが有能かはっきりさせ、風神雷神を捕まえる時は敗者が勝者の命に従うというのはどうですかな」

　重蔵が舌なめずりして挑発すると、銕之丞も前のめりで応じた。

「ほほう、いいだろう。生意気な奴め。どちらが格上か、しかと見極めようではないか」

ふたりが一触即発でにらみあう。

「息をあわせるはずが仲違いでひどくなっておりますな」

白旗が真顔でうどんをすすりながら、呆れ果てた様子でつぶやいた。

こまりは言葉に詰まる。こんなはずではなかったのだが……。

白旗はにやりとした。

「策は失敗でござるな」

「まだまだ序の口よ。次の策があるんだからっ」

こまりは鼻息荒く、まくしたてた。


こまりは縄で足首を縛られたふたりを連れて外に出た。

秋晴れのよく澄んだ空が広がり、赤とんぼがじゃれあうように飛んでいく。

銕之丞と重蔵はまっすぐ歩くのもおぼつかず、足がもつれたり、荒縄にひっかかったりして、よく転んではいがみあっている。

これでは一丈歩くのもたやすくはない。風神雷神を捕まえるなど夢のまた夢だ。

こまりがふたりを連れてきたのは、玄哲の投げこみ寺の近くにある火除け地だった。

「で、次はいったいなにをするってんだ」

鋏之丞がふてくされてたずねた。

「どうせ鍛錬などしたところで、坊ちゃんと息があうとは到底思えませんがな」

重蔵もなげやりな調子でぼやく。

「次はふたりにこれを食べてもらうわ」

こまりは手のひらに白くて細長い飴を載せた。

「ただのちとせ飴ではござらぬか」

鋏之丞がこまりの手をのぞきこんで首をかしげた。

「ガキじゃあるまいし、飴をもらったところでよろこびやしねぇぞ。親睦を深めるなら酒のほうがいい」

重蔵もいぶかしげな声をあげる。

「この飴をただ食べるんじゃないのよ」

こまりはだだっ広い火除け地の離れた場所に床几をおき、その上にたらいを載せた。たらいにはうどん粉（小麦粉）が入っており、その中にちとせ飴が隠されている。

「手を使うのは禁止よ。ここまで走ってきて、どっちかが飴を咥えて元の場所まで戻ってくるの」

「だから、そんなことをしてなんになるって言うんだ……」

「今回は白旗さんとヤスの二人組と競争してもらうわ。競争相手がいれば張りあいがでるでしょう」

「なんじゃと」

鋏之丞が目を剝いた。

隣にはヤスと白旗が鋏之丞たちと同様に縄で足首を縛った状態で待っていた。

「店の仕込みもあるっていうのに、なんで俺までこんな目にあわなきゃならねぇんだ……」

ヤスはげっそりと遠い目をしていた。

「俺だって嫌ですよ。野郎と肩を組まされるなんざ」

白旗もめずらしく眉をひそめて悲嘆にくれた。

高見の見物を決め込んでいたはずが、いつのまにやら巻きこまれ、はた迷惑そうである。

「ふたりとも気合をいれて。鋏之丞たちの鍛錬のためなんだから」

こまりは発破をかけるように白旗とヤスの肩をばしっと叩く。

「この勝負では勝ったほうに褒美（ほうび）があるっていうのはどうかしら？」

「ほう。褒美ですか」

「負けた組が勝った組の今晩の呑み代をおごるってのはどう」

「やりましょう」

酒豪の白旗がとたんに目の奥を光らせる。

「ただ酒が呑めるなら、まぁ悪くはねぇが」

重蔵もまんざらでもない顔つきである。だが、ヤスは不満そうだ。

「おい、俺は料理人なんだぞ。呑み代を払わせられるなんざ、不利じゃねぇか」

「なら、ヤスが勝ったら今月のお給金に色をつけてあげるわ」

「フン。そいつぁ、悪くねぇな」

ヤスと白旗組のやる気はうなぎのぼりである。

「それじゃあ、いくわよ」

こまりは棒で地面に線をひき、銕之丞組と白旗組を線の前に立たせた。

ひじきまでも鼻をひくひくとさせながら線にならぶ。

遊んでもらえると勘違いしているようだ。

「飴玉を先に咥えて戻ってきたら勝ちよ。それじゃあ、はじめっ」

こまりがぱんっと手を叩くとひじきが飛びだし、同時に両組がいっせいに駆けだした。

みな真剣な面持ちで、ちとせ飴にたどりつくまでは甲乙つけがたい激しい争いとなった。

「その調子よ、銕之丞！　気張りなさいっ」

こまりはなんとか転ばずに走る銕之丞の背中に発破をかける。

勝負が動いたのは、たらいにたどりついた時であった。

「おい、お前が飴を食え」

「はて？　ちとせ飴なんざ、ガキの食べものは坊ちゃんが食べたらいいでしょう」

「なんだとっ」

たらいの前で、銕之丞と重蔵がいがみあう。

その隙をついて、白旗が躊躇なくたらいに顔面を突っ込み、ひょうひょうとちとせ飴を咥えた。

白旗とヤスは颯爽と折り返して、駆けていく。

さらにひじきがたらいのなかに鼻をよせてくんくんと匂いを嗅ぎ、ちとせ飴を咥えて折り返した。

「貴様、出遅れただろうがっ……、っんぐっ！」

重蔵が強引に銕之丞の頭をわし掴み、顔面をたらいにつっこむ。

銕之丞はむせ返っておしろいを塗ったように顔を真っ白にしながらも、ちとせ飴を咥えた。

「急げ、戻るぞ」

「ぐわっ」

重蔵が強引に走りだし、銕之丞が縄に足を絡めてつまずいた。

銕之丞は地に顔面を強かに打ちつける。

「なにをしているか、のろまっ」

重蔵が銕之丞をどやしつけた。銕之丞とて黙ってはいない。

すぐに起きあがり、反駁する。

「なんじゃとっ。貴様こそなにをする。痛いではないかっ」

「坊ちゃんの低い鼻など打ちつけたところでなにも変わりはしませんぞ」

「低い鼻とはなんだっ」

銕之丞と重蔵のとっくみあいの喧嘩がはじまった。

「えっほえっほえっほ」

その隙をついて、白旗とヤスが帰ってきた。

ふたりは肩を組んでたがいに声をかけあい、思いのほか息ぴったりである。

さらにひじきまでが戻ってきて、こまりの腕のなかに飛びこんだ。

「やるじゃないの、ふたりとも」

こまりは意外な健闘をみせたヤスと白旗を称えた。

「そりゃ、ただ酒がかかってますからね。これくらい屁でもありませんよ」

白旗はちとせ飴をがりがりと噛み砕きながら、うどん粉でより真白くなった顔で涼しげにこたえた。まるでどこぞの舞妓のようである。

白旗がちとせ飴を噛み砕くたびに、顔から白い粉が舞った。

こまりは嘆息して、未だ遠くにいる銕之丞と重蔵を見る。

ふたりは延々と罵倒し殴りあっている。

「それにしてもあのふたりはひどいわねぇ……。銕之丞の御父上がお怒りになる気持ちもわかるわ」

いさかいの要因がくだらなく、相手をすればするほど疲れるのだった。

と、その時である。激しい半鐘の音が響き渡った。

「風神雷神か？」

銕之丞と重蔵が水を得た魚のように火除け地を飛びだしていく。

こまりたちは銕之丞と重蔵のあとを追った。

半鐘の音のするほうへ走ると町人たちはこまりたちとは真逆の方向へ走って逃げていく。

「火元は小津屋だ。逃げろッ」

纏を天高く掲げた火消しの鳶（とび）がひとり、商家の塀のうえで叫んでいる。

銕之丞と重蔵はその鳶を見るやいなや、鳶のもとへ駆けていく。

「そのほう、どこの組のものだ。名乗れ」

銕之丞は鋭い声で鳶に聞いた。鳶は落ち着き払った声でこたえた。

「あっしはい組の喜原という者です」

「嘘をつくな」

銕之丞は刀の柄に手を添えて、厳かな声で言い放つ。

「風神雷神を捕らえるため、い組には纏に黄色い布を巻きつけるように命じてある」

「そいつは聞きおよんでおりましたが、なにせ火急のこと故、失念しておりました」

「フン。やはり襤褸を出しおったな。黄色い布の話などでたらめだ。降りてこい。ひっ捕らえてやる」

銕之丞が勝ち誇った顔で告げると、鳶は人の好さそうな顔を一変させた。

「な〜んだ。もうばれちまったか」

「貴様、風神雷神だな」

「いかにも。あっしが風神雷神の片棒、風伯よ」

風伯は指笛を鳴らした。

するともう一人、おなじ顔をした男がひょっこりと塀のむこうから顔をだした。

男は肩に千両箱を抱えている。

「なんだ、兄ちゃん。もうばれちまったのか?」

「ああ、ずらかるぞ。雷公」

風伯は纏を銕之丞へむかって投げ捨てた。

銕之丞は纏を避けようとしたが、縄に足をとられて勢いよくすっころぶ。

「ぶへっ」

「坊ちゃん、なにをしているかっ」

「貴様が縄を引っ張るからだろうがっ」

そうこうしている間にも風神雷神は小馬鹿にするように銕之丞の頭上を飛び越えて、塀から塀へ飛びうつる。

と、その時だった。

激しい銃声がとどろき、雷公の千両箱が揺れた。

千両箱はそのまま地面に叩き落とされる。

雷公は目を見開いた。とたんに風伯が青ざめる。

「雷公、無事かっ」

「なんともねぇよ、兄ちゃん。千両箱にあたっちまっただけだ。さっさとずらかろうぜ」

雷公は千両箱をとり戻すのは無理とあきらめ、颯爽と商家の瓦屋根を駆け抜けた。屋根から屋根へ、垣根から垣根へと飛びうつり、あっという間に豆粒ほどの大きさになっていく。

「あちゃ〜、外したか」

こまりがおどろいてふりむくと、火縄銃をたずさえた女がひとり、背後に悠然と立っていた。

「江戸の町で火縄銃をぶっ放すとはなにごとだっ。ひっ捕らえるぞ」

錬之丞が娘にむかって吠えたてる。

だが、娘は鼻っ柱が強く、正々堂々としていた。

「なにさ。あんた、火盗改メだろ。賊を捕まえる手伝いをしてやったってのにさ」

「貴様、何者だ」

「あたいかい？　あたいは楓(かえで)。女マタギさ」

「女マタギだぁ？」

銕之丞は胡散臭そうに楓と名乗る女を見つめた。

楓はこの場にいるのどの男よりも背丈のあるすらりとした長身で、目鼻立ちもくっきりとした美女だった。

だが、そのへんの町娘のような化粧っけはなく、頭巾(ずきん)をかぶり、木綿に刺し子をした小袖を着て麻の山袴を穿いており、手甲とすねあてをつけていた。

「そうさ。あたしは婆ちゃんの紹介で小毬屋のこまりに会いにきたのさ」

楓はこまりにむき直って、しれっとたずねた。

「あんた、この辺にある小毬屋って居酒屋を知らないかい？」

「えっ、あたしにわざわざ会いにきたの？」

「なぁんだ。あんたがこまりだったのか。探す手間が省けたってもんだよ」

こまりはおどろいて、まじまじと楓を見つめた。

楓はこまりを見返して、さばけた笑顔を浮かべた。

「あなた、信濃のももんじ屋のおばあちゃんのお孫さんだったの」

小毬屋に移動して楓の話を聞き、こまりはたまげた声をあげた。

以前、こまりは御庭番の夜猿丸に頼まれて加賀藩から将軍に献上されるお氷さまを守るため、信州まで足を運んだ。

お氷さまは真夏に加賀の氷室から切りだした氷で美食妖盗の野槌に狙われていた。

こまりは大名飛脚に扮した陽動だったとはいえ、お氷さまを守るために獅子奮迅の働きをしたのである。

その際にお世話になったのが、ももんじ屋の婆さんだった。

海老のように腰のまがった老婆だが矍鑠としていて、長寿の秘訣は毎日肉を食べることだだと吹聴していた。

あの時、ももんじ屋でぼたん鍋を喰らい精をつけたからこそ、こまりは厳しい山道を駆け抜けることができたのだった。

「ももんじ屋の肉は、あたしが狩りをしてとってくるのもあるんだ。うまかっただろ？」

楓はにっかりと歯を見せて、陽気に笑った。

「ええ、そりゃあもう。夏のぼたん肉はさっぱりして、いくらでも食べられたわ」

この時代、肉食は忌み嫌われ、滋養強壮のために薬食いなどと呼ばれたが、こまりは肉料理も大好きだった。

それに江戸の庶民も鴨肉は馴染みが深く好んでよく食べている。

こまりが褒めたたえると楓は鼻高々に胸を張った。

「おもしろい娘が居酒屋をやってるって婆ちゃんに聞いていたからさ、江戸に出てきたついでに遊びにきてみたのさ」

「まぁ、そうだったの。あたしも会えてうれしいわ」

こまりは楓ににっこりと微笑みかえした。

江戸に来て以来、遠路はるばる自分を訪ねてきてくれた者などいない。

こまりはまるで旧知の友と再会したかのようにうれしかった。

「ほれ、できたぞ。鴨肉の網焼きだ」

そこへヤスがやってきて、ふたりの前に皿をおいた。

「うわぁ、おいしそう」

こまりは感嘆の声をあげた。

皿の上にはこんがりと焼きあがった鴨肉が載っている。

鴨肉は楓からの土産だった。

「いただきます」

こまりはさっそく熱々の鴨肉を頰張った。鴨肉は醬油と酒、わさびであっさりと味つけされている。

「ん〜っ。おいしいっ。おばあちゃんのお店で食べたぼたん鍋も最高においしかったけど、鴨肉もあぶらがたっぷり乗っていてやわらかいし食べやすいわ」

「だろ？　この鴨もあたいが狩ったんだぜ」

楓は得意げに胸を張った。

「この鴨も信濃で狩ったのかしら？」

「いや、この鴨は今朝、多摩川で狩りをして、あたいが絞めたのさ。だからとっても新鮮なんだ」

「まぁ、江戸でも狩りをしているのね」

こまりは目を瞬かせた。

「今は多摩の親戚の家に厄介になっているんだ。親戚は百姓だが時々狩りにでて猪やたぬき、鹿なんかを狩るからね。畑を荒らす害獣はおいしくいただいちまうのさ」

「たぬき汁もおいしそうね」

こまりは想像するだけで口内によだれが湧きでてくる。

「実はこまりに相談があるんだ」

楓はひとなつっこい笑みで告げた。

「時々でいいから、ももんじを買ってくれねぇかな？」

「小毬屋にももんじをおろしたいってこと？」

楓からの思わぬ提案に、こまりは目を瞬いた。

「あぁ。あたいがとった肉をおいしく料理して、小毬屋の献立にくわえてくれよ」

どうやら楓がこまりを訪ねてきた理由は、ただ遊びにきたわけではないらしい。

「でも、どうして？　うちなんか吹けば飛ぶような小さな居酒屋よ」

こまりが小首をかしげると、楓は長い睫毛を揺らし、目を伏せた。

「婆ちゃんはあたいにはマタギをやめて嫁にいけっていうんだ。だけど、あたいはこの仕事が好きなんだ。マタギの仕事を続けていきたいんだよ……」

楓の声がみるみる小さくか細くなっていく。

「つまりマタギの仕事で生計が立つようにしたいのね」

「ああ。それで商売がしたくて江戸に出てきたんだ。だけど誰も女マタギの話なんか本気にしちゃくれねぇ。みな、最初はめずらしがって褒めてくれるけど長い商売の相手はしてくれないのさ」

こまりは楓の気持ちがよくわかった。

女というだけで、足もとをみられるのである。

　こまりは即座にこたえた。

「たまにならいいわ。ももんじを買ってあげても」

「本当か？」

　楓は顔をあげ、目を輝かせた。

　こまりは苦笑を浮かべる。

「だけど見てのとおり、うちは小さな居酒屋だからあんまりたくさん買ってあげることはできないわ。薬喰いが苦手なお客さんもいるし」

　楓はこくこくと何度もうなずいた。

「商売相手が一人でもいることが大事なんだ。信用がねぇとこんな小娘、誰も相手にしちゃくれねぇ。でも、卸先がひとつでもあるなら、うちもって店がきっと出てくる。大口の取引先は自分で頑張って探すよ」

　楓の言葉にこまりは安堵した。楓ならきっと大丈夫だ。広い江戸のなかでたくましく生きていくに違いない。

「それともうひとつ。商いをするのにひとつ頼みがあるの」

　こまりは茶目っ気たっぷりの目を楓にむけた。

「なんだい、頼みって」

こまりは店の奥で腑抜けている銕之丞と重蔵を指さした。

ふたたび風神雷神をとり逃がしたふたりは荒縄につながれたまま、ふてくされ、やけ酒を呷っている。

飴喰い競走に勝って、ただ酒にありつけた白旗だけがほくほくと手酌で酒を呑んでいた。

「あのふたりを次の鴨狩りに連れてってもらえないかしら」

「火盗改メを鴨狩りに連れていけだって？」

楓はおどろいて目をしばたかせた。

「あんな縄で縛られた能無しどもが一緒にこられちゃいい迷惑だよ。動物は音に敏感なんだ。あんな奴らについてこられたら、みんな、逃げちまうよ」

こまりは拝むように手をあわせた。

「そこをなんとか。あのふたりは息をぴったりあわせる鍛錬の最中なの。もしふたりで息をあわせて鴨を狩ることができたら、きっと風神雷神も捕まえられるんじゃないかしら」

「しかし、こっちは銃を使うんだ。危険だよ」

楓が眉をひそめると、酔っぱらった鋏之丞が立ちあがって叫んだ。

「火盗改メを能無しとはよくも言ってくれたな、小娘ぇ！　鴨一匹など、我が妖刀にかかればおそるるに足らずっ」

「フン。たしかに鴨一匹、ろくにしとめられぬとは武士の風上にもおけねぇ。火盗改メのおそろしさをそこのお嬢ちゃんに教えてあげねぇとな」

重蔵も負けじと酒臭い息で気炎を吐く。

「というわけで、あたしも一緒にいくからおねがい。ふたりの命運、いや、江戸の命運がかかっているのよ」

こまりが頭を深く下げると、楓はあっけにとられた様子でうなずいた。

「わかったよ。でも、ふたりがどうなっても知らないよ」

翌日も天高く澄み渡った秋晴れだった。

いわし雲が気持ちよさそうに風に流れていく。

こまりたちは楓との約束通り、日の出とともに多摩川に集まった。

朝の秋の風は少し肌寒く、すすきの穂が揺れている。

陽の光をあびて、時折、水面がきらきらと光った。

かわせみが時折飛来して、水面に飛びこんでは小魚を食べている。

楓はすでに狩場にきていて、こまりは駆け寄った。

「あら、この子は？」

楓の足もとには大きな犬がちょこんと座っていた。

毛なみがよく狼に似ているが、とてもおとなしい。

こまりやひじきを見ても、ひとつも吠えずに地蔵のように座っている。

「この子はあたいの相棒のろくべえだよ。猟の手伝いをしてくれるのさ」

楓がろくべえの頭を撫でながら紹介した。

こまりは感心しきりである。

「へぇ、賢い子なのねぇ。ひじきも猟の役に立つといいんだけど」

楓は声を張りあげて笑った。

「ろくべえは子犬だった頃から猟の鍛錬をしているからね。ひじきに猟の手伝いは酷だろうさ」

ろくべえは黒い鼻を寄せて、ひじきの匂いを嗅いでいる。

本気をだせば、ひじきなど簡単にかみ殺されてしまいそうである。

ひじきはろくべえがおそろしいのか毛を逆立ててじっと固まっていた。

「猟犬などどうでもいい。さっさと狩りをはじめようや」

重蔵が鼻にかかる声で高飛車に言い放った。

「狩りをはじめるけどね、大切な命をいただくんだ。中途半端な真似をしたらただじゃおかないよ」

楓に凄まれて、銕之丞と重蔵のまとう空気が変わる。

「して、まずはどうしたらいい」

「まずはあたいがお手本を見せるよ」

楓が慣れた手つきで火縄銃をかつぐ。

「こまり、手伝ってくれ」

「えっ。あたし？」

突然、楓に指名されてこまりは慌てた。

「あたし、狩りなんてしたことないわ」

「大丈夫。こまりに頼むのは勢子の役さ」

「勢子？」

こまりがきょとんとしている間に、楓はこまりに火縄銃を握らせ、かまえ方や発砲の仕方を丁寧に説明した。

「いいかい、まず茂みに隠れてじっと待つんだ。野鴨の群れが泳いできたら、群れの真ん中を狙って撃つ」

「あたるわけないわ。鴨って、とても小さいじゃない」

こまりはおびえて、ぶんぶんと首をふる。銃をぶっぱなつなどおそろしい。

だが、楓はどこ吹く風でこまりの背を叩く。

「勢子だからあたらなくてもいいさ。銃声におどろいた鴨がいっせいに飛びたったら、その鴨めがけてあたいが打つ。こまりは獲物を追いこむ役。あたいが獲物をしとめる役さ。銃弾があたれば、あとはろくべえの役だよ」

「わかったわ、やってみる」

こまりは強くうなずいた。

こまりは茂みのなかで鴨たちがくるのを待った。こまりの真似をするように足もとでひじきが伏せている。

こまりは高ぶる気持ちを落ち着かせるように、ひじきの背をそっとやさしく撫でた。

やがて穏やかな河の流れにたゆたうように野鴨の群れがやってくる。

鴨たちは唄うように陽気に鳴いておしゃべりを楽しんでいるようにみえた。

浮世絵になりそうなのどかな風景の中で剣呑と銃声を響かせてもよいものか。

愛らしい鴨たちにむかって銃先をむけるのもなんだか気が引ける。

だが鴨狩りはひとえに生きるためなのだと、こまりは自らに言い聞かせた。

肉は薬だ。食べれば元気が漲(みなぎ)る。それはきっと命をいただいているからなのだ。

こまりは意を決して、銃口をむけ狙いを定めた。

深呼吸をして気を静め、引き金を弾く。

パァンと乾いた銃声が虚空に響き、鴨たちがおどろいて羽ばたく。

その隙をついて、銃声が響き渡った。

空に舞いあがった一羽の鴨が群れから離れ力を失うように河へ落下すると、ろくべえが弾かれたように走りだす。

ろくべえは河に飛びこむのも厭(いと)わない。

しとめた鴨をくわえて悠然と河を泳いで楓のところへ戻ってきた。

「よくやった」

楓がろくべえを褒めたたえながらなでると、ろくべえはうれしそうに舌をだす。

「すごいわね、ろくべえ。立派だわ」

こまりが興奮ぎみにまくしたてると楓が噴きだすように笑った。

「ろくべえよりもひじきを褒めてやりなよ」

「え？」

楓があごでしゃくるので足もとに目をやれば、なんとひじきが鴨を咥えてこまりに差し出しているではないか！

楓がにやりとして告げた。

「あんたの弾、命中してたんだよ。やるね」

「あたしが撃った弾が？」

こまりはおどろきを隠せない。

まぐれにせよ、まさか野鴨に命中するとは思いもしなかった。

「あんたの弾が命中したら、ひじきはすぐに河に飛びこんで捕らえにいったよ。こんな賢いかわうそは見たことはないね。ちゃんと仕込めばろくべえなみの猟犬……、猟かわうそになるかも」

「そんな、まさか。ひじきもまぐれに決まってるわ」

楓が大真面目な顔つきで告げるなか、こまりはひじきの額を精一杯撫でてやる。

ひじきはまんざらでもなさそうな誇らしげな顔をしてヒゲを揺らした。

「それじゃ、次は俺たちの番だな」

　銕之丞が鼻息荒くしゃしゃりでる。

　こまりと楓の狩りを見て、士気がうなぎのぼりのようだった。

「フン。俺も雉狩りならば以前やったことがある。銃のあつかいなら任せておけ」

　重蔵も意気揚々としていて、やる気に満ちていた。

　だが、楓は呆れた様子で重蔵の手から火縄銃をとりあげた。

「なに言ってんの。危ないったらありゃあしないよ。あんたたちに銃は使わせないからね」

「なんだと」

　重蔵があ然として目を剝く。

「足首の縄にすっころんで銃が暴発でもしたら危ないじゃないの」

「なにっ。じゃあ、俺たちはなにをすればいいというのだ」

　楓は痛快な高笑いをした。

「あんたたちの仕事はろくべえとおなじよ」

「犬っころとおなじだと？」

　銕之丞はぎょっとしてろくべえを見た。楓はふんと鼻を鳴らした。

「またあたいとこまりで鴨を狩るから、あんたたちはろくべえよりも早く獲物をとってきな」

「なんだ、と……」

「ろくべえどころかひじきに負けるようじゃ、風神雷神を捕らえられるわけもないよ」

楓が嘲笑うと、銕之丞はむきになって吠えた。

「いいだろう。やってやろうじゃないか！　そのかわり、ろくべえより早く獲物を捕らえたら、俺様も銃を撃たせてもらうからな！」

「やれるもんならやってみなよ」

楓は不敵に笑った。


それから三度、四度とこまりたちは鴨狩りにいそしんだ。

こまりの勢子はなかなか板についてきたものの、鴨に命中したのは最初の一発目だけで、ひじきも次第に興味が薄れたのか獲物の鴨を咥えてくることは二度となく、自由気ままに昼寝をしたり土を掘りかえしたり、時には河に入って魚をとり、鴨をおどろかせて猟を邪魔することもあった。

どうやらこまりもひじきも最初の一回はまぐれの幸運であったらしい。

それにくらべて、ろくべえは実に優秀だった。

どんな時でも楓のそばに控えて伏せており、銃声がすれば一目散に獲物のもとへ駆けていった。

水の中だろうがくさむらのなかだろうが、かまわずにもの怖じせず飛び込んでいく。

ろくべえと勝負をすることになった銕之丞たちもたまったものではない。

銃声が轟（とどろ）くと銕之丞たちも鴨を追いかける。

どちらかが足に縄をひっかけては怒鳴りあい、殴りあい、こづきあい、蹴とばしあいながら、全身ずぶぬれの泥だらけになって鴨を追った。

だが、全然ろくべえには敵わない。

結局、日が沈みかけても銕之丞たちは一度もろくべえに勝つことはできなかった。

「クソッ……。犬ころめ。すばしっこ過ぎるだろ……」

銕之丞が濡れねずみになりながら、くさむらにひっくり返り、息も絶え絶えにぼやく。

「こんな泥だらけでは水も滴るいい男がだいなしだ！」

「なんだと？　どこにいい男がいるってんだ」

重蔵も疲弊しきって肩で息をくりかえしているものの、まだ憎まれ口を叩く余力はあるようだ。

「動きは少しずつよくなっている気はするんだけどねぇ」

　こまりはいつまでも仲違いしたままのふたりにすっかり呆れかえった。

「うるさい。こんな犬っころの真似ごとをいつまでも続けて、風神雷神が捕縛できるはずがない」

　鋏之丞が自暴自棄になって喚く。

「風神雷神は阿吽の呼吸で盗みを働くのよ。ろくべえに勝てないようじゃ、風神雷神も捕縛できっこないわ」

「あんたたちには覚悟がたりないのさ」

　ふいに楓が怒りをにじませた声で言った。

「なんじゃと？　小娘が生意気な口を叩くじゃないか」

　重蔵が小馬鹿にするように口角をあげて嘲笑う。

「ろくべえがどうしてあんなに懸命に走るかわかるかい？」

　楓は重蔵をにらんだ。あまりの剣幕に重蔵がたじろぐ。

「そりゃ、猟犬として仕込んだからじゃろう」

「いいかい、この鴨をよく見てな」

　楓はろくべえが咥えてきたばかりの鴨をくさむらの上にそっと寝かせた。

「この子は苦しくてもまだ懸命に生きようとしてる。この子の命を奪うのはあたいたちの我欲でしかないんだ」

鴨はまだ息があり、苦しげに羽根をばたつかせながら、つぶらな瞳でじっと楓を見ている。傷口から血が滴り、もう飛ぶ力は残っていない。

鋏之丞も重蔵も固唾を呑んで、食い入るように鴨を見つめた。

瀕死の鴨は懸命に息をくりかえしている。その目はまだもっと生きたいと訴えかけるようだった。

「ろくべえは命の尊さを知っているのさ。少しでも早く楽にしてあげるためにひたむきに走るんだ。撃たれて死ぬ鴨たちが少しでも苦しまずにすむように」

楓はそっと手ぬぐいで鴨の目を隠すと匕首で首をかき切った。鴨は小さな鳴き声をあげて、やがてぴくりとも動かなくなる。

「あんたたちが本気で鍛錬にむきあっているなら、少しでも鴨を苦しませないよう必死で走るはずだ。喧嘩なんてしている暇はないはずだよ。少なくとも、その気概があたいには見えないね」

楓が叱り飛ばすと、鋏之丞と重蔵は口を真一文字に結び、深く考えこむ。

鴨が絶命する間際のはかない鳴き声と楓の叱咤が胸にきつく響いたようだった。

やがて鋏之丞と重蔵が顔をあげた。その顔は真剣そのものだ。

「相分かった。鴨の尊い命のためにもより一層、一生懸命に走るとしよう」

鋏之丞と重蔵の目つきが変わった。


風神雷神の風伯と雷公は双子の兄弟である。

ふたりはまるで互いの考えが手にとるようにわかるほど共鳴しあっているが、幼い頃からともに暮らしていたわけではなかった。

風伯と雷公は奥州南部の貧しい漁村で生まれた。

一年のほとんどが深い雪に埋もれ、作物もろくに育たぬような荒れ果てたひどい廃村だった。海はいつも暗く逆巻いていて、漁ができる夏はとても短かった。

村にはろくな食べものがなく、山菜をすり潰し、流れついた海藻をまぜあわせたおしめとよばれる薄い粥がご馳走で、時には死んだ犬の肉を食らうこともあった。

毎年のように飢饉や疫病が蔓延し、一家心中もめずらしくない。

村では双子は忌み子として差別されていた。

双子は心中した男女の生まれ変わりだとか、双子が生まれた家は呪われるという迷信がその村では深く根づいていたからだった。

また双子を産んだ母親は畜生腹だと陰口を叩かれ、一家は村八分にされた。

そのため村では双子が生まれると産婆は早々に双子の片割れを殺し、処分してしまう。

風伯が物心ついた時には、雷公は死んだことになっていた。

風伯は呪いや迷信など馬鹿らしく信じてなどいなかった。

幼いながらも、ただろくに食べるものがないから、真っ当らしき理由をつけて口べらしをしているのだとわかっていた。

風伯は近所の人間たちに石礫（いしつぶて）を投げつけられながら、いつかこんな村を捨てて江戸に出る夢想をしては貧しい暮らしを耐え忍んだ。

風伯は村の者たちから常につまはじきにされていたし、雷公が生きていたらどんなにいいだろうと空想を楽しんだ。

空想は身体を酷使せぬから腹もへらぬし、金もかからない。

風伯のこころの中ではずっと雷公は生きていて、いつも風伯を励ましてくれるのだった。雷公が生きていたら、どんなに幸せだろう。

雷公、雷公、雷公……。

どんな時も風伯は雷公のことを考えて生きた。

そんな風伯に転機が訪れたのは、村をふたたび飢饉と疫病が襲った十五の年だった。

風伯は出稼ぎの労働者として売られることになり、人買いに買われて江戸へいくことになった。

風伯は人買いに売られたことがうれしくてたまらなかった。

こんな寂れた廃村とはもうおさらばだ。

人買いに売られて村を出ていった者は、たとえ年季があけようともほとんど戻らない。次第に便りもなくなって、生きているのか死んでいるのかさえわからなくなる。

きつい労働に身体を壊して死ぬ者が半分、残りの半分は家族も村も捨てて逃げるのだ。

風伯ももう二度と村に戻る気はなかった。

だが人買いは風伯を江戸へは連れていかなかった。

風伯が連れていかれたのは下総にある深い山の奥だった。

ひたすら山を掘らされた。

山師が言うには、この山からは銀が出るらしかった。

だが、どんなに掘れども銀はでず、風伯とともに人買いに買われた村の者たちは落盤事故や鉱毒で死んでいった。

抗夫の寿命は短く、金を貯め年季があけても、あっけなく病に罹って死ぬ者が後を絶たぬという。

結局、鉱山も故郷とおなじ地獄だった。

風伯は嫌気がさし、金を盗んで山小屋に火をつけ脱走し、山を下りた。

このまま牛馬のようにこき使われて死ぬのはごめんだ。

せめて一度でいいから白い飯をたらふく食べてみたかった。

そうして風伯は着の身着のまま、流れに流れ、江戸に転がりこんだ。

江戸は故郷の村とも鉱山とも違い、別世界だった。

江戸にはうまそうな食べ物も綺麗なおべべも鍋も釜も掃いて捨てるほどあふれていたが、同様に人間もあふれかえっており、結局のところ、うまい飯を食い暖かい家で眠るのは分限者だけだった。

風伯は浮浪者となって橋の下に住みつき、時折、日雇い労働の仕事を得て、なんとか日々を生きながらえた。

だが村を出た時に抱いた理想とはほど遠い暮らしには違いない。

持たざる者がのしあがり人なみの暮らしを得るためには、分限者から略奪し蹴落とすしかない。

そんな暗い欲望が胸のなかを渦巻くようになった頃、風伯は雷公と運命の出会いを果たした。

風伯が流行り病にかかり食べるものもなく、路上で倒れていた時のことだった。

冬の凍てつく寒い日で雪が降っていた。風伯は己の死を覚悟した。

だが、ふいに雪が止んだ。うっすらと目をあけて、風伯は度肝を抜かれた。

自分とうりふたつの顔をした男が番傘をさし、風伯の顔をのぞきこんでいた。

風伯は男が雷公だとすぐにわかった。

雷公は、風伯が幼い頃から幾度も頭の中で描いてきた風貌とまったくおなじだったからだ。

だが雷公は自分が双子の生まれとは知らなかったらしい。

己とおなじ顔をしている者が行き倒れていて、おどろきのあまり足を止めてしまったのだ。雷公は風伯よりもずっとたくましく、よく日に焼けた浅黒い肌をしていた。

雷公は風伯をおぶって、町医者に連れていった。雷公は商家に住みこみで下男働きをしているという。

生まれた時から親はなく、物心ついたころから、この商家で朝から晩までこき使われ、奴隷のような暮らしぶりだった。

雷公は商家の土蔵に風伯をかくまい、己の多くはない飯をわけ与えた。雷公の献身的な看病のおかげで、風伯は少しずつ息を吹き返し、やがて全快した。

雷公と運命の再会を果たした今、死ぬわけにはいかぬという活力が風伯を奮い立たせたのだった。

風伯は病が治癒すると、こっそりと雷公の働きぶりをのぞきみた。

下男とはいえ、商家での雷公のあつかいは酷いものだった。

殴る蹴るはあたり前、雷公が少しでも口答えするようなら飯抜きで、孤児だったお前をここまで育ててやったのは誰だと恩を着せ、口汚く罵る者ばかりだった。

盗みや大きな過誤がおきると手代はよってたかって雷公に濡れ衣を着せた。

それは風伯が村で石礫を投げつけられることと何一つ変わらない地獄の風景だった。

風伯は命にかえても雷公を守ると誓った。

どうせ雷公に助けられて生きながらえた虫けらのような命だ。

双子が心中した男女の生まれ変わりだというならば、きっとそうなのだ。

雷公と出会ってからの日々は、まるで失われた半身をとり戻したような希望という輝きに満ちていた。

前世ではそろって死ぬしかなかったのなら、せめて今生では足掻いてみせる。

風伯は店に火を放ち、金を盗んで雷公と逃げた。

ふたりでならば、どんな困難も乗り越えられる気がした。

それはまるで燃え盛る恋の駆け落ちのようだった。

甲高い半鐘の音が響き渡ったのは真っ赤な夕焼けが空を染める頃合いだった。

こまりが銕之丞たちの鴨狩り修業につきそった帰路のことである。

場所は人通りの多い日本橋の大通りであった。

その日は強風で色づいた紅葉が宙を何度も舞っていた。

「風神雷神か？」

半鐘の音を耳にしたとたんに銕之丞が色めきたつ。

「おちついて。本当に火事かもしれないわ」

こまりの言葉を聞き終わる前に銕之丞がすっ飛んでいく。

すると身軽な鳶が纏を抱えて商家の塀の垣根に飛び乗り、人垣にむかって叫んだ。

「火事だ！　早く逃げるんだっ」

「火事だって？　また風神雷神の仕業じゃないのか」

「火元はどこだっていうんだ？」

民衆はどうにも動きが鈍い。

連日の風神雷神の騒動で消耗し、皆、腰が重くなっている。商いを放りだして必死に逃げたところで、法螺では骨折り損のくたびれもうけだ。

「火元は高倉屋！　この風ではあっという間に火にのまれるぞっ。いいから、早く逃げろっ」

　鳶が声を嗄らして叫ぶが、やはり庶民たちは纏を担ぐ鳶を見向きもしない。

「嘘つけ、泥棒！　もう騙されないぞっ」

　民衆のひとりが石礫を拾い、鳶に投げつける。

　ひとりの怒りが引き金となって、民衆たちは次々と石礫を鳶に投げつけはじめた。

「そうだそうだ！」

「火事場泥棒しようたってそうはいかねぇぞ。さっさと縛につきやがれっ」

　石礫のひとつが鳶の額にあたり、鳶が苛立たしげに激しく舌打ちした時だった。

　垣根伝いに鉢巻を巻いた鳶がもう一人、軽快な身のこなしで鳶に駆け寄った。

「兄ちゃんっ、火事だっ」

「だから、火事だってさっきから言ってるだろうが」

「違うっ。本当の本当に高倉屋が火事なんだっ」

　こまりは、はっとした。ふたりの鳶は顔がまったくおなじだったのである。

「銕之丞、まずはみなを逃がしましょう」

「なに？」

「この火事は本当の火事なのよ」

　こまりが真剣に訴えると銕之丞も気が付いて、強くうなずいた。

　赤い夕焼けに紛れて見えにくいが目をこらせば、遠くの商家から天高く黒煙が立ち昇っていくのが見えた。

　銕之丞は抜刀すると、なんの迷いもなく荒縄を断ち斬った。

「縄を斬っちゃっていいの？」

　こまりは銕之丞のあまりの豪胆さに度肝を抜かれた。

「お父上に叱られるんじゃ……。勝手に縄を斬ったら切腹って……」

「非常時じゃ。この人数では二手に別れねば民衆をうまく先導することはできぬ。ふたりの詰め腹で大勢の民草が救えるのなら安いものじゃ。なぁ、重蔵」

「ハーハッハ！　こいつは愉快痛快。その通りじゃ、坊ちゃん。俺の詰め腹なんざ、民草の命にくらべりゃ安いもんだ」

　重蔵が豪快に笑い飛ばすと銕之丞は威勢のよい声で命じた。

「よし、では火消しがたどりつくまで、我ら火盗改メが民衆を先導して逃がす！　俺様は西の通りをいく。重蔵は東の通りを頼む」

「合点承知した」

「こまり殿も早々に逃げられよ。これにて、ご免」

鋏之丞と重蔵は微塵の迷いもなく二手に別れ、駆けだした。

「火盗改メである！　火事は誠じゃ！　みな、急ぎ逃げる支度をせいっ！」

「火盗改メである！　なにをぼさぼさしておるかぁっ。もたもたしている者は背中から叩き斬ってしまうぞっ」

ふたりが叫びながら追い立てると、民衆たちはぎょっとして脱兎のごとくその場を逃げだした。

鳶だけでなく火盗改メが現れて、火事のお墨つきが与えられたならば逃げぬ理由はどこにもない。

「こっちだ、急げっ」

「おら、婆さん。命あっての物種だぞ。荷物はあとで持っていってやるからさっさと歩け」

こまりが感心したのは、鋏之丞と重蔵の先導が息ぴったりだったからだ。

目くばせしあい、声をかけあいながら、時には叱り、時には励まして民衆を誘導していく。

ふたりがいなければあっという間に火の手がまわって、混乱した民衆は逃げまどい押しあい圧しあいの末、大勢が焼け死んだやもしれぬ。

つい先ほどまでいがみあっていたとは思えぬほどの阿吽の呼吸だった。

「あのふたり、なかなかやるじゃないの。これはきっと鍛錬の成果ね！」

こまりは鼻高々だったが、ふと我に返った。

「そういえば、あの鳶！　あいつらが風神雷神よ！」

こまりがふりかえった時には、鳶もとい風神雷神は神風のごとく姿を消した後だった。

「兄ちゃん、この稼業もそろそろおしまいにしようよ」

風伯が商家の瓦屋根から瓦屋根へ飛び移り走るその後ろを一糸乱れずに雷公がついてくる。風伯は走り続けながら淡々とこたえた。

「そうだな。法螺を吹いても、もう誰も信じなくなっちまった。むしろ風神雷神がくると身構える始末。これじゃ、盗みにくいったらありゃしねぇ」

そもそも本当に火をつけたほうが盗みは楽なのだ。

だが絶対に火をつけてはだめだと言い張ったのは雷公だった。

風伯とは違い、雷公は心根の優しい男だった。

母親の股から生まれおちる時、風伯が悪、雷公が善のこころを抱えて生まれ落ちたに違いないと風伯は思った。

「で、どうする。盗みをやめたらまた浮浪者に逆戻りだぞ」

「兄ちゃん、江戸を出ようよ」

雷公は明るくほがらかに告げた。

「ほう。で、どこへ行く？」

「西のほうへ行ってみたいな」

「西か。悪くねえ。京の都を拝んでみるか。これまでの盗みで軍資金はたらふくたまったからな」

「金毘羅山まで足をのばすのも悪くないね」

「神仏なんざ腹の足しにもならねぇが、雷公とならー目くらい拝んでやるのも悪くねぇな」

「俺、いいこと考えた。大きな町に住みついて、それで一緒に火消しになろうよ」

「火消しだぁ？」

風伯のとまどいとは裏腹に雷公は目を輝かせる。

「これまでの裏稼業でたくさん嘘をついたぶん、火をたくさん消して人を助けたいんだ。だから泥棒からは足を洗おうよ、兄ちゃん」

「雷公は人がいいったらありゃあしねぇな」

風伯は呆れたが雷公は大真面目だ。

「だって、さっきの火盗改メの連中、かっこよかった。俺たちの言葉なんて、誰も信用しなかったのに奴らの言葉はみんな信じた」

「そうだな。奴らの言葉には威厳と誇りがあった。阿吽の呼吸だったしな」

「だから、俺たちもあいつらみたいな火消しになろう。盗みもいいけど人助けをしたら、もっと気持ちがいいんじゃないかと思うんだ」

雷公は不安そうに風伯の機嫌をうかがった。

「だめかな、兄ちゃん」

「だめなわけねぇだろう、相棒」

風伯はにっかりと笑った。

「俺ぁ、雷公と一緒なら地獄だろうが極楽だろうがどこへでもついていくぜ」

ふたりならどこへでもいける。どんな困難も乗り越えられる。

風伯は風を切るように走りながら、そう確信した。

風神雷神が江戸を去って数日、小毬屋では祝賀の宴が開かれていた。

「我らの大勝利を祝う宴じゃ！　みな、盛大に呑むぞっ」

　銕之丞が火盗改メの連中を連れてきて、店内は屈強でいかつい男たちで大盛りあがりの貸し切り状態だ。

「大勝利って呼んでいいのかしら？」

　こまりは厨で肴を料理しながら首をひねる。

　男盛りの火盗改メが疾風のごとく料理を次々とたいらげてしまうので、料理人の腕が何本あっても足りやしない。

「なにをいうか。江戸を猛火から防ぐことができたのじゃ。これを大勝利と呼ばずしてなんと呼ぶ。我らは大火に勝ったのじゃ」

　銕之丞はすでにできあがっており、真っ赤な顔で酒を呷りながら、ろくにろれつのまわらぬ舌でまくしたてる。

　先日の火事場騒動は銕之丞と重蔵の活躍もあって、火事は大事には至らずに到着した火消したちに消し止められた。

「たしかに怪我人が出なかったのはよかったけど、風神雷神のことはもういいの？」

　こまりは味噌と酒とみりんをあわせたつけだれに浸しておいた鴨肉をとりだし、遠火でじっくりと焼きはじめた。

とたんに香ばしい匂いがあたりに立ち昇る。

「もちろん、風神雷神もいずれ必ず召し捕らえる。だが奴らはもう江戸には出ぬやもしれぬぞ」

「えっ。どういうこと？」

こまりは皮のついた鴨肉を両面こんがりと焦げ目がつくまで焼きながらたずねた。

「風神雷神は騒ぎをおこしすぎた。甲高い半鐘が鳴れば、今では江戸の誰もが風神雷神を用心するようになった。これでは奴らも動きにくくてしかたあるまい」

酔った銕之丞の隣で、重蔵が深く相槌を打つ。

「左様。こうなっては河岸を変えるしかあるまい」

「なるほど……。どのみち風神雷神の盗み方は長くは続かないものだったのね」

銕之丞は意気揚々とうなずき、鼻をひくつかせた。

「なんだか、すさまじく良い香りがしてきたぞ」

こまりは手際よく鴨肉と焼いたねぎを皿に盛りつけておぼんに載せ、銕之丞の前に持っていく。

「追加の料理、お待ちどおさん」

「こっちもできたぞ。へい、お待ち」

　こまりと時をおなじくしてヤスも料理を運び、卓上が華やかになる。

「鴨づくしだな！　こいつは豪勢だっ」

　銕之丞は目を輝かせる。

「おお、うまそうだ。これはいったいなんですか？」

　白旗も垂涎しながら、次々とならべられた料理に目移りしている。

「これは鴨の味噌漬けよ。ねぎと一緒に食べると絶品よ。ヤスが作ってくれたのは、鴨鍋に鴨肉と春菊の炒めもの。それと鴨肉の梅肉焼き」

　こまりは流暢に逸品料理の説明をし、鴨の味噌漬けを一切れつまみ食いした。

　鴨の味噌漬けは肉に味噌のうま味がよく染みこみ、まろやかでやわらかく、舌までとろけそうだった。

「ん〜、我ながら絶品だわ。酒の肴にも最高ね」

　こまりは自画自賛して酒を呷った。

「姐さん、まだ仕事中だ。呑みすぎるなよ」

「わかってるわよ〜」

　ヤスに釘をさされるが、こまりが湯呑みを呑み干すと火盗改メの連中がおもしろがって次々と酌をするものだから、湯呑みが乾く暇もない。

「やはり自分で狩りをして手に入れた肉は味わい深さも一味違うな」

銕之丞が鴨肉の梅肉焼きを喰らいながら声高に舌鼓を打った。

「梅の香りと酸味が鴨肉と相性抜群だな。箸が止まらぬ」

鴨鍋を小鉢に移し、出汁をすすりながら重蔵もうなずく。

鴨鍋は昆布と鰹節で出汁をとり、薄口醤油とみりんで味を整えた汁にねぎや水菜、せりなどの野菜とともに煮こんだ鍋である。

「ううむ……。鴨鍋の鴨肉と水菜を生たまごに絡めるとまた絶品じゃ……」

「生たまごをごはんにかけ、鴨肉を載せてもうまいぞ」

重蔵は鴨料理を堪能し、頬にこめつぶをつけたまま機嫌よく銕之丞に話かける。

「坊ちゃん、次は鹿狩りに挑戦してみませぬか」

「おお、そいつはいい。さっそく今度楓殿によい穴場はないか相談してみよう」

「あんなにいがみあっていたのに、すっかり意気投合したのね」

こまりは銕之丞と重蔵のわだかまりがすっかり消え去っていることに気づき、目を瞬かせた。

ふたりとも狩りの魅力にどっぷりとはまり、すっかり打ち解けて非番の日には率先して楓の狩りを手伝いにいくのだという。

「それにしても縄を斬って大丈夫だったの？　御父上には縄を斬ったら切腹だって言われていたんでしょう？」

「それには心配およびませぬ」

白旗がそっと膝を詰めて、こまりに耳打ちした。

「こまり殿。なぜ風神雷神はわざわざ半鐘を鳴らす騒ぎまでおこして、盗みを働いたのだと思います？」

「そりゃ半鐘が鳴れば、みんな火事だと思って逃げるからでしょう。その隙をついてものを盗むのよね」

「左様。されど法螺の火事で騒ぎたてるより、本当に火をつけたほうが盗みやすいと思わぬか？」

「あっ」

こまりは思わず声をあげた。

「とどのつまり風神雷神は盗みはすれども誰も傷つけたくなかったのでござろう」

「心根のやさしい盗賊ってこと？」

こまりはとまどいの声をあげた。

これまで風神雷神は江戸を惑わす極悪非道の賊だと信じて疑わなかった。

「盗みを働いている故、善人ではない。されど奴らなりの矜持があって盗みを働いていたのもまた事実」

白旗は酒を舐めるように呑みながら滔々と論じた。

「されど人は嘘を吐き続ければ信頼を失うのも至極当然のこと」

「鋏之丞の御父上はわざと騒ぎを大きくして風神雷神の手口を広めたってわけ？」

こまりは瓦版の記事を思いだした。

火盗改メが手ひどい醜態をさらせばさらすほど瓦版の内容は過激になり、民衆の興味を引く。そして民衆の危機感が煽られる。

火盗改メが頼りにならぬならば、民衆は風神雷神に騙されるわけにはいかぬと殺気立っていく。たびかさなる半鐘騒ぎで商いや眠りを邪魔され、苛立ちも募っていく。

白旗は手酌で酒を猪口にそそいだ。

「あのお方がどこまで策をめぐらせていたのかは神のみぞ知るところでありますがね。しかし、荒縄を勝手に断ち斬った件は火事の延焼を未然に防ぎ、民衆を助けた功績を認められて、お許しになられたのです」

「本当に切腹にならなくてよかったわ」

こまりはほっと息を吐き、白旗にそそがれた酒を呑んだ。

鋏之丞が荒縄を自ら断ち斬ったのはどうなることかと、ずっとやきもきしていたのだ。

「シメの料理ができたぞ～」

その時、ヤスが厨房から大鍋を持って顔をだした。

鍋からは温かな湯気が天にのぼっていく。

「おお、なんじゃ、なんじゃ」

「肉だんごが入っておるぞ！」

鋏之丞と重蔵が声をそろえて飛びあがる。

「こいつはことり雑炊だ」

ヤスは鍋を卓のうえにおき、おたまで雑炊をすくい配っていく。

「ほらよ、姐さん。すっかり宴会客に馴染みやがって」

ヤスは苦虫を嚙み潰したような顔で、こまりにも椀をさしだした。

「ごめんなさい、ヤス。ついおしゃべりに夢中になっちゃって」

こまりは悪びれもせずに笑って頭を搔き、椀の中を覗き込んで感嘆の声をあげた。

「まぁ、なんておいしそうな雑炊なのかしら」

味噌味の雑炊に鴨の肉だんごがならび、薬味として刻まれたセリが添えられている。

こまりは熱々の肉だんごを箸でつかみ頰張る。

するとロの中で肉だんごがほろりとほどけ、肉汁のうまみが口内にじんわりと広がった。味噌の出汁を吸ってふくらんだ米がまた食欲をかきたてる。

汁をすすると疲れた身体にそっと染みわたるような味がした。

こまりはふと風神雷神に想いを馳せる。

双子の兄弟は、生まれながらにして忌み嫌われることが多いと聞く。

ふたりそろって手をとりあい生きていくことは辛く困難な道やもしれぬ。

それでもふたりは一緒にいることを選んだのだ。

誰一人傷つけずに江戸を去った風神雷神は今ごろ、なにを食べ、なにを想っているのだろう。

「なんてやさしい味がするのかしら」

こまりは窓の外をながめながら、ふっと独りごちた。

せめて少しでもおいしいものを食べていてくれたらいいと、こまりは願わずにはいられない。

「そうだわ。鋏之丞に重蔵さん」

こまりはふと名案を閃いて、今まさに熱々のことり雑炊をすすろうとしているふたりに声をかけた。

「もうすっかり阿吽の呼吸を会得したのだから、今なら二人羽織もうまくいくんじゃないかしら」

鋏之丞と重蔵は、はたと顔を見合わせる。

「ふむ。確かにな。一理ある」

「今の我々なら間違いあるまい」

「なら、さっそくためしてみましょ！」

こまりの軽はずみな甘言に乗じて、しこたま酒に酔った鋏之丞は勢いよく羽織を脱いだ。酩酊して赤ら顔の重蔵が羽織に頭を隠して腕を通し、鋏之丞も高笑いをしながら重蔵の前に座り直す。

ふたりでひとりの二人羽織ができあがり、重蔵がおぼつかない手つきでことり雑炊の椀と匙を探しあてて摑んだ。椀からは熱々の湯気が立ち昇っている。

「これぞ、我ら火盗改メが会得した新たな絆ぞ！　皆の者、刮目して見よ！」

火盗改メの連中もおもしろい余興がはじまったと鋏之丞たちに注目し、次々と檄を飛ばし、野次を飛ばした。

鋏之丞がくわっと目を見開き、大口をあける。

「いざ、参る！」

意気込んだ重蔵の握る匙は、迷いなく銕之丞の右頬にめり込み、銕之丞の絶叫が近隣一帯に響き渡った。

第三献　かすていらに想いを込めて

木枯らしが吹きすさぶ肌寒い季節がやってた。

小毬屋にはいつものごとく客を迎える仄(ほの)かで暖かな行燈が灯り、酔客のにぎやかな笑い声に満ちていた。

こまりがきりきり舞いで給仕をつとめていると、がらりと戸が開く。

「あら、いらっしゃい。玄哲さん。今日はずいぶんと遅かったのね」

こまりはほがらかに微笑みかけた。

玄哲は近所にある投げこみ寺の住職で、毎晩かならず一杯ひっかけにやってくる常連の生臭坊主だ。

ひじきもよく懐いており、玄哲を一目見たとたんに甘えるようにふところへ飛び込んでいく。

玄哲は頰を緩めてひじきを抱きかかえ、なぜか少し困惑ぎみの笑顔をこまりへむけた。

「今日はふたりなんだが空いてるかい？」

「ふたり？　玄哲さんに連れがいるなんてめずらしいわね。こちらの床几へどうぞ」

玄哲の後ろには背の高い物静かな男がぼうっと立っていた。

浅黒い肌をした若い男で無精ひげが生えている。

月代も手入れが行き届いておらず荒れ放題といったありさまだ。

衣服も薄汚れており、お世辞にも清潔とは言い難い。

なんだか薄気味の悪い男で、こまりも見たことのない顔だった。

「玄哲さんの知りあい？　この辺りじゃ見かけない顔ね」

こまりは男にあかるく笑いかけたが男は目をあわせようともせず、うつむいたまま黙りこくっている。

玄哲はこまりを手招きし、そっと耳元でささやいた。

「この人はね、実は拙僧の寺の穴のなかで行き倒れていたんだ」

「え？　死体から生き返ったってこと？」

こまりはぎょっとして大きな声をあげた。

投げこみ寺とは身寄りのない遊女や無宿者の亡骸が捨てられる寺のことである。

玄哲の寺にも大きな穴があり、儚い命を散らした遺体が次々と無残に捨てられていく。

玄哲は無縁仏を手厚く葬ることで日々を送っているのだった。

「いや、時々あるのですよ。死んだと思って捨てられた亡骸が突然、息を吹き返すことが……」

玄哲は狼狽しきった顔でゆでたまごのようにつるりとした坊主頭をなでた。

その時、無言を貫いていた薄汚い男の腹の虫が盛大に鳴き、玄哲は思わず苦笑を浮かべた。

「腹を空かしているようなのでな。なにか腹にたまるものを出してやってくれんか」

「わかったわ。せっかく娑婆に戻ってきたんだから、たんとおいしいものを食べて滋養をつけなきゃね」

こまりはにっこりと男に微笑みかけ、ひじを曲げてなけなしの力こぶをつくってみせた。

小毬屋の今宵のおすすめは納豆汁とふろふき大根である。

「それにしてもすごい食べっぷりね～」

　こまりはあ然として、飯を吸いこむように食べる男をながめた。

　男はよほど腹がへっていたのか納豆汁をあっという間に飲み干し、漬物を麦飯の上に載せてかっ込んでいる。

　気持ちいいほどの健啖ぶりだ。

　隣に座る玄哲は、ふろふき大根をちびちびと舐めるように食べながら酒を呑んでいる。

　男が無言で茶碗を差し出してきたので、こまりは御櫃（おひつ）から山盛りの麦飯を盛ってやった。これで三杯目である。

「こりゃ、今夜は高くつきそうじゃわい」

　あまりに男が食欲旺盛なので玄哲は涙目だ。

　無縁仏に捨てられていたくらいだから、男はろくに身銭を持っておらぬのだろう。あるいは死んでいる間に身ぐるみを剝がされたか。

「それにしてもあなた、名前はなんていうの？」

　こまりがたずねると男は口もとにこめつぶをつけたまま玄哲の耳もとでささやいた。

「……仙蔵というそうじゃ」

　その男、仙蔵に代わって玄哲がぼそりとこたえた。

「どこから来たの？　お金は持っていないの？」

「………」

仙蔵はなにもこたえずに、じっと別隣に座っていた客、佐次郎の皿を舐めるように見つめる。

佐次郎は、さつまいものごまだんごを食べているところだった。

ごまだんごはさつまいもを潰してまるめ、ごまをまぶして揚げたものである。

さつまいもの甘みと酒がまたよくあう逸品だ。

佐次郎は気まずそうに眼を逸らし、ごまだんごを箸でつまんで食べようとしたが、あまりにも仙蔵がじっと食い入るように見つめてくるので、とうとう根負けした。

「おひとつどうですか……」

仙蔵は暗い目の奥を光らせ佐次郎から即座に平皿を奪いとると、ごまだんごを手づかみでむしゃむしゃとむさぼり食べる。その姿は餓鬼そのものだった。

「あぁ〜……、ひとつだけのつもりだったのに……」

残りのごまだんごまですべて仙蔵に略奪され、佐次郎はがっくりと肩を落とす。

「まったくもう。お人良しなんだから。佐次郎さんにはごまだんごをもう一皿、つけてあげるわ」

「ありがとう、こまり殿〜」

　こまりが救いの手を差し伸べると佐次郎は半泣きで平身低頭、手をあわせた。

「仙蔵さん、佐次郎さんにお礼を言わなきゃだめでしょう」

　こまりが童を叱りつけるようにたしなめると、仙蔵は栗鼠(りす)のようにごまだんごを口いっぱいにふくんだまま、きょとんとした。

　仙蔵はふたたび玄哲に耳打ちする。まるで人見知りの激しい幼子だ。

　玄哲は困ったように苦笑して代弁した。

「どうも親切にありがとう。どの料理もみなおいしいとおっしゃっています」

「自分の口で話せないの？」

　こまりがたずねると仙蔵はさらに玄哲の耳もとでぼそぼそとささやく。

「拙僧の寺に転がり込む前、追手に襲われて喉を潰され、大きな声が出せぬと」

　仙蔵はこまりに喉仏をみせた。仙蔵の喉は痛々しい赤い痣がくっきりと残っていた。

「命を狙われていたの？」

　こまりが度肝を抜かれると仙蔵は真顔でうなずく。

　どうやら投げこみ寺に捨てられていたのも深い事情がありそうだ。

　その時、仙蔵が無言で床几の上にどんっと頭陀(ずだ)袋をのせた。

「あら、なに。ひょっとして食事代かしら？　ちゃんと銭を持っていたのね」

　こまりは嬉々として袋の口を縛っている紐をほどく。

　重さからして、かなりの銭が入っていそうだ。

　だが、こまりは袋の中を覗き込んでたまげた。

「なにこれ？　この袋の中身、すべて黒砂糖じゃないの！」

　黒砂糖は薩摩藩の特産品で庶民にはめったにお目にかかれぬ高級品である。

　こまりとて、話には聞いたことはあるが食べたためしなどない。

　小汚い身形の仙蔵の持ち物とは到底思えない代物である。

「ひょっとしてあなた、盗賊？　この店は火盗改メもよく顔を出すのよ。悪人ならただじゃすまないわよ」

　こまりがいぶかしげな視線をむけると仙蔵は慌てて頭をふり、玄哲に耳打ちした。

「どうやら仙蔵殿は長崎に医学留学をしていたそうでのぅ。この黒砂糖は、その時に薩摩にも足を延ばして手に入れたものだとか……」

「こんなにたくさんの黒砂糖をいったいどうして……？　金子だってたくさんいるでしように……」

　こまりがあ然としていると仙蔵は突然、床に這いつくばって土下座した。

「どうか、どうか。それがしとかすてぃらを作ってくださりませぬか」

仙蔵の声はひどくかすれて聞きとりにくく、まるで喉に風穴でもあいているようなひゅうひゅうという音がこぼれていた。

どんなに聞き苦しくても、仙蔵はこまりに直訴したかったらしい。

「急にどうしたの？」

こまりはおどろくばかりである。

「かすてぃらを作りあげるには、こまり殿の力がいるのです」

「そもそも、かすてぃらってなんなの？　見たことも聞いたこともない料理なんて作れないわ」

こまりはとまどい、うろたえた。

仙蔵は頭陀袋の中から一冊の本をとりだして、こまりに見せた。

「なにこの本……。全然、読めないわ」

本をぺらぺらとめくるものの、まったく見たこともない文字がところ狭しと躍っていて、こまりは目が眩(くら)んだ。

「こりゃ、南蛮書みてぇだな」

ヤスが厨からやってきて、本を覗いた。

「南蛮書？」

仙蔵は南蛮書のとある頁を開き、指さした。頁にはふわふわとした菓子の絵が描かれている。

「たまごのふわふわみてぇな料理だな？」

「……この本はそれがしが長崎で手に入れた南蛮の料理書です。かすてぃらは南蛮の焼き菓子で、うどん粉（小麦粉）とたまご、砂糖を混ぜあわせて作るそうです。本はそれがしが翻訳を試みます……」

仙蔵はなんとも聞きとりにくいかすれ声で語った。

「南蛮の焼き菓子……。それは絶対に食べてみたいけど……」

こまりは南蛮書に描かれたかすてぃらの絵を見ているだけで胸が高鳴り、口の中が唾液でいっぱいになった。

「でも、どうして？　このかすてぃらをどうするつもりなの？」

こまりがたずねると仙蔵は首を垂らしてうなだれた。

「ここから先は拙僧が話しましょう」

「玄哲さん。知っていたの？」

「実は寺でひとしきり理由をお聞きしまして。しかし、南蛮の菓子を作りたいなど拙僧にはとても無理です。それで小毬屋に連れてきた次第でして」

　玄哲が顎をなでながら説明した。

「まぁ。でも、どうして小毬屋に。南蛮の菓子をつくるなら、それこそ居酒屋よりだんご屋とか菓子屋のほうが……」

「こまり殿は以前、市川隼之介に頼まれて、黄緑のおはぎの謎を解いたでしょう。しかれば、こまり殿ならばこのかすてぃらと呼ばれる南蛮菓子も作りあげることができるのではないかと」

　市川隼之介は江戸の抱かれたい男番付筆頭の千両役者である。

　こまりはかつてこの絶世の美丈夫が惚れに惚れて夜も眠れぬほどに恋焦がれた黄緑色のおはぎの正体をつきとめたことがあった。

「おはぎと南蛮菓子じゃ、全然違うけれど」

　こまりはとまどった声をあげた。

「清乃が病気なのです……」

　仙蔵はかすれ声をふるわせた。

「南蛮菓子は滋養強壮にいい……。かすてぃらはきっと良薬になります。それがしは清乃にどうしてもかすてぃらを食べさせてやりたい……」

「清乃さんってどなた？」

「仙蔵殿の許嫁(いいなずけ)だそうです」

かすれてろくに声の出ぬ仙蔵に代わって、玄哲が説明をつづけた。

「仙蔵殿は長崎に留学中、許嫁の清乃殿が労咳(ろうがい)をわずらったと聞き、いてもたってもいられず、南蛮の料理書と黒砂糖を入手して遠路はるばる江戸まで帰ってきたと」

「まぁ。許嫁のために？　立派じゃないの。誰にでもできることじゃないわ」

こまりは感心し、胸を打たれた。

「ですが仙蔵殿の家は、奥羽(おうう)の小藩、棚倉藩の藩医を務めるお家柄だそうで……。長崎への留学も藩費だったため、勝手に留学をとりやめて帰ってきた仙蔵殿に御父上は激怒され、勘当されたと」

「そんな……。清乃さんのためを思ってしたことなのに……。あまりに厳しすぎるわ」

「仙蔵殿は身勝手な理由で届け出もなく留学先から消えた……。脱藩とみなされるのも当然のこと」

脱藩とは武士が正当な理由なく藩を抜けだすことであり、死罪といった重い処罰を下す藩も多かった。

「それで命を狙われていたっていうの？」

こまりは目を瞬かせた。曲者に追われているわけではなく、仙蔵が重罪人だったとは。

玄哲は淡々と話を続けた。

「せめて一目、清乃様に逢いたいと屋敷に忍び込もうとしたところ、追手に出くわし、清乃様を呼べぬように喉を潰されたそうです」

「なんて惨(むご)い仕打ちなの……」

仙蔵を待ちうけていた運命は、あまりに過酷であった。

「脱藩し家を捨てた仙蔵殿は清乃様との縁組も破棄されたも同然かと……」

「そんな……。仙蔵さんは清乃さんを想っての出奔だったのでしょう。なのに仙蔵さんはすべてを失って喉まで潰されるなんてあんまりだわ」

こまりは仙蔵が不憫(ふびん)でならず、胸が熱くなった。

「それがしが馬鹿だったのだ……。勝手なことばかりをして……」

仙蔵はかすれ声でつぶやき、傷だらけのこぶしをにぎりしめる。

こぶしは微かにふるえていた。うつむく頬に影が差す。

「でも、もういいのです。脱藩はもとより覚悟の上のこと。せめて最後に清乃に一目会い、かすてぃらを食べさせたい……。それがしの無念はそれだけなのです」

「わかったわ。あたしもかすてぃらを作るのを手伝うわ」

「おい、姐さんっ」

こまりが真剣な面持ちで即答すると、ヤスがとたんに眉間に皺を寄せた。

「また面倒ごとに首を突っ込みやがって。おたずね者なんだろ。こんな奴、匿って大丈夫なのかよ？　奉行所にでも突き出したほうがいいんじゃねぇのか」

「それ、咎犬のヤスが言う？」

「うるせぇな。それとこれとは話が別だ」

こまりが呆れると、ヤスはきまりが悪そうに頭を掻いた。

今では改心したとはいえ、素行の悪さはヤスとて筋金入りである。

「仙蔵さんはおたずね者かもしれないけど、火盗改メの連中だったら大丈夫よ。仙蔵さんは盗賊ではないし、銕之丞たちだって道理のわからない人たちじゃないわ」

「こいつの追手が小毬屋を襲ってくるかもしれねぇだろう」

ヤスは眉間に皺を寄せたまま唸った。

「そうかしら。投げこみ寺に捨てられていたってことは、仙蔵さんはすでに死んだものと扱われているのではないかしら。それなら動きやすくなって助かるわね」

こまりはのほほんとこたえたが、ヤスはまだ煮え切らぬ顔をしている。

「だがよ……」

「時がないのです！」

仙蔵が苦しそうに喉を抑えながら、かすれ声で叫んだ。

「清乃の病は労咳で容体は一刻を争います。こうしている間にも、清乃は死ぬかもしれない……」

労咳とは肺結核のことである。次第に咳が増え、息が苦しくなり、病が少しずつ身体を蝕んでいく。最後は血を吐いて死んでいく壮絶な不治の病だ。

仙蔵は床に頭を擦りつけたまま、必死に訴えた。

「かすてぃらさえ完成すれば、それがしはすぐにここを出ていきます。玄哲殿にも小毬屋にも迷惑はかけませぬ」

「ヤス。あたしからもお願い。せめてかすてぃらを作る手伝いをしてあげましょうよ」

こまりは仙蔵の手を握りしめ、ヤスに強く訴えた。

ヤスはぐっと言葉に詰まる。ヤスとてたいせつな人を、妹おあきをなくしている。ヤスはおあきの姿が脳裏をよぎったのか、微かに目をうるませた。

鼻の頭を指先でこすり、舌打ちする。

「しかたがねぇな。今回ばかりは助けてやるか。ただし番所に目をつけられたら、すぐに突き出すからな」

「ありがとう、ヤス！」

こまりは飛びあがって、ヤスに抱きつかんばかりによろこんだ。

ヤスがぎょっとして飛び退る中、こまりは意気揚々とこぶしを掲げた。

「そうと決まれば、明日からさっそくかすてぃら作りをはじめましょう」

翌日、日も高くなる前に小毬屋の厨にこまり、ヤス、仙蔵、玄哲の四人がふたたび集まった。

からりとした冬晴れで、穏やかな日差しが障子戸からこぼれていた。

机の上には、かすてぃらの材料となるたまご、うどん粉、黒砂糖、水飴、みりんが載っている。

黒砂糖のほかの材料は仙蔵に南蛮書を読みといてもらい、朝市で買い集めたり、ぼてふりを呼び止めてかき集めた食材だった。

「たくさんのたまごがいるのね。なかなかの贅沢品だわ」

こまりは気合を入れ、たすきがけをしながらつぶやいた。

たまごの代金も仙蔵の汚い頭陀袋から出てきたのだが、仙蔵はこれだけの資金をどうやって集めたのか、こまりは甚だ疑問であった。

小藩の留学生とは、そんなに金を持っているものなのか。

「まさかとは思うけど悪事をして集めた金子じゃないでしょうね？」

こまりがいぶかしむと、仙蔵はとんでもないと頭をふった。

玄哲に耳打ちし、仙蔵は弁明した。

「江戸までの旅費を稼ぐため、ためしに辻医者をしてみたところ、蘭方医は珍しいと行く先々で評判となって、金子が貯まったのだと」

辻医者とは路上で診察や健康相談をする流しの医者のことである。

こまりはすべてを信じたわけではなかったが、仙蔵の言い分を聞き入れることにした。

藪を突きすぎても、ろくなことにならなそうだ。

気をとりなおして、こまりは食材とむかいあう。

「さ、まずはなにをしたらいいのかしら」

仙蔵は南蛮書を読みふけり、玄哲に耳打ちする。玄哲は一字一句、こまりたちに反復して伝えた。

「たまご、砂糖、うどん粉、水飴、みりんをよく混ぜあわせる」

「はいはい、まかせて」

こまりは大鉢にたまごを四つ割って入れ、うどん粉、水飴、みりんを次々に入れてよくかき混ぜた。

その間にヤスが黒砂糖のかたまりを粉々に砕いて粉末にしていく。

「黒砂糖はこんなもんでいいか」

「いや、もっと使うそうです」

「甘すぎるだろ」

玄哲を通した仙蔵の指示にヤスは顔をしかめた。

「こんな贅沢に砂糖を使うなんざ、見てるだけで胸焼けがしてくるぜ」

そもそもヤスは甘い菓子があまり得意ではない。

いくら高級品といえど大量の砂糖を見ているだけで、うんざりしている。

だが、仙蔵は譲らなかった。

「砂糖は良薬にもなる。たんと入れてくれ、と」

「へいへい」

「こまり殿、うどん粉がだまにならぬよう気をつけて」

玄哲を通して、仙蔵から注意が飛ぶ。

「なかなかの力仕事ね」

こまりは額の汗を袖で拭いながら、ひたすら生地を混ぜつづけた。

生地は次第にとろみのある淡黄色の汁となっていく。

「おら、黒砂糖の用意ができたぞ」

ヤスから黒砂糖をうけとって、こまりは大鉢の中に大量の黒砂糖を投入する。

生地が黒砂糖によってうっすらと黒くなっていく。

「このあとはどうするの？」

「綟(もじ)で一度、濾(こ)します」

綟とは麻でできた織り目の粗い布のことである。

「ヤス、もう一つの大鉢と布を押さえていて」

「へいへい」

こまりとヤスは力をあわせて、大鉢に入った生地を織り目の粗い布に流し入れて濾した。すると生地はさらになめらかになっていく。

「なんだかこのとろみのある汁だけでもおいしそうだわ」

こまりはまだ見ぬ未知の菓子にわくわくと胸をおどらせ、こっそりと汁を指先ですくいとって舐めてみた。

舌がしびれるほどの甘さに、こまりは狂喜乱舞した。

「次はどうしたらいいの？」

「さすれば鍋に油を多めに敷き、その中に先ほど混ぜあわせた生地を入れる」

「お安いご用よ。そのあとは？」

こまりは説明通りに鍋に油を敷いて、生地を流し込んだ。

「そうしたら鍋にふたをして下から遠火をかける」

「なんだ。南蛮菓子といっても簡単じゃないの」

「いや、ここからが至難の業なのでござる」

仙蔵が難しい顔をして唸った。

「至難の業って？」

こまりはきょとんとした。

仙蔵も蘭学を学んでいただけあって南蛮書の翻訳もそつがなく、これまでは順調すぎるほどの道筋だったが……。

仙蔵に耳打ちされ、玄哲が申し訳なさそうに告げた。

「このあとは南蛮窯を使って、とろみ汁に上下から火を入れるとのこと。されど小毬屋には南蛮窯はないゆえ……」

「どうにかして上からも熱を加えないといけないってわけね」

こまりが首をひねるとヤスは半信半疑でぼやいた。

「そんなことできるのかぁ？」

「火鉢を載せるとか」

　こまりがあてずっぽうに提案すると仙蔵はとんでもないと頭をふった。

「火鉢は重過ぎるでしょう。かすてぃらはふわふわとした焼き菓子なので潰れてしまう」

「まぁ、それは大変だわ！　ふわふわは大切よ！」

　こまりは大慌てで前言を撤回した。

　たまごのふわふわしかり、餅やまんじゅうしかり食感のやわらかさは時に何事にも代えがたい肝心なものだ。

　かすてぃらがせんべいのように潰れてカチコチに固まったら、もはや別物だ。

　甘い菓子は、やはり淡雪のようにふわふわとやわらかくなくては。

　しかし、どうにも火鉢に代わる妙案が思いつかない。

「仕方ないわね。一杯ひっかけて考えましょう」

　煮詰まった時は、酒を呑んで息抜きをするにかぎる。

　こまりは湯呑みにたっぷりと酒をそそいで気風よく呷った。

「おお。そいつは名案ですな。であれば拙僧にも一献」

　酒好きの玄哲が相好を崩して、こまりの策に便乗する。

「相変わらず昼間っからよく呑むもんだ」

ヤスは呆れてぼやいたが、こまりは歯牙にもかけずにのほほんと受け流す。

「急がばまわれよ。こういう時は好きなものを食べて呑んで、のんびりしたほうがいい閃きがあるんだから」

「屁理屈ばかりこねやがらぁ」

「なにかいいつまみはないかしらねぇ。ヤス、たまごの残りでたまごのふわふわを作ってよ」

こまりは図々しく、ヤスにねだった。

酒を呑んで腰を落ち着かせたので動く気になれぬ。

だが、ヤスの態度はけんもほろろに素っ気ない。

「嫌だね。あれは延々とたまごをかき混ぜるから腕が疲れるんだ」

ヤスはしかめっ面を浮かべてはいるものの、昨晩の残りのさつまいもの甘辛煮を出してくれた。

「さすがヤス！　頼りになるわ」

こまりは箸をとって欣喜雀躍とした。

さつまいもの甘辛煮は、さつまいもを皮つきのまま輪切りにし、みりんと醤油を加えて煮たものである。

一口頬張れば、味の染みたおいものほくほくとしたやわらかな甘みが口内に広がる。

こまりは酒を呷り、さつまいもの甘辛煮を頬張って一休みしながら、かすてぃらに上から熱を加える方法を考えた。

だが、こまりがあまりにものんびりと酒を呑んでいるものだからヤスの小言が増えはじめる。

「店の仕込みもあるし、南蛮菓子ばっかりに気をとられているわけにはいかねぇぞ」

こまりの思考も次第に今夜の商いに引っ張られていく。

「そうねぇ。今夜の献立も考えないと……。そういえば行燈の油は足りたかしら」

日暮れからにぎわいはじめる小毬屋には行燈がかかせない。

ろうそくはあまりに高価なので菜種油や魚油を使うことが多かった。

「それなら昨日、油屋で買い足しておいたから大丈夫だ」

「さすがヤス。気が利くじゃないの」

こまりはほっとしたのも束の間、稲光のような閃きが体中を駆けめぐった。

「そうだわっ。鍋のうえに行燈の火皿を載せればいいのよっ」

「なるほど。行燈の火皿か。確かに火皿なら軽いしな」

こまりはさっそくかすてぃらの生地が入った鍋に蓋(ふた)をして、その上に行燈の火皿を載せてみた。

火皿のなかにうっすらと灰を敷き、火をつける。

さらにかまどにも火を入れて、遠火になるよう鍋をおいた。

「これなら上からも下からも熱を入れられるわ」

こまりは嬉々として、胸を張った。

「さすがです、こまり殿」

玄哲はすっかりできあがっており、赤ら顔で手を叩く。

仙蔵も満足そうに頬をほころばせた。

「あとはゆっくり待てば、かすてぃらのできあがりね」

しばらくするとかすてぃらの焼ける匂いが厨に満ちはじめ、こまりは落ち着かなくなった。

「なんて甘くて香ばしいのかしら。匂いだけで幸せな気分で胸がいっぱいになるわ」

こまりはうっとりとして鼻腔を広げ、精一杯息を吸う。

ひじきまでも髭を揺らして、そわそわとしている。

鍋の中が気になって仕方がないが、蓋をしっかりしているためどうなっているかはわからない。

「大丈夫かしら。蓋をあけてみたほうが……」

「おい、あんまりうろちょろするな。仕込みの邪魔だ」

こまりは酒を呑みながら、そわそわとかまどのそばをいったりきたりしてはヤスに叱られた。

一刻（二時間）ほどの時が流れ、仙蔵がようやく重たい腰をあげる。

「そろそろいいそうです」

玄哲を介した仙蔵の指示で、こまりは火を消した。

火傷せぬよう濡れた手ぬぐいをかぶせて念願の蓋をあける。

とたんに湯気が立ち昇り、こまりは鍋の中を覗き込んで感嘆の声を漏らした。

「うわぁ！　黄金色の綿のようだわ。こんなお菓子、見たことも食べたこともないわ」

土鍋いっぱいにふくらんだかすてぃらの表面は焦げ目がついた濃い桑茶色で、割れ目からは琥珀（こはく）色のふっくらとやわらかな層が顔を見せていた。

「食べたいっ。味見してもいいかしら？」

「待て。しばし、熱を冷ましたのち皆で毒見致そう」

仙蔵が微笑してそっと耳打ちし、こまりは身もだえした。

「ずいぶんと焦らされるじゃないの」

さらに半刻ほど待ち、ようやく仙蔵の許可が下りて、こまりはよろこんで包丁を握った。

「さっそくとりわけましょう」

かすてぃらにおそるおそる包丁を入れると、弾力のやわらかさが手に伝わってくる。

「つきたてのお餅のようなやわらかさだわ」

こまりはまるで恋する乙女のように胸を高鳴らせ、南蛮菓子を独り占めしたい衝動に駆られた。

「ヤスは甘いもの苦手だし、いらないわよね？」

「ふざけんな！　南蛮菓子なんて食べる機会はめったにねぇんだ。ちゃんと寄越しやがれ」

ヤスがめずらしく食い意地を張って怒り、こまりは舌打ちした。

「ちぇっ。ヤスのぶんもあたしが毒見しようと思ったのに！」

こまりはしぶしぶ均等に切り分け、ヤス、玄哲、仙蔵に配った。

「待てよ。姐さんのぶん、ちと大きくねぇか？」

「気のせいよ、気のせい！　それじゃあ食べるわよっ」

こまりは笑って誤魔化し、かすてぃらを一口、箸で掬った。

やわらかく、まるでお麩のようである。

ごくりと生唾を呑み込んで、こまりはかすてぃらを頬張り、目を見開いた。

「ん〜〜ッ！　ふわふわぷるぷる！　弾力もあって、やさしい上品な甘さが口いっぱいに広がっていくわ！　こんなの食べたことない！」

かすてぃらはたまごと黒糖の甘さが絶妙に絡みあい、しっとりとしている。

ひじきがこまりの膝に前足をおき、羨ましそうな眼でじっとこまりを見上げた。

こまりは焦げ目の切れはしをそっと手でとって、ひじきにもおすそ分けしてやった。

ひじきは盛大に尾っぽをふって、かすてぃらをぺろりと平らげる。

「……うまい。意外と後味もしっかりしているな。後に引かねえ甘さだから、いくらでも頬張れそうだ」

甘味が苦手なヤスも仰天して、思わず膝を打ち、かすてぃらをむさぼり食べている。

「ふわっとした舌触りで食感がおもしろいですね。まるで雲を食べているようだ。こんな美味な菓子を食べたのは拙僧も生まれてはじめてです」

玄哲もかすてぃらを頬張り、感動して目を潤ませ茶をすすった。

「かすてぃらは濃い茶にもよくあいますな」

「砂糖をもっと控えめにすれば、酒の肴にもできるかもしれないわ。金子もかからずにすむし」

かすてぃらのあまりの美味しさに、こまりの商売魂が俄然、燃えはじめる。

「コクもあるし、生地もきめ細かい。調合も焼きかげんも申し分ない。よい塩梅じゃ」

仙蔵もかすてぃらを貪り食べ、目頭を熱くした。

「ありがとう、こまり殿。貴殿の機転のおかげでうまくいった。それがしだけでは、かすてぃらを作りあげることはできなかった」

こまりの手を握って、仙蔵は感謝の意をがさがさにかすれた声でささやいた。

「これでようやく清乃にかすてぃらを食べさせることができる……」

「安心するのはまだ早いわよ。どうやって清乃さんにかすてぃらを届けるかを考えないと」

こまりはかすてぃらをぺろりと平らげて、鍋に半分ほど残るかすてぃらを恋焦がれるようにうっとりとながめた。

できるものならば、鍋いっぱいのかすてぃらを今一度、頬張ってみたいものだ。

だが、かすてぃらはそもそも清乃のために作りあげたものだ。

病の床にある清乃に早く届け、食べさせてやりたい。

「確かによ、仙蔵は脱藩した重罪人だろ。かすてぃらを手土産にのこのこと許嫁のもとへ出向くのは危険極まりねぇぜ」

「そうやすやすと逢わせてはもらえぬでしょうね。仙蔵殿が届ければ、その場でお縄になるのが関の山です」

こまりの訴えにヤスも玄哲も同意してうなずいた。

「こんなおいしい南蛮菓子を食べたら、清乃さんは病なんて吹き飛んで、きっと元気が出ると思うのだけれど。見ず知らずの人間が持っていっても怪しまれるだけだろうし……」

「それについては、それがしに妙案があるのですが……」

仙蔵はそっと玄哲に耳打ちした。

「なんじゃとっ」

仙蔵の一計を聞き、玄哲が目を剝く。

「なになに？　どんな策があるの？」

こまりが身を乗り出してたずねるも、玄哲は及び腰だった。

「いや、さすがに危険すぎるじゃろう」

「教えて、玄哲さん。気になるじゃないの」

こまりが袖を引くと玄哲は唸りながらもしぶしぶと口を開いた。

「清乃殿の家では新たな女中を探しているそうでな……。こまり殿が女中に扮して屋敷に入り込み、清乃殿に接近してかすてぃらを渡せぬものかと……」

「なにそれっ。おもしろそうっ」

こまりは目を輝かせて喰いついた。

「いや、待て。そりゃ無謀だ。それに小毬屋はどうする」

今にも小毬屋を飛び出していきそうな勢いのこまりの首根っこをヤスが摑む。

「大丈夫よ。清乃さんに会えたら、すぐに抜け出して戻ってくるから。あっという間よ」

「そんなにうまくいくかぁ？　そもそも姐さんみたいなはねっ返りに女中が務まるとも思えねぇが」

ヤスは半信半疑、というよりほぼ疑っている。

「大丈夫よ。あたしだってこれまで武士や飛脚に変装したり、いろいろと経験してきたんだから。女中に化けるくらい、お茶の子さいさいよ」

「いや、姐さんにとっては、武士や飛脚よりも女中に化けるほうが難しいはずだ。女らしく、しとやかにふるまわねぇといけねぇ。できるのかよ？」

ヤスは真剣に止めたが、こまりは聞く耳を持たなかった。

「大丈夫よ。あたしからしとやかさをとったらなにが残るっていうの」

こまりは大真面目にこたえ、周囲がずっこける中、大見得を切った。

「それに潜入だなんて、くのいちみたいでかっこいいじゃないのっ」


清乃の生家である新田家は代々将軍の御殿医を務めており、現当主である新田清兵衛も奥医師であるという。

新田家の屋敷は築地にあって敷地は広く、古い屋敷ながらも立派な造りだった。

むろん、こまりがただのうのうと押しかけて女中になれるような家柄ではない。

こまりは公儀の御庭番である夜猿丸に頼み込み、紹介状を書いてもらった。

紹介状では、こまりは由緒ある武家の養女となり、身分が保証された。

御庭番の夜猿丸にとっては、この手の書状の偽造工作は朝飯前である。

夜猿丸の後ろ盾を得て新田家の女中となり、こまりは屋敷に潜りこむことに功を奏した。

「では、こまり。今日からよろしくお願いしますね」

年嵩の上女中お登勢に屋敷を一通り案内され、こまりは深々と頭を下げる。

お登勢は新田家の女中たちをとりまとめる老女という役職に就いていた。

「はい、炊事、掃除、洗濯、なんでも得意です。どうぞよろしくお願いしますっ」

こまりは威勢よく返事をしたが、お登勢は鋼のように冷徹な女でにこりとも笑わない。

お登勢は淡々とこまりに命じた。

「頼もしいかぎりですが炊事や掃除は下女の仕事です。他人の仕事を奪ってはなりませぬ。まずは洗濯をお願いね」

「はい。よろこんでっ」

こまりは精一杯の笑顔でこたえる。

とにかくまずはぼろを出さずに女中働きをこなし、場に馴染まなくては。

失敗ばかりして変に目立っては怪しまれて、清乃にかすてぃらを渡すどころではなくなってしまう。

こまりが洗濯道具を抱えて井戸のある庭に入ると、ひとりの若い娘が縁側に腰かけていた。

「ふふ、あなたが新しい女中さんね。ずいぶんと元気がいいのね。大きな声がとってもよく響いていたわよ」

こまりを一目見るなり、娘は好奇心いっぱいの視線を投げてくる。

娘は色艶のよいきめ細やかな白い肌をしており、地味だが整った顔立ちをしていた。

この娘こそ、新田清兵衛の長女、清乃である。

「あの、清乃様。清乃様は横にならなくて大丈夫なのですか」

こまりは思わず話しかけた。こんな好機はめったにない。

「あら、どうして？」

清乃はふしぎそうに小首をかしげる。

「……ずっとご病気だと伺っていたものですから」

こまりがおずおずとたずねると清乃は品のよい笑みを浮かべた。

「それはなにかの間違いだわ。たしかにあまり身体は強くはないけれど、ずっと寝込んでいなければならないほどの大病ではないのよ」

「そうなんですか？」

こまりはあ然とした。

清乃は労咳を病んでおり、床に伏しているのではなかったのか。

労咳のため屋敷の離れに幽閉されているとも聞いていたが、清乃は本宅にいて気ままに羽根を伸ばしている。

顔色もよく、長いこと闘病生活を送っているようには到底見えなかった。

仙蔵の話とずいぶん食い違っている。

清乃が肺を病んで床についたという知らせを受けたからこそ、仙蔵は長崎留学をとりやめて出奔したのだが。

清乃が病でないのなら、仙蔵の脱藩はいったいなんだったのか。

仙蔵はただいたずらに未来を棒にふったことになるではないか。

こまりは混乱し、仙蔵の話をどう持ちだすべきかわからなくなった。

「それより、こまり。ちょっとこちらへ来て」

清乃に手招きされるがまま、こまりは縁側へ近づく。

「あちらにある反物、どれが一番素敵だと思う？」

清乃はほがらかな声で部屋に立てかけられた色とりどりの反物を指さした。

「わぁ。どれも素敵だと思いますけれど……」

こまりは一目にして目を奪われる。

芍薬（しゃくやく）、藤、萩とどれも色鮮やかな柄で高級な反物ばかりであった。

「婚礼の祝いに好きに着物を誂えていいと父上がおっしゃるのだけれど、どの反物にするか迷っているの」

清乃は悩ましげに眉を下げた。こまりはぎょっとする。

「清乃様はお嫁にいかれるのですか？」

「あなた、あたし付きの女中になったのになんにも知らないのね」

清乃はおかしそうにくすくすと笑い、こまりは深々と頭を下げた。

「勉強不足で申し訳ございません」

「いいわ。こちらも説明が足りなかったものね」

清乃は女中にも分け隔てなくやさしい気立てのよい娘だった。

「あたしはもうすぐこの新田家を出てお嫁にいくのよ。新しい女中を探していたのはね、嫁入り先に一緒についてきてくれるお付きの女中を探していたからなの」

「それって、つまり……」

「そうよ、こまり。あなたも一緒についてきてちょうだいね。こまりが来てくれないと心細いわ」

清乃はつぶらな瞳を潤ませて、こまりの情に訴えた。

こまりは清乃にかすてぃらを渡し、さっさと逃げ出す算段でいたので、清乃の期待には胸が痛んだ。

「……どちらに嫁ぐのでございますか」

こまりは小さく息を吐き、こころを落ち着かせてたずねた。

「千賀家よ。材木商の。ご存じ？」

「えっ。あの千賀家ですか。豪商の」

こまりは度肝を抜かれた。

千賀家といえば江戸一番の材木商で江戸中に名が知れ渡った豪商だ。

「ふしぎでしょう。あたしもずっと同じ家柄のお医者様のところに嫁ぐのだとばかり思っていたから。突然降ってわいた縁談に未だにとまどっているくらいなの」

清乃の横顔に儚げな影が差す。

「だから、こまりのことはとても頼りにしているの。あたしがお嫁にいっても支えてちょうだいね。こまりはお武家様の養女になる前は商家の生まれだったのでしょう」

どうやら、こまりの紹介状にはそのように記されているらしい。

「もちろんです。ところで清乃様」

こまりはいけしゃあしゃあとこたえて清乃の目を覗き込み、いちかばちかたずねた。

「仙蔵様のことはもうよろしいのですか」

その刹那、清乃の黒目勝ちな瞳が揺らいだ。

束の間の静寂が流れ、清乃が小さな口を開く。

「……仙蔵のことはとても残念に思うわ。でも、亡くなった人をいつまでも悔いていてもしかたないもの……」

清乃の言葉は、まるでこまりに言い聞かせるというよりも己自身を納得させようとしているように響いた。だが、こまりにとっては寝耳に水だ。

「亡くなった？　仙蔵様がですか？」

「ええ。留学中に労咳を患い、志半ばで亡くなったと父上から聞きました」

清乃は目を伏せ、声を微かにふるわせた。

「あたしもね、本当はまだこころの整理がつかないの。仙蔵が死んだと聞かされてから日が浅すぎるもの……」

こまりは思わず清乃の白い手を握った。清乃の手は温かく、健康そのものだ。

「それはあんまりです……。せめて婚礼を遅らせてもらうことはできぬのですか」

清乃は小さく頭をふった。

「婚礼は家同士が決めるものです。あたしのこころなんて関わりなく勝手に進んでいくものなのよ。誰にも河の流れを堰き止められないように。もうどうしようもないの」

こまりは、仙蔵は生きているのだと叫びたかった。

清乃の瞳は悲しみに沈んでいる。まだ仙蔵を好いているのだ。

だが、ぐっとこらえたのは底知れぬ気味悪さに慄(おのの)いたからだった。

仙蔵と清乃はお互いに嘘の知らせを受けた。

ふたりは謀(たばか)られて引き裂かれたのだ。

いったい誰がなんのためにそんなことをしたのか。

どこかに黒幕がいるはずである。

こまりの思考がこたえの出ぬ迷宮で彷徨(さまよ)っていると、背中からお登勢の叱り声が飛んだ。

「こまりっ。全然、お洗濯がすんでないじゃないのっ」

「申し訳ありませんっ。今すぐやりますっ」

こまりは慌てて清乃に深く頭を下げて、洗濯に戻った。


「はぁ〜……。疲れた。女中働きも楽じゃないわ。もう辞めたい……」

こまりは小毬屋で出された熱々のお茶をすすりながら弱音を吐いた。

「ずいぶん早い泣き言じゃねぇか。あんなに自信満々だったのによ」

小上がりに座り込み、机を挟んだ向かい側で呆れかえっているのはヤスである。

女中働きでなかなか外に出られぬこまりであるが、今日はお使いを命じられ、外出が許されたため、帰りに小毬屋に飛び込んだ次第だった。

「あたしは炊事やお掃除なら自信があったのよ。だけど女中のお仕事はお洗濯とか裁縫とか小間使いが多くって……」

こまりは慣れぬ女中働きで酷使され、へとへとであった。

許されるなら、もう新田家のお屋敷には帰りたくない。

「あたし、お裁縫は苦手なの。繕い方が雑だって、昨晩もお登勢さんに散々叱られたのよ……」

こまりは半べそをかいて訴えた。こまりの指先はどれも傷だらけだ。

縫物をしている間に、誤って針で刺しまくったのである。

「洗濯とか裁縫中にお酒を呑んではいけないし、あたしはもうお酒が呑みたくて狂いそうよ。夕餉にも寝酒はつかないし……」

女中奉公をはじめてから、大好きな酒が遠ざかった。

「奥医師のくせに新田家って吝嗇ね」

こまりはまさかこんなにも長い間、禁酒するはめになるとは微塵も想像していなかった。女中働きよりも思い通りに酒が呑めぬことがずっと苦痛だった。

こまりは女中になった己のうかつさと無鉄砲さを呪わずにはいられない。

「なら、さっさとかすてぃらを渡して戻ってくればよかったじゃねぇか。もう何日目だと思ってんだ。俺ひとりで小毬屋をまわしていくのも、いいかげん辛いぜ」

ヤスは眉間に皺を寄せ、不満げな声をあげる。

なんといってもヤスの人相は極悪である。

愛想のよいこまりが切り盛りしなければ、小毬屋から客足はおのずと離れていく。

ヤスなりに精一杯やっているのだろうが、こまりが抜けてヤスの顔には思い通りにいかぬ客商売への疲労が色濃く浮かんでいた。

「だって、それどころじゃなくなったんですもの」

こまりは申し訳ないとヤスに詫びつつ、事の詳細をつまびらかに語った。

清乃が労咳ではなかったこと。

そればかりか仙蔵は死んだと一方的に聞かされており、別の縁談が粛々と決められていたこと。

「こんなの絶対おかしいじゃない。仙蔵さんは嵌められたのよ!」

こまりは声を荒らげ、湯呑みを机上に乱暴に叩きつけた。

せめて今ぐらいは酒を呑みたいが、これから屋敷に戻らねばと思うと酒臭いわけにもいかない。飲酒ははばかられた。

「しかし、穏やかじゃねぇな。いったい誰がそんな陰謀を企てたんだ？」

ヤスも耳を疑い、気色ばむ。

「あたしが思うに怪しいのは千賀喜左衛門よ」

こまりは目の奥を光らせた。

「仙蔵さんが清乃様と引き離されたとたん、千賀家との縁談がすんなり決まるなんておかしいわ。喜左衛門が清乃様をどこかで見初めて、嫁にするためにふたりの仲を引き裂いたのよ」

喜左衛門は江戸では知らぬものはいない豪商だ。

金さえ積めば、手足となって動く手下など腐るほどいるだろう。

「いや、それを言うなら怪しいのは清乃の父親のほうじゃねぇか」

ヤスは腕を組んで考え込み、きっぱりと断言した。

「新田清兵衛のこと？」

こまりは目をぱちくりとさせた。

新田清兵衛とは女中働きの初日に一度、挨拶をすませている。

聡明そうで物腰穏やかな親父であった。

奥医師の仕事が忙しいのか屋敷にいない日も多い。

「仙蔵に清乃が病だと書状を送ったのは新田清兵衛なんだろう。姐さんの話だと清乃に仙蔵が病で死んだとうちあけたのも新田清兵衛。千賀喜左衛門との縁談だって当主が首を縦にふらなきゃ進まねぇだろうよ。どう考えてもこいつが一枚嚙んでなきゃおかしいわな」

こまりはうなずいた。

「なるほど。確かにヤスの言う通りだわ。ひょっとすると、ふたりが結託して仙蔵さんを陥れたのかも。でも、いったいどうして？　お医者様と結婚したほうが家柄もあうし、いい気もするけど……」

ヤスは苛立ちまぎれに舌打ちした。

「ケッ。新田清兵衛の狙いなんてひとつしかねぇだろ。金だ、金。当主は金に目が眩んで仙蔵を切り捨てたんだろう。でなきゃ、わざわざ身分違いの豪商に娘を嫁がせる理由なんざねぇ」

「お金なんかのために仙蔵さんは殺されかけたっていうの？」

こまりは気色ばむ。と、その時、背後でがたんと音がした。

「仙蔵さん！」

ふりかえれば戸口で仙蔵が呆然と立っていた。

「どうして仙蔵さんが小毬屋にいるの？」

「悪い。俺が買い出しを頼んでたんだ」

ヤスはばつが悪そうに頭を掻く。

「姐さんもいねぇし、人手がたりねぇから手伝いを頼んでたんだよ……」

仙蔵はまるで幽霊のような顔つきでふらふらとこまりの前までやってきた。

どうやら、こまりとヤスの話を立ち聞きしていたらしい。

「……清乃は元気にしていたんだな？」

仙蔵は顔面蒼白の鬼気迫る顔で訴えた。こまりは思わずうなずく。

「ええ……。とても元気そうにしていたわ。って、その声！」

仙蔵の声はかすれておらず、澄んだよく通る声をしていた。

「すまぬ。まわりの同情を引くために喉を潰されたふりをしていたんだ」

仙蔵がさらりと暴露し、こまりは絶句した。

「あたしたちを騙していたの？　清乃さんが労咳じゃないことも、ひょっとして知っていたとか？」

「薄々はな。でも本当かどうかはわからなかった。万が一、本当に病だったらと思うと気が気ではなく狂いそうだった。それがしは真実を知りたかったんだ……」

仙蔵はその場に気が抜けたようにへたり込む。

一筋の涙が仙蔵の頬を伝い落ちていく。

「清乃が病でなくて誠によかった……」

仙蔵は声をふるわせ、神仏に祈りを捧げるように手をあわせた。

「ちっともよくないわよ、仙蔵さん！」

こまりは仙蔵の腕を引いて、発破をかける。

「このままでは清乃さんがお嫁にいってしまうのよ！　それでもいいの！」

だが仙蔵は小さく頭をふった。

「もともと身分違いの恋はそれがしのほうだったのじゃ……。清乃が幸せに暮らしていけるなら、それでいい……」

仙蔵はすべてを諦めたような弱々しい笑みを浮かべたが、こまりは納得がいかなかった。仙蔵の笑みは清乃とおなじ笑い方だったからだ。

すべてを諦めた悲しい作り笑顔だ。

「清乃様はまだ仙蔵さんを好いているわよ」

「されど時が経てばそれがしのことは忘れ、夫といい家庭を作ってくさ。それに清乃の新しい相手は金のある男なのだろう」

仙蔵は目を伏せた。

「こんな明日をも知れぬ男と一緒になって苦労するより、豪商へ嫁いだほうがいいに決まっている」

こまりは腹立ちまぎれに仙蔵の頬を張った。乾いた音が響く。

「どうしてそんなに捨て鉢になるのよ！　それを決めるのは仙蔵さんじゃない。清乃様でしょう」

「いや、それは無理があるだろう。結婚ってのは家同士がするもんだ」

ヤスが苦虫を嚙み潰したような顔で横槍を入れた。

こまりの目からはとたんにぼろぼろと涙があふれてきた。

仙蔵もヤスもぎょっとする。

「……どうして、こまり殿が泣くんだ？」

「だって悔しいじゃないの。どうして仙蔵さんがなにもかもを諦めなくちゃいけないの。仙蔵さんはなにも悪いことなんてしていないのにおたずね者なのよ」

仙蔵はやさしい目をして、菩薩のような笑みを浮かべた。

「いいのだ。清乃の幸せがそれがしの幸せなのじゃ……」

「仙蔵さんがよくても、あたしには清乃様が可哀想でならないのっ」

こまりは駄々をこねる童のように叫んだ。

「清乃が？」

「あたしにはわかるの。おきざりにされて、本当のことを話してもらえなかった気持ちが。清乃様は仙蔵さんが生きているのに迎えに来てくれなかったと知ったら、すごく悲しむと思うわ」

こまりの脳裏に前の夫、宗右衛門の姿がよぎる。

清乃が今、仙蔵に捨てられようとしていることは、こまりが宗右衛門にうけた仕打ちとおなじだと痛感した。

「だから、あたし、言うわ。清乃様に仙蔵さんが生きてること伝えてくる」

こまりは立ち上がって駆けだそうとした。

仙蔵が慌てて、その手を摑む。

「待ってくれ！」

「止めたって無駄よ！　今のあたしは清乃様の味方なの！」

こまりはきっと仙蔵をにらみつける。仙蔵は困り果てて嘆息した。

「参りました。こまり殿にそこまで捨て身になられては……。本当のことを話さねば良心が痛む」

「本当のこと……？」

　こまりはきょとんとした。

「なにかまだ隠し立てしていることがあるの？」

「それがしには裏の顔があるのです」

「裏の顔？」

　仙蔵は真顔で白状した。

「それがしの正体は忍び。長崎への医学留学というのは表向きの顔。裏の顔は薩摩飛脚にござる」

「薩摩飛脚だぁ？」

　ヤスがすっとんきょうな声をあげた。こまりも小首を傾げる。

「……薩摩飛脚ってなぁに？　薩摩まで文でも届けるの？　ずいぶんと長旅ね」

「薩摩飛脚とは薩摩へ潜入する隠密のことです。されど薩摩から帰ってきた忍びはこれまで誰ひとりとしておらなんだ」

　仙蔵は目を伏せ、淡々と語った。こまりはぎょっとする。

「一人も？　どうして帰って来られないの？」

「薩摩は外様の雄藩で他国に国情が漏れるのを極端に嫌う。よそ者の出国には強く目を光らせて、怪しい者は亡き者にして葬り去る。故に薩摩飛脚となって帰って来た隠密は、ただのひとりもおらぬのじゃ」

「まるで怪談ね。とてもおそろしい任務だわ……」

こまりは絶句した。

「それがしの家は元々奥羽の小藩、棚倉藩の奥医師を務める家柄で、参勤交代で江戸に来た際は清乃の父、新田清兵衛様の私塾で医学を学んでいたのです」

仙蔵は昔を懐かしむように遠くを見つめた。

「清兵衛様の講義は新田家の屋敷でおこなわれていたので、それがしは自然と年の近い清乃と顔をあわせれば挨拶をかわすようになりました。幼い清乃は身体が弱くて、それがしの見立てでは血虚（貧血）を患っていた。奥医師のお勤めでお忙しい清兵衛様に代わって清乃を看病しているうちに、自然と互いに惹かれあうようになったのです」

「まぁ、素敵な話じゃない。ふたりは幼馴染みのようなものだったのね」

馴れ初め話に、こまりは胸をときめかせた。

「だが、それがしの身分は清乃と釣りあうような家柄ではござらぬ。清兵衛様に清乃との仲が露見した時は破門を覚悟していました。されど清兵衛様はそれがしを破門しなかった。それどころか事と次第によっては、それがしを入り婿にしてもよいとおっしゃられた……」

「まぁ。条件ってなんだったの？」

　仙蔵はしばし、言いよどむ。

「表向きは藩医として長崎へ留学することです。だが、実態は公儀の隠密となること。薩摩飛脚となって任務を遂行し、無事江戸へ帰ってくれば清乃様と夫婦になることを許してくださると……」

「それで薩摩飛脚になったの？」

　こまりが気色ばむと仙蔵はうなずいた。

「今思えば、あれは清兵衛様の口車だったのでござろう。清乃との結婚を餌にすればそれがしは飛びつく。そうして放っておけば勝手に薩摩の隠密が始末してくれる」

「でも、仙蔵さんは必死で帰って来たじゃない。約は果たされるべきだわ」

　こまりははがゆくて仕方がない。新田清兵衛のやり口はあまりに酷い。

「それはもう必死でした。死に物狂いで帰ってきたのです……」

　仙蔵は昏い目をして、ひどい傷跡の残る喉に手を添えた。

「喉を潰したのは、なにも脱藩の罪でやられたわけではござらぬ。薩摩から逃げ帰る途中で、薩摩の隠密に潰されたのです」

「ろくに喋れないふりは嘘ではなかったのね」

「ええ。喉が癒えてからも、喋れぬ弱者のふりをして、命からがら江戸まで逃げ帰って来た次第で。それがしの命を未だに狙っているのも薩摩の隠密どもにござる……」

「そんな……。命をまだ狙っているだなんて……」

仙蔵の過酷な運命に、こまりは言葉を失った。仙蔵はひとつの恋で、多くのものを失い過ぎている。

「結局、清兵衛様は娘にまとわりつくやぶ蚊を始末したつもりで、はじめから清乃とそれがしを結婚させるつもりなどなかったのだ」

仙蔵は吐き捨てるように言った。

「清乃はそれがしが薩摩飛脚であることを知らぬ。ただ長崎へ医学留学をしたと信じている。清乃のこの先の一生に、命の危険さえあるそれがしが寄り添うのはふさわしくない……」

仙蔵はすがるような目でこまりを見つめた。

「だから、どうか清乃の幸せを邪魔しないでやってほしい」

「仙蔵さんはそれでいいの」

こまりの胸が痛む。どうすればいいのか、すぐにこたえはでなかった。

仙蔵は微かに笑った。

「清乃が幸せなら、それがしはどうなってもいいさ。薩摩飛脚になると決めた時から、それがしの考えはずっと変わらない」

「仙蔵さん……。でも、そんなのって悲しすぎるわ……」

「それがしは大丈夫だ。だから、どうかかすてぃらを清乃に渡して戻ってきてくれ。これ以上、小毬屋に迷惑はかけられない」

仙蔵は格子戸から高く澄み渡った雲一つない天を見上げた。

「清乃には許嫁として、ふがいないばかりでなにもしてやれなかった。かすてぃらはそれがしからの最初で最後の贈り物だ」

こまりはなにも言い返せなかった。

ただ悔しくて、唇を噛みしめることしかできない。

こまりが新田家の屋敷へ戻ったのは日が暮れて夕餉もすっかり済んだ頃だった。

どこで道草を食っていたのかとお登勢は怒り心頭で、こまりは夕餉を抜かれ、長々と説教をくらった。こまりがようやく解放されたのは半刻も経ってからだった。

「はぁ～……。疲れた……、お腹空いた……」

長時間の慣れぬ正座で足が痛い。

女中部屋へ戻ると、こまりの掻巻を座布団代わりに座る人影がいた。

「き、清乃様？　どうしてこんなところに？」

行燈に照らされて暗闇に浮かび上がったのは清乃の姿だった。

「道草を食ってお登勢に散々叱られたって聞いたから、お腹を空かせているんじゃないかと思って」

清乃はいたずらっ子のように笑って、皿の上に載った大きなおむすびをこまりに差し出した。

「下女に言って、こっそり夜食を用意してもらったの。みんなには内緒よ？」

「清乃様……」

こまりは清乃のやさしさに胸が締めつけられ、泣きたくなった。

「ほら、早く食べて。おむすびが乾いて硬くなってしまうわ」

「ありがとうございます」

こまりは半泣きで大きなおむすびにむしゃぶりつく。

おむすびは、まだほんのりと温かく、お米が口の中でほどけておいしかった。

中には梅干しと焼き鮭が入っていた。

清乃の心遣いがありがたい。

「どうして、こんなにやさしくしてくださるんですか。あたしなんてただの新入りなのに……」

こまりはばつが悪くなり、ぼそりとつぶやいた。

だが、清乃はにこにこと笑っている。

「こまりはあたし付きの女中ですもの。大切にするのは当然よ。お嫁にいって、あたしが姑にいじめられて肩身の狭い想いをしてもずっとそばにいて、味方になって欲しいから」

清乃の言葉にこまりは虚をつかれ、良心が痛んだ。

武家ではなく商家へ嫁ぐことがやはり不安なのだろう。

どこまでもついていって守ってやりたいが、こまりには小毬屋がある。

清乃を騙している事実が耐え難かった。

「どこへ行っていたの？　ひょっとして逢引？」

清乃はまるで古くからの友のような気安さで、ひそひそと話しかけてくる。

「こまりはあかるくて愛らしいから、意中の殿方のひとりやふたり、いてもおかしくないわ」

「逢引なんて違います」

こまりは頭をふった。

「清乃様。実はどうしても清乃様に食べていただきたいお菓子があるんです」

こまりはたまらずに胸のうちをさらけ出す。

「お菓子？　甘いものは大好きよ」

清乃は無邪気に目を輝かせた。

こまりは女中部屋の戸棚の奥深くに隠していたかすてぃらをとりだす。

「まぁ、なあに。見たことのないお菓子だわ。巷ではこんなお菓子が流行っているの？

ひょっとしてこのお菓子を買いに並んでいて遅くなったとか」

清乃が好奇心旺盛の茶目っ気のある眼をむけて笑った。

「こまりは食いしんぼうなのね」

だが、こまりは口を噤んだまま、かすてぃらの載った皿を清乃の前に差し出す。

「どうか何も聞かずに食べてみてください」

「どうしたの、そんなに深刻な顔をして。たかがお菓子でしょう」

清乃はふしぎそうにくすりと笑い、細い指先でかすてぃらをつまみ、そっと一口頬張った。

「あら……、おいしい……」

清乃の漆黒の瞳が揺れ、ぽたぽたと涙がこぼれ落ちていく。

「清乃様……」

「どうしてかしら……。こんなに甘くておいしいのに……。なんだかとてもせつなくて悲しい味がするわ」

「清乃様、申し訳ありません」

こまりはいてもたってもいられず、清乃に土下座をした。

「急にどうしたの？　顔をあげてよ」

清乃はわけがわからずにうろたえる。こまりはすべてを白状した。

「あたしはこの南蛮菓子を――かすてぃらを清乃様に食べさせるために女中になって屋敷に入り込んだんです。清乃様の嫁ぎ先についていって、お世話することはできないんです」

清乃はおどろき、目を見開いた。

「かすてぃら……？　この菓子はかすてぃらというの……？」

清乃ははっとし、こまりに詰め寄り肩を揺する。

「仙蔵ね。仙蔵は生きているのね」

「どうしてわかったんですか？」

こまりは思わず顔をあげた。清乃は必死にこまりに訴える。

「以前、仙蔵の文に書かれていたの。南蛮にはかすてぃらという甘くてふわふわの真綿のような菓子があって、滋養強壮の薬にもなるんですって」

こまりは清乃の視線を受けとめ、強くうなずいた。

「清乃様。仙蔵様は生きておいでです」

「やっぱりそうだったのね。よかった……、生きていたの……」

清乃は呆然として腰を抜かし、こまりは慌てて清乃の身体を支えた。

こまりは清乃の冷えた手を握った。

「清乃様、一緒に逃げましょう。仙蔵様は清乃様を今でも想ってらっしゃるわ。あたしが手を貸します」

清乃の目が揺らいだ。

「このかすてぃらだって、清乃様のために仙蔵様が命がけで黒砂糖を……」

「逃げるだなんて……、無理よ……」

清乃は声をふるわせた。

「どうしてですか。清乃様さえその気になれば、きっと仙蔵様はこたえてくれるのに」

「できないの。あたしはお嫁にいかなきゃいけない。父上の期待を裏切ることなんてできない……」

清乃は口を小さくすぼめてうつむいた。

「仙蔵が生きていることには薄々気づいていたわ。でも結婚は家同士がするもの。この家にはお金がないの。一見、華やかな暮らしに見えるかもしれないけれど、父上は見栄っ張りで女にだらしがなく、あちこちに吉原から引き抜いた妾が暮らす妾宅があって、どの女にも派手な暮らしをさせているの」

清乃は深いため息を吐いた。清乃の目はどこか投げやりで、父親に対する侮蔑の色がこもっていた。

「千賀家の援助がないとこの家はもう立ち行かなくなる。そのための縁談なのよ」

「そんな。好きでもない人のところに嫁いで清乃様は幸せなんですか。もとはといえば仙蔵さんを追い詰めたのも……」

こまりは愕然とした。仙蔵がだめでも、清乃さえその気になればなんとかなると高を括っていたのにあてが外れた。

「わかっているわ。仙蔵を追い詰めたのが父の策略だったことも……」

清乃の瞳から一筋の涙が流れ落ちていく。

「それでも許して。あたしはこの家を守らなきゃいけないの……。ただの小娘だった昔とは違うの……。生きていてくれたってわかっただけで充分よ。これ以上、望んだら罰があたるわ……」

清乃は次第に涙が止まらなくなり、泣きじゃくりはじめた。

「清乃様……」

こまりはかける言葉が見つからず、清乃が落ち着くまで背中をさすり続けた。

「ねぇ、こまり。お願いがあるの」

やがて清乃がぽつりとつぶやいた。

「なんでしょう」

「せめて祝言が終わるまでは一緒にいてくれないかしら。新しい女中がすぐ見つかるかわからないし、一人で嫁ぐのはやっぱり不安だわ」

祝言は三日後だった。こまりはうなずき、清乃と小指を絡ませた。

「わかりました。約束します。祝言が終わるまでは清乃様を決してひとりには致しません」

「人のこころを動かすって難しいなぁ……」

翌朝、こまりは井戸端で洗濯をしながら独り言ちた。

おぼろ雲の流れる曇り空だった。風は凍てつき、水仕事に手がかじかむ。

こまりの吐く息も白く、瞬く間にあっけなく消えていく。

まるで今にも消えようとしている仙蔵と清乃の関係のようだった。

ふたりはあきらかに互いを好きあっているのに、互いの立場が蔦（つた）のように身体に巻きついてがんじがらめになり、身動きがとれなくなっている。

「あたしだったらうれしくて、すぐにでも身一つで飛び出していくのにな……」

脳裏に宗右衛門の姿が浮かんだ。

こまりは愛しい人が迎えに来てくれなかった寂しさが骨の髄まで身に染みている。

あんな想いをするくらいなら、すべてを投げ捨てたほうがましだとさえ思える。

と、その時だった。

門の前で、ひとりのぼてふりがこまりの様子を窺っているのが見えた。

ぼてふりは見覚えのある顔をしていた。

「あの人は……」

こまりは洗濯をやめ、ぼてふりに近寄る。

「仙蔵さん。どうしたの」

「これを渡しに来たのだ」

ぼてふりの姿に扮した仙蔵は胸の内から包みをとりだした。

「またかすてぃらね。新しいのを作ってくれたの」

こまりがぱっと顔を輝かせると仙蔵はこくりとうなずいた。

「あえて砂糖は控えめに作ってある。実はな、かすてぃらにはもうひとつの食べ方があるのだ」

「もうひとつの食べ方？　なにかしら？」

「以前、こまり殿も勘づいていたが……」

仙蔵がこまりに耳打ちした。

「まぁ、そんな食べ方があるの？」

こまりは度肝を抜かれ、目を輝かせた。仙蔵は物寂しげに微笑む。

「できたら、清乃に食べさせてやってくれないか」

「約束はできないけど、やってみる。でも、本当はもっと言いたいことがあるんじゃない？」

こまりはじっと仙蔵の顔を凝視した。仙蔵の顔には図星と書かれている。

「最後に言伝を頼みたい。それがしは清乃の花嫁道中を見届けたら江戸を離れ、二度と戻らぬつもりだ」

仙蔵は真剣な眼差しでささやいた。こまりはうなずく。

「わかったわ。なんて伝えたらいいの」

「祝言の日。清乃の花嫁道中で、それがしは僧に化け声をかける。『椋鳥（むくどり）は帰ってきたか』と」

椋鳥は毎年冬になるとやってくる渡り鳥だ。

ゆえに農閑期に江戸に出て働く冬場の出稼ぎ人を江戸の人々は椋鳥とも呼んだ。

椋鳥という言葉には、薩摩飛脚として長く江戸を離れていた己への揶揄（やゆ）も含まれているのだろう。

「それがしと共に逃げるならば、帰ってきたとこたえるように告げて欲しい。そのまま嫁ぐのであれば帰ってこなかったと。浅草寺で明け六つ（午前六時頃）まで待つ」

「わかった。かならず伝えるわ」

こまりは胸が熱くなった。仙蔵は悩みに悩み、最後のこたえを清乃に託すことにしたのだ。

仙蔵は天秤棒を担ぎ、去っていく。おぼろ雲の隙間を縫って、やわらかな光が差し込み、仙蔵の後ろ姿を照らした。

祝言の前の晩は底抜けに冷えた。明日は雪がふるやもしれぬ。

こまりは播巻の中で寝付けずに悶々と時を過ごしていた。

「どうしよう。まだ清乃様に大事な合言葉を伝えられていないわ……」

明日、清乃の祝言が終わり次第、こまりは遁走する腹づもりである。

だが結局、清乃とふたりきりになる機会がなかなか得られずに祝言前夜となってしまった。新しいかすてぃらも食べさせられず、合言葉も伝えられていなかった。

「だめよ。寝ている場合なんかじゃないわ」

こまりは凍える身体に鞭打ち、播巻から這い出して起きあがる。

「せめて合言葉だけでも伝えないと……。でも明日にそんな暇があるかしら……」

清乃がどちらを選ぶかはわからない。

それでも知らなかったではすまされぬ人生の岐路だ。

清乃は一緒にはなれぬと一度は首をふっている。仙蔵の想いは届かぬやもしれぬが……。清乃には後悔のない選択をして欲しい。

それにもし清乃が仙蔵の想いに応えなかったとして、祝言のあとに女中が消えたとなれば、清乃は嫁ぎ先で余計に肩身が狭く、苦労するのではないか。

女中として潜り込んだことにこまりは激しく後悔していた。

そもそも清乃は喜左衛門と祝言をあげて本当にいいのか。

この結婚にはなにかまだ底知れぬ裏があるのではないか。

「あたしがひとりでぐるぐる考えたって堂々めぐりなだけなのに……。そうだわ。お勝手から寝酒でも拝借しましょう。最後の晩くらいいいわよね。熱燗を一杯ひっかけたら、名案が閃くかもしれないし！」

こまりはそっと廊下に忍び出た。

新田家の財政が火の車というのは嘘ではないようで、清乃の嫁入り前夜だというのに女中の夕餉は質素のまま酒の一杯もつかなかった。

寝酒でも呷らないかぎり、とてもやっていられない。

雲一つない月明りの綺麗な宵であった。

こまりはお勝手にむかう途中で縁側にたたずむひとりの人影を見かけた。

目を凝らすと、その小さな影法師は清乃であった。

声をかけようと思ったが言葉に詰まる。

清乃は声を押し殺して、さめざめと泣いていた。

「清乃様」

こまりはそっと近寄り、清乃の肩に手をおいた。

「あら、こまり。まだ起きていたの。明日は早いのよ。早く寝ないと……」

清乃は慌てて、夜露のような涙を隠すように目元を指先でぬぐう。

「清乃様、小腹が空きませんか」

「え？」

「実はあたし、寒くて眠れなくて。寝酒に熱燗でもいただいちゃおうかと部屋から出てきたんです」

こまりはわざと明るく清乃に笑いかける。

「よかったら、清乃様も一緒にどうですか」

「あたしも？」

清乃はきょとんとする。

「清乃様が一緒なら、お登勢さんに見つかっても叱られずにすみそうですし」

こまりがぺろりと舌を出してみせると清乃はくすりと笑った。

まるでいたずらを一緒に企てる共謀者のように。

こまりは清乃の冷たい手をとった。

「あたし、料理は得意なんです。簡単な肴くらいなら、ありあわせで作りますよ」

「なら、お願いしようかしら。あたしもなんだか寝付けなくて、お腹が空いちゃったのかも」

　こまりと清乃は微笑みあって、肩をならべてお勝手にむかった。

　こまりはお勝手に入ると勝手知ったる態度で戸棚を漁った。

　つい羨ましくて下女が片づけるところを盗み見ていたから、酒がどこにしまわれているかは把握している。

「どうぞ」

　こまりは酒を人肌ほどに温め、湯呑みにそそいで清乃に手渡す。

　清乃は一気に呑み干した。

「いける口ですね」

「めったには呑まないのだけれど……。たまにはいいものね」

　清乃もいたずらっ子のように笑う。こまりもつられて微笑み、清乃に負けじと酒を呷った。

「お酒だけでは身体に毒です。温かいお吸い物でもつくりますから」

　こまりはかまどに薪をくべて、水を張った鍋に昆布を入れ、火にかける。

鍋が煮立つ前に火から鍋を離し、昆布をとりだして鰹節を入れ、鰹節が鍋の底に沈むまで、こまりはしばし待った。

ざると手ぬぐいを使って汁を漉し、鰹と昆布のあわせ出汁をつくった。

出汁はほんのりと黄味がかって、風味豊かなやさしい香りが鼻腔をくすぐる。

こまりは出汁の入った鍋が煮立たぬように遠火でふたたび火にかけ、酒と醤油を数滴加えた。

「お酒も入れるのね」

清乃が興味深そうに鍋を覗き込む。

「お酒を入れると味に深みがでるんですよ。味見してみますか？」

清乃がこくりとうなずいたので、こまりはおたまで小皿に出汁を少しだけそそぎ、清乃に手渡した。

清乃はふぅふぅと息をふきかけて、熱々の出汁を飲む。

「温かい……。身体がぽかぽかして、なんだかほっとするわ。なつかしい味がする」

「なつかしいですか」

「あたし、身体が冷えやすくて。血虚だと手足が冷えやすいんですって。医者の娘なのに恥ずかしいけど苦い薬も苦手で。よく薬を飲んだふりをして捨てていたの」

「まぁ。意外とおてんばだったんですね」

こまりが目を丸くすると、清乃は幼い頃をなつかしむように微笑した。

「父上も母上も家の者は誰も気づかなかったのに仙蔵だけは気づいたのよ。あたしの顔色がちっともよくならないから、わかったんですって」

清乃は長い睫毛を揺らして、目を伏せた。

「でも、仙蔵にはすごく叱られたわ。それで苦薬の口直しにって、よく温かい出汁を作って呑ませてくれたの。身体を内から温めたほうがいいって。汁粉屋とかお茶屋に連れていってくれることもあった……」

こまりはふたりの仲が羨ましくなって、目を細めた。

仙蔵と清乃はこころの根っこで今も深く繋がっている気がした。

「これからとびきりの具材を入れるので目をつぶっていてくれませんか」

「あら、なにかしら。まるで手妻ね。楽しみだわ」

清乃は素直に目を閉じて、鼻をひくつかせた。

こまりは仙蔵のかすてぃらを一口程度に真四角に切って椀に入れ、出汁をそそいだ。

最後の仕上げに、かすてぃらの上に大根おろしを少しだけ載せる。

「はい、どうぞ。熱いから気をつけてくださいね」

こまりはできあがった椀を清乃へ差し出した。

「えっ」

清乃はそっと目を開け、椀を覗き込んでおどろきの声をもらした。

「お吸い物の中にかすてぃらが入っているわ！」

かすてぃらは出汁を吸ってふくらみ、色艶よく輝いている。

「騙されたと思って、一口だけでも食べてみてください」

こまりは清乃ににっこりと微笑みかける。

清乃は箸でかすてぃらをつまみ、そっと口の中へ運んだ。

「おいしい……。甘さも控えめだし、出汁をよく吸っているのね。やわらかくて、お麩のようだわ」

「かすてぃらには、こういった食べ方もあるそうなんです。このかすてぃらはお吸い物にあうように甘さを控えて、砂糖もほぼ入っていないんですよ」

清乃は目をぱちくりとさせた。

「この前、食べたかすてぃらとは違うの？」

「ええ。以前のかすてぃらは黒砂糖が入っていましたから。こちらのかすてぃらのほうがたまごの黄身の色がよく出ているでしょう」

こまりが説くと清乃の目の色が変わった。

「仙蔵が来たの？」

こまりが小さくうなずくと清乃は箸をおいて勝手口から飛びだそうとする。

こまりは慌てて、清乃の手首を摑んだ。

「仙蔵さんに会ったのは昼間です！　ぼてふりに化けていて、このかすてぃらをあずかりました。だから今から追いかけても間に合いません」

清乃は腰が抜けて、へなへなと床にへたり込んだ。

目尻から次から次へと涙があふれだしてはこぼれ落ちていく。

「逢いたい……。仙蔵に逢いたいよ……、こまり……」

「実は、かすてぃらと一緒に言伝もあずかっているんです」

こまりは椋鳥の合言葉を清乃に伝える。

清乃の頰は興奮で赤みが差し、両手で顔を覆った。

「どうしよう、こまり……。あたし、あたし……」

清乃はとまどいと歓喜に揺れていた。こまりはそっと清乃の白い手に己の手を重ねた。

目を伏せて、やさしく語りかける。

「少し、あたしの話をしてもいいですか」

清乃は涙をこぼしながら、小さくうなずく。

「あたしもずっとずっと忘れられない人がいるんです。その人はあたしを離縁して、いつか必ず迎えに来ると約束したきり、二度と迎えに来てはくださらなかった」

こまりの告白を聞き、清乃は息を呑む。

「……そのお方は亡くなってしまったの？」

「ずっと生きてはいないのだと思っていました。でも、近頃、生きていたことを知って……」

こまりは声をふるわせた。

「偶然再会した時はどうして迎えに来てくれなかったのって、苦しくて悔しくて悲しくて……。胸が張り裂けそうだった」

「……今でもその人が好き？　それともおきざりにしたそのお方を恨んでいらっしゃるの？」

清乃は真剣な眼差しでこまりを射抜くように見つめた。

「わからないの……。自分がどうしたいのか、あの時、どうしたらよかったのか考えれば考えるほど頭の中がぐちゃぐちゃになって、押しつぶされそうで息の仕方も忘れてしまうの。でも今でも時々、あの人が夢に出てくるんです」

　こまりは泣き笑いを浮かべた。

「今朝は干し柿の夢でした」

「……干し柿？」

「あたしが嫁いだのは酷い飢饉の年で食べるものがろくになかったんです。御櫃の中は何日も空っぽでした。あたしは少しでもあの人のお腹を満たしたくて、山菜を探しに山に入りました。でも嫁ぎ先の慣れない山道で迷子になってしまったんです……」

　冬の凍てついた如月（二月）の頃だった。

　こまりはその山に入ることを宗右衛門からきつく禁じられていた。

　不作の年は腹を満たせず冬眠できなかった羆が凶暴化し、殺気立って山中を彷徨っているからだと言う。

　だが、その日、こまりは宗右衛門の言いつけを破って山に入った。

　嫁いだばかりだというのにもう一月もの間、御櫃は空で食料は尽き、菜っ葉が微かに浮かぶ汁をすするだけの日々が続いていた。

　せめてほんの少しだけでいいから山菜があれば宗右衛門にまともな食事を作ってあげることができる……。

ふもとで山菜をとり、すぐに下山すれば大丈夫だとこまりは己に言い聞かせた。

羆がでたという噂は半月も前だし、熊除けの鈴を身につけ、出没した付近に近寄らなければいいのだ。

だが行ってみると山道には溶けきらぬ雪が根深く残っていて足場は悪く、山菜探しは困難を極めた。

かじかむ手で雪を掻きわけてみても動物たちが食い荒らした跡が残っているばかりで、ふきのとうひとつ見つからない。

こまりは手ぶらで帰ることが口惜しく、やがて山菜探しに夢中になって、気づけば深い森の奥へと入り込んでいた。

日も傾きかけた頃、こまりは偶然にも立派な柿木を見つけた。

その柿木はふしぎなことに実をなす時期ではないにもかかわらず、目を疑うほどたわわに柿が実っていた。

こまりは夢中になって、背負籠いっぱいに柿を詰め込んだ。

だが没頭して柿をとるあまり、我に返った時にはとっぷりと日も沈んでいた。

急いで下山しようとしたものの、こまりは闇夜の中で、すっかり道に迷ってしまった。

悪いことは重なるもので、獣道を下る途中、こまりは滑落して足首を捻り、痛みで立てなくなった。月のない夜空からは牡丹雪が舞い散りはじめていた。
「どうしよう……」
こまりは寒さに凍えながら泣きべそを掻いた。
暗い森の中で腹の虫が鳴り響く。背負籠の重みが肩に食い込んで辛かった。
足の痛みと疲労と空腹が重なって一歩も動けない。
朝になれば帰り道がわかるかもしれない。
だが、その前に凍え死にそうだ。
夜の森は暗く不気味だ。夜鳥の不気味な鳴き声や狼の遠吠えが時折、響いていた。
こまりは木の下にうずくまって、小刻みにふるえた。
白い息を吐き、かじかむ手を摩る。
不安でたまらなくて一睡もできそうになかった。
ふと叢でがさりと大きな音がする。
こまりはびくりと身構えた。心ノ臓が早鐘のように鳴り響く。
羆に出くわせば一巻の終わりだ。
だが叢の中から顔を出したのは野犬だった。
羆ではなかったと安堵している場合ではない。野犬もまた腹を空かせて気が立っており、凶悪な唸り声をあげて、こまりに近づいてくる。

野犬の鋭い目は背負籠いっぱいの柿に釘付けになっている。

「だめよ！　この柿は宗右衛門様に食べてもらうんだから！」

こまりは背負籠をかばい、必死で手元に転がる小石や砂利まじりの雪を投げつけた。

だが野犬は怯むどころか牙を剝きだしにして、こまりに襲いかかってくる。

「こまりっ！」

その時、叢から大きな影法師が飛び出してきて野犬を蹴り飛ばした。

野犬は悲鳴をあげ、尾っぽを巻いて逃げていく。

こまりはぱっと顔を輝かせた。

「宗右衛門様！」

まさに間一髪の天の助けだった。

宗右衛門は駆け寄るなり、こまりの頰を平手で打った。乾いた音が闇夜に響く。

「山に入ってはだめだとあれほど言ったではないかっ」

宗右衛門にきつく叱られたのは、はじめてだった。

こまりの瞳から大粒の涙がぼろぼろとこぼれ落ちていく。

「ごめんなさい……、ごめんなさい……、怒らないで……、嫌いにならないで……」

こまりはまるで童のようにぼろぼろと涙をこぼして泣きじゃくった。

だが次の瞬間、こまりは宗右衛門の温かな腕の中で強く抱きすくめられていた。

「嫌いになどなるわけがない……。心配で堪らず気が気ではなかったのだ……」

宗右衛門の声と太い腕は微かにふるえていた。

日が落ちても新妻が戻らぬし、近所の者に聞いてまわれば山に入っていく姿を目撃していた者がおり、肝を潰したという。

「……足を挫いたのか？」

宗右衛門はこまりの腫れた足首を見て怪我に気付いたが、こまりは興奮のあまりすっかり足の痛みなど忘れ去っていた。

「そんなことより宗右衛門様、見てください！　とてもおいしそうな柿を見つけたんです！」

こまりは背負籠いっぱいの柿を宗右衛門に見せた。

宗右衛門は面喰い、呆気にとられた顔をした。

「どうしても宗右衛門様に一番に食べて欲しくて……」

同時に腹の虫が鳴り響いて、こまりは恥ずかしくなりうつむいた。

宗右衛門は目を細めてやわらかな笑みを浮かべ、こまりの頭をくしゃくしゃと撫でた。

背負籠に山なりになっているてっぺんの柿を手にとると豪快に丸かじりする。

「ああ、うまい。こんなうまい柿を食べたのはうまれてはじめてだ。ありがとう、こまり」

宗右衛門ははにかんだ笑みを浮かべた。

その後、こまりは宗右衛門に背負われて無事に山を下りた。

「後から知ったんですが、実はあの柿は渋柿だったんです」

「え？」

清乃はおどろいて目を丸くした。こまりは苦笑を浮かべる。

「種ばかりだし、渋みがひどくてとても食べられた代物じゃなかったんです。でも宗右衛門様は、あたしを悲しませたくなくて豪快に笑って食べてくれた」

あの夜から、こまりと宗右衛門は夫婦としてようやくこころを許しあえた気がした。

「まぁ、残りの柿はどうしたの？」

「宗右衛門様と一緒に軒先に吊るして、干し柿にしました。干し柿にしたら、とっても甘味が増して、あの時の干し柿、本当においしかったなぁ……」

こまりは当時を懐かしむように眼を細めた。

「本当にふしぎなんです。あの人と暮らした日々は半年にも満たないのに……。まるで昨日の出来事のように鮮明な夢を見ることがあって……」

残念ながら干し柿をかじる前に夢が覚めてしまい、あの時の思い出の味は堪能できなかった。

「目が覚めた時、ずっと夢の中にいられたらよかったのにって、とても切なくなるんです。離縁を切り出されても、どんなことがあっても、しがみついて離れなければよかったって……。後悔の念に押しつぶされそうになるんです」

気が付けば、こまりはぽたぽたと夜露のような涙をこぼしながら、清乃の手をぎゅっと強く握っていた。

「だから清乃様には後悔して欲しくないの。清乃様が腹を括られるのであれば、あたしはどんなことをしても清乃様の力になります」

こまりは力強く、清乃を励ました。

「こまり……」

清乃の瞳からもさめざめと涙がこぼれていく。清乃は嗚咽を漏らしながら、とめどなく本音を漏らした。

「あたし、千賀家にお嫁になんて行きたくない……。こんな結婚、吉原に売られるのとなにも変わらないわ……。贅沢な着物も食事もなんにもいらないの……、ただ仙蔵と一緒にいたい……。貧しくても一緒に軒先に干し柿を吊るすような暮らしがしたい……」

「駆け落ちしましょう、清乃様」

こまりは胸が熱くなり、清乃の手を強く握った。

「でも祝言は明日よ。誰にも見つからずに逃げ出すなんて無理よ。きっと大騒ぎになるわ……」

清乃の瞳が不安そうに揺れる。

「なら、あたしが清乃様と入れ替わります」

「えっ」

「すぐに露見するかもしれませんが、できるだけ刻を稼ぎます。その間に清乃様は仙蔵様と遠くまで逃げてください」

「でも、そんなことしたらこまりが……」

「あたしなら大丈夫。どうせ明日で遁走する心づもりでいたんですから。発覚する前に逃げますよ」

こまりは悪い顔を浮かべて、にやりとした。

「こう見えても逃げ足には自信があるんです。重たい氷が載った神輿を担いで、山道を走り抜けたことだってあるんだから」

「……ありがとう。こまりがいてくれて本当によかった……」

清乃がこまりの手を握りかえす。こまりは白い手をそっと摩った。

「でも、もう少しだけ考えさせて……。どちらを選ぶのもまだ怖いの……」

「ええ。まだ祝言まで時はあります。ゆっくりじっくりお考えになってください。どんなこたえを選んでも、あたしは清乃様の味方ですから」

こまりの励ましに清乃は弱々しく微笑した。

冷たかった手がほんの少し、明かりが灯るように温かくなった気がした。


日が昇り、大安吉日の祝言の日がやってきた。

清乃は朝から身支度で大忙しだ。

身体を清め、髪を結い、白粉を塗り、紅を引いて、白無垢を身にまとう。

白無垢は清乃にとてもよく似合っていた。

昨夜の涙で目が腫れぬかと心配だったが、目元もすっきりとしており、凛として前をむく清乃は美しかった。

婚礼の儀は日の沈みかけた夕刻からはじまる。

千賀家からの出迎えがやってきて花嫁が輿に乗り、花嫁行列で婚家にむかうのだ。

その日は雲一つない冬晴れで、鮮やかな夕焼けが花嫁行列を送り出す。

行列の先頭はほのかな明かりの灯る提灯持ちと挟箱を担いだ奴（やっこ）で、親や兄弟といった親族が行列に加わる。

新田清兵衛は娘の晴れ姿に頬を緩めることなく、威厳のある顔つきで行列の中にいた。

こまりもまた女中として朱色の傘を持ち、行列に加わった。

花嫁道中の間に清乃とこまりが入れ替わり、見物客の雑踏に紛れて駆け落ちできればよいのだが花嫁道中は人目も多く、着替えをする暇もない。

角隠しを被っているとはいえ、輿に乗り、多くの人目に晒される花嫁が入れ替わるのは至難の業だ。

こまりは花嫁道中の間はおとなしく行列に従い歩いた。

清乃も顔には微塵も出さず、しとやかな顔で担がれていく。

天下の豪商千賀家へ嫁ぐ花嫁を一目見ようと、道中は老若男女のたくさんの人であふれていた。

露払いが先導しているおかげで野次馬に道を阻まれることはなく、花嫁行列はしずしずと千賀家へむかって進んでいく。

「さすが豪商千賀家の花嫁行列だ。べっぴんな嫁さんじゃないか」

「まるで大名行列のようじゃのう」

　野次馬たちは花嫁行列の煌びやかさと清乃の静謐な美しさに息を呑み、圧倒されていた。

　実際、千賀家が金を工面している清乃の花嫁道具はどれも豪華絢爛で、まるでどこぞの大名の姫君の輿入れのようだった。

　と、その時である。

　一人の僧がふらりと雑踏を踏み越え、花嫁行列に近づいてきた。

　僧は頭を丸め袈裟を身にまとい、深く編笠をかぶっていた。仙蔵である。

　錫杖を握る姿は、まるで旅の途中の修行僧といった出で立ちだ。

　こまりはわざと朱色の傘を傾けて、新田清兵衛から仙蔵の顔が見えぬようにした。

「おめでとうございます。本日は大安でお日柄もよく」

　仙蔵は錫杖を鳴らし、深々と頭を下げた。

　清乃はにっこりと微笑み、仙蔵と視線を交わす。

「ありがとうございます」

「江戸はそろそろ椋鳥の帰ってくる季節でしたかな。日も沈むと底冷えする季節ゆえ、ご自愛くださいませ」

その時、偶然にもはるか天高く、二羽の椋鳥がじゃれあうように飛んでいった。

清乃はしばし顔をあげ天をながめて、目を細めた。

「はい。江戸にも椋鳥が帰ってまいりました」

仙蔵はそのまま背をむけて、雑踏に紛れて消えた。


日もとっぷりと暮れた頃、花嫁行列は千賀家へたどり着き、祝言がはじまった。

千賀家では広い庭で、祝いの餅つきがおこなわれていた。

待上臈(まちじょうろう)の案内で、清乃が座敷にあがり祝言の席につく。

千賀家は江戸番付の筆頭にも載るほどの豪商なだけあって屋敷は広く、豪奢で絢爛だった。ただ広いだけで修繕もろくにされていない新田家の屋敷とはなにもかもが違う。

調度品のひとつひとつが煌びやかで一等品のように見えた。

中には舶来品もふくまれている。

祝言の宴に参加する人数もずっと多く、全員に豪華な料理と酒がふるまわれた。

参列人の多くは商売仲間であろう。

御膳にならぶ料理の品々は、どれもが今まで見たこともないようなご馳走ばかりで、まるで竜宮城にでも迷い込んだようだった。

こまりがさらにおどろいたのは、祝言の席で清乃の隣にどっしりと座る千賀喜左衛門の素顔を見た時だった。

美人で金はないが身分のある娘を嫁にもらおうとする豪商——こまりの頭の中では、権力と金に汚そうな肥え太って脂ぎった禿げた爺を想像していた。

だが、実際の千賀喜左衛門は背も高く身体も引き締まっており、よく日に焼けた褐色肌の男前だった。

年も働き盛りといった頃合いで、爛々と意志の強そうな眼はいかにもやり手といった雰囲気をまとっていた。

喜左衛門と清乃が並んでいるとまさに美男美女で、とても似合いの夫婦に見える。

こまりはなんだか胸騒ぎがした。

この世のすべてを手に入れようとしているやり手の男を騙して、清乃を逃がさねばならぬのだ。急に肩の荷が重くなって、不安になってくる。

だが、こまりの心配とは裏腹に祝言は滞りなく進んでいく。

清乃と喜左衛門は三々九度をして盃を呷った。清乃の頬にほんのりと赤みが差す。

やがて宴がはじまり、座敷は歓談する声でにぎやかになった。

待上臈にうながされて清乃がゆっくりと立ち上がり、座敷を出ていく。

これからお色直しである。

喜左衛門が酒を持って意気揚々と挨拶まわりをしていくのを尻目に、こまりもそっと座敷を抜け出した。


「清乃様!」

こまりは清乃のもとに駆けつけた。

千賀家の女中が清乃の帯に手をつけると、清乃はやんわりと止めた。

「ごめんなさい。お酒に酔って、少し気分が悪いの。お水を汲んできてくださらない?もしあれば薬も。お色直しの着付けは、うちの女中に手伝わせるから」

千賀家の女中は強く頷き、座敷を出ていった。

化粧の間で、こまりと清乃はようやくふたりきりになれた。

「さぁ、こまり。早く」

清乃が勢いよく帯を解いて白無垢を脱ぎはじめる。

「清乃様。本当にいいのですか」

こまりは恐々と清乃にたずねた。こまりは土壇場でわからなくなってきた。

本当にこれでよいのか、と。

だが、こまりの心配など気にも留めぬように清乃は溌剌と笑った。

「当然よ。あたしはこれから椋鳥になって、毎日楽しく歌って暮らすのよ」

清乃の揺るがぬ決意に、こまりも腹を決めた。

こまりは着物を脱ぎ捨てて、清乃が着るはずだった華やかな色打掛を羽織る。

清乃はこまりの着物をまとい、すばやく帯を締めた。

――今更、こんな艶やかな花嫁衣裳を着る日が来るなんて……。

こまりが宗右衛門に嫁いだ時、白無垢は母のおさがりで、色直しなどはなかった。

今更、大ぶりのぼたんが咲き乱れる艶やかな真紅の色打掛を着ることになるなんて、人生なにがおこるかわからない。

忘れていたはずのありし日の思い出が炙りだされて胸が痛んだ。

だが、物思いにふけっている暇もない。

角隠しを深くかぶり、髪飾りもそっくりそのまま清乃の髪から移し替えた。

これからは長い袖を引きずり、褄をかいどって歩かねばならぬ。

どうにも動きにくいが、こまりと清乃では体形も背丈もそう変わらないのが幸いだった。

すっかり日も暮れて、暗闇の中、行燈の光が微かに灯っている。

うつむいて、声を抑えていれば入れ替わりはすぐには露見せぬだろう。

だが、朝になれば必ず露見する。

それまでに清乃を逃がし終え、こまりも煙のごとく姿を消さねばならない。

「清乃さん。もう行って。あたしは大丈夫だから」

清乃はこくりとうなずいた。

「ありがとう、こまり。なにもかも、あなたのおかげよ」

「どうか幸せになってください、清乃様」

こまりと清乃は最後に一度だけ抱きあい、別れをすませた。

清乃は女中の姿でそっと襖を開き、部屋を出ていく。

こまりは薄暗い部屋で腰を下ろして、息を整える。

緊張でやたら蒸し暑く感じた。手のひらが汗ばみ、額に脂汗がにじむ。

「清乃様。お水とお薬をお持ちしました」

「ありがとう。そこへおいてちょうだい」

こまりはぼそりと小さい声でささやいた。

ばれたらどうしようと心ノ臓が早鐘を打つ。

だが、千賀家の女中は眉をひそめることもなく穏やかなままだった。

こまりはふるえる手で、水と薬を一気に喉へ流し込んだ。

「緊張していらっしゃるのですね。大丈夫ですよ。そろそろ宴席へ戻りましょう。喜左衛門様も首を長くしてお待ちです」

女中のやさしい気づかいに胸が痛む。

こまりはあえて声を出さず、こくりとうなずいて立ち上がった。

裾を踏みつけて転ばぬように、慎重な足取りで長い廊下を歩いていく。

ふいに千賀家の女中が首をひねる。

「そういえば清乃様のお付きの女中はどちらへいかれたのでしょう？」

こまりはぎくりとした。

「……厠（かわや）へ。急にお腹が痛くなったみたいで。すぐに戻るでしょう」

こまりは滝汗を流しながら、なんとか聞きとれるほどの声でぼそりとささやいた。

「そうでしたか。お腹の具合がよくならないようなら、またお薬をお持ちしますから、いつでもおっしゃってくださいね」

こまりはほっと息を吐く。心根の穏やかな女中で助かった。

だが気は抜けない。まだ肝心の喜左衛門と顔を合わせていないのだから。

女中を何人騙そうと、喜左衛門に見抜かれたらお終いだ。

こまりは祝言の宴、真っ最中の座敷へ戻った。

みなの視線がこまりにそそがれる。

こまりはうつむきがちに歩きながら、そっと喜左衛門の隣へ腰を下ろした。

「……ずいぶんと遅かったな」

喜左衛門が不機嫌そうに声をかけてくる。

こまりはぎょっとしたが顔を伏せて、小声でこたえた。

「少し気分がすぐれなくて休んでおりました」

「なに？　大丈夫か？」

喜左衛門が心配して、顔を覗き込んでくる。

こまりは口から心ノ臓が飛び出そうだった。

「ええ……。朝から緊張して疲れたのだと思います……」

こまりは袖で顔を隠し、なんとか聞きとれるほどの小声でささやいた。

「そうか。なら、どうだ。気付に一杯」

喜左衛門は思いのほかやさしくほがらかに、こまりに徳利を差し出してくる。

花嫁が入れ替わったなどと気づいたそぶりは微塵もなさそうだった。

「えっ、でも……」

「飲まず食わずで花嫁行列は疲れただろう。酒でも呑んで、うまい料理でも食べれば緊張もやわらぐ」

「……花嫁が盛んに飲み食いするわけには……」

「案ずるな。わしが許す」

喜左衛門は白い歯を見せて、にっかりと笑った。

「では……」

こまりはふるえる手でお膳から盃を持ちあげた。

「……緊張してふるえておるのか。可愛いやつめ」

喜左衛門の太い手が伸びてきて、こまりの手首を摑んだ。

こまりはおどろきのあまり飛びあがりそうになったが、なんとか声を抑える。

静かに酒がそそがれるのを待って、おそるおそる盃の酒を呑み干す。

「……おいしい」

こまりの口から思わず本音がこぼれた。

こんな舌触りのなめらかで上品な味わいの酒ははじめてだ。

「ほう。酒の味がわかるか」

喜左衛門はうれしそうに、頬をほころばせた。

「灘からとり寄せた一等品、幻の銘酒、天命じゃ」

「ええっ！」

こまりは吃驚して声をあげた。何事かと周囲の視線を浴び、思わず小さくなる。

「はっはっは！　そんなにおどろいてくれるとはな」

喜左衛門は痛快に笑って、豪快に酒を呷った。

「そんなに天命が好きなら、これからは毎晩でも呑ませてやろう」

「毎晩……」

こまりはあ然とした。

幻の銘酒『天命』が喉から手がでるほどほしくて、こまりは女だてらに男装して大酒呑み大会に出場したほどである。

その時は一等になったというのに美食妖盗の野槌に酒樽を強奪され、結局一滴も呑めずじまいだった。その幻の銘酒をまさか今、味わえるなんて……。

——ひょっとして、この人の妻になるのも悪くないのかも……。

こまりのこころがぐらりと揺れ、思わず頭をふる。

——ほだされちゃだめよ！　朝になったら偽者だってばれてしまうのだから、さっさと逃げないと。

これまで江戸の抱かれたい男番付筆頭、市川隼之介にどんなに言い寄られてもなびかなかったのに幻の銘酒でこころが揺らぐとは！

こまりが欲望と戦っている間も喜左衛門は次々とこまりの盃に酒をそそぎ続けてくる。

こまりはまるでわんこそばのように銘酒を呷り続けた。

なにせ女中働きの間、ずっと酒を我慢させられたのだ。

目の前に酒があれば飲まずにはいられない。

それが今生でまたいつ呑めるかわからない幻の銘酒とくれば尚更だ。

つい肴も欲しくなって、箸を手にとり目の前の御膳に手をつける。

その肴はなんとも珍妙で見たことのない食べ物だった。

あでやかな橙色をしており、味噌のようにも見える。

こまりは一口、箸でつまんで口に入れ、あまりの美味しさに衝撃をうけた。

「なんて濃厚でまろやかで舌触りがなめらかなの……。いくらでも酒が呑めそうだわ……」

さらに天命の芳醇でさわやかな味わいが口の中をすすぎ、無限に肴が食べられる。

「だろう。それは祝言の宴のために越前からとり寄せた汐ウニじゃ。日持ちするようにとウニを殻から外し、たっぷりと塩をまぶして熟成させた逸品じゃ」

喜左衛門も酒を呷り舌鼓を打ちながら、豪快に語った。

「そっちは鯛の天ぷら、かれいの煮つけ、伊勢海老と蟹の刺身、はまぐりの吸い物じゃ。こっちの蟹味噌も酒にあうぞ」

お膳にならんでいた料理の数々は、こまりにはとても手の届かない高級料理ばかりだった。

しかも、どれもよく酒に合うのである。

こまりはすっかりできあがり、気づいた時にはお膳を平らげていた。

いくらでも、おかわりしたいほどである。

こまりの食べっぷり、呑みっぷりに喜左衛門は大層気をよくして、己のお膳から料理をわけてくれた。

「うまいだろう。今時、大名や将軍もこんな豪華な飯にはめったにありつけぬぞ」

「すごい。さすが豪商千賀家でございますね」

こまりは目を輝かせる。

「でも、これだけの銘酒、美食を日本中から集めていたら、江戸を騒がす妖盗野槌が黙っていないのではありませんか」

　こまりが冗談混じりに告げると、ふと喜左衛門の野心のこもった目の奥がぎらりと光る。

「妖盗野槌？　あぁ、あの貧民にやたらもてはやされている泥棒か。そういえば、次はうちの商船の積み荷を狙う腹づもりだとか」

「妖盗野槌に狙われているのですか！」

　こまりは思わず、声をあららげた。

「ハッハッハ！　なに、心配はいらぬ。腕に覚えのある江戸中の剣客を金に糸目をつけずに幾人も雇ったからな」

　喜左衛門は野槌など歯牙にもかけずに鼻で笑い、酒を呷った。

「野槌など海の藻屑(もくず)となって一巻の終わりよ」

　夜も更け宴もたけなわとなった。来賓した客たちが次々と喜左衛門に挨拶をすませて暇を乞い、帰っていく。

　長い祝言も終わり、あとは床入りを残すだけとなった。

　こまりは女中に導かれるまま、寝室へと連れていかれた。

　寝室では、やわらかでふかふかな大きなふとんが敷かれていた。

掛けぶとんもまるで天女の羽衣のように柔らかい。

こまりはいつも薄っぺらい掻巻で眠っているし、こんな高級なふとんで眠ったことなど一度もなかった。部屋は甘い香の匂いで満ちていた。

——さすがにそろそろ逃げないとまずいわ。

こまりはごくりと生唾を呑む。

ふるまわれる酒や料理があまりにもおいしくて、つい長居しすぎたが清乃と入れ替わってから軽く一刻は過ぎている。

これだけ時を稼げれば、今頃、清乃は仙蔵と落ちあってできるだけ遠くへ逃げおおせたはずだ。

こまりはふらふらと腰をあげ、重たい色打掛を脱ぎ捨てる。

襦袢だけでは肌寒いが、散々美味しい酒や料理を飲み食いしたあとだ。

これも駄賃だったと思えば安いものだ。

喜左衛門がやってくる前にさっさとずらかろうとした、その時だった。

「そんな薄着でどこへいく」

背後から喜左衛門の声がして、こまりは肝が縮みあがった。

「ちょ、ちょっと呑みすぎたので厠へ……」

こまりは誤魔化すように作り笑いを浮かべ、後ずさる。

だが、喜左衛門はこまりの手首を掴み、じわじわと壁に追い詰めていく。

喜左衛門の太い腕が伸びてきて、壁に手をついた。

まるでこまりがどこへも逃げられぬよう退路を断つように。

喜左衛門は低い声で命じた。

「この部屋を出ることはまかりならぬ」

「そんな。ちょっと厠にいくだけで……」

こまりが慌てて逃げようとすると喜左衛門はこまりを抱きすくめた。

「ちょっ！　お待ちください、喜左衛門様……！」

まずい。このまま初夜を迎えるわけにはいかない。

こまりは滝汗を流しながら、なんとか部屋を抜け出す言い訳を考える。

だが、こまりの困惑など歯牙にもかけず、喜左衛門は力任せにこまりをふとんに投げ飛ばして押し倒し、覆いかぶさってきた。

喜左衛門の端正な顔が迫ってきて、こまりは顔をそむける。

「お前は誰だ」

耳元でささやかれた冷酷な声音に、こまりは背筋を凍らせた。

「な、なにをおっしゃるのですか。あたしは清乃です……」

こまりは恐怖に身をこわばらせて、ふるえる声で弁明した。

だが、喜左衛門はこまりのあごを摑み、射るようなまなざしで覗き込んでくる。

「なにを寝ぼけたことを。どう見ても貴様は清乃ではない。色直しの時に入れ替わったな」

「……！　最初から気づいていたの？」

「当然だ。清乃はもっと色白だし、線が細い。なにより美人で年若い」

「ぐっ」

喜左衛門の言葉の節々が鋭利に、こまりの胸をえぐった。

「だが祝言には大勢の客が来ている。むろん商売敵もな。途中で嫁が入れ替わったなど醜聞が漏れては、豪商千賀家の暖簾に傷がつく」

喜左衛門は最初から入れ替わりに気づいていて、祝言をつつがなく終わらせるため、こまりを泳がせていたのだった。

「本当にごめんなさい……。清乃様は逃げました。好いている殿方と駆け落ちしたんです！」

もう誤魔化しは無理だと観念し、こまりは正直に白状した。

「ハッ！　馬鹿なことを」

　喜左衛門が小馬鹿にするように鼻で笑った。

「で、貴様が身代わりか。大方、清乃についてきた新田家の女中だろう。姿が見えぬと聞く」

「……そうよ。でも、あたし、本当は居酒屋の女店主なの。いろいろと訳があって、清乃様と入れ替わる算段になっただけで……」

「居酒屋の女店主？」

　喜左衛門は虚をつかれた顔をした。こまりは必死に弁明する。

「人助けのつもりだったの。だから、あなたには本当に申し訳ないと思っているわ。どうしたら許してくれる？」

　こまりは乞うような目で喜左衛門を見た。

「人助け？　貴様がしたことは人殺しだ。祝言をぶち壊されて、清乃は路頭に迷い、清兵衛は借金の形を失くして首を括るしかない」

「そんな。清乃様は愛する殿方と幸せにつつましく暮らすのよ。ふたりを嵌めた清兵衛は身から出た錆で、自業自得じゃないの」

　こまりが強気に言い返すと喜左衛門は盛大な溜息をついた。

「貴様はなにもわかっておらぬ。よし、わかった」

喜左衛門はそのままこまりの襦袢の腰ひもに手を伸ばした。

「ちょっと？　なにをするの？」

「床入りですることと言えばひとつしかないだろう。おぼこでもあるまいに」

こまりが手足をばたつかせて暴れると喜左衛門は面倒くさそうに舌打ちした。

「いいか。貴様の生きる道はひとつ。この家で清乃として生きていけ」

「なんですって？」

こまりは絶句した。

「清乃は駆け落ちなどしなかった。駆け落ちをしたのは清乃が連れてきた新田家の馬鹿な女中だ」

喜左衛門は淡々と言葉を紡いだ。

「清乃は好いた男と一緒になれる。貴様は薄汚れた庶民から玉の輿に乗り、豪勢に暮らせる。新田家はこれまでどおり千賀家から多額の援助が得られる。お涙もちょちょぎれる大団円だろうが」

「ちょっと待って！　喜左衛門様はそれでいいわけ？」

こまりは体重をかけてのしかかってくる喜左衛門を精一杯、押しのけながら叫んだ。

　だが、喜左衛門はこまりの手足を押さえつけたまま真顔で言い放つ。

「別に構わん。本妻など所詮(しょせん)はお飾りだ。俺は商売柄、全国津々浦々に女がいる。妻など、それなりに見栄えがして身分があればいい。貴様は清乃の身分をそっくりそのままいただくのだ。感謝しろ」

「で、でも……！」

「しかし、やや子ができなかったり、頭の悪い愚息ができるのは困るがな」

「やや子って……」

　喜左衛門はこまりの頬に手を添えた。

「清乃として生き、わしの子を産め」

「嫌よ！」

　喜左衛門は心底、ふしぎそうに首をかしげた。

「なぜだ。ここでは食うにも困らぬし、いくらでもうまい酒が呑めるぞ。酒が好きなのだろう？　なにをためらうことがある」

「あたしには夢があるの！」

「ほう。どんな夢だ。言ってみろ」

「金子を貯めて実家の潰れた造り酒屋――水毬屋(みずまりや)を再興させるの」

「くだらぬ」

「なんですって？」

「いくら金子があればいい？　千両か？　二千両か？　言うてみよ」

「はぁ？　馬鹿にするのもいいかげんにしなさいよ！」

「馬鹿になどしておらぬ。その水毬屋という造り酒屋を千賀の力で再興してやると言っているのだ」

「なにを言ってるのよ……」

喜左衛門の大真面目な顔にこまりは頭が混乱してきた。

「貴様は水毬屋を再興させたいのだろう？　わしの嫁になるのにその夢が邪魔なのだろう。だったら、わしが再興させてやると言っているのだ。さすれば、貴様がわしの嫁になるのになんら不都合はあるまい」

「で、でもっ。あたしには大事なお店が！」

「貴様、本当の名はなんという」

「あたしはこまりだけど……」

「なら、こまりよ。いつ潰れるかもわからぬぼろい居酒屋などであくせく働かずとも、わしが毎日うまい飯と酒をたらふく食わせてやる」

「ぼろい居酒屋ですって？　馬鹿にしないで！　確かに建物は古いし雨漏りもするけど味はどんな料亭にも劣らない名店なんだからっ」

「くだらぬ。わしは江戸割烹番付に載っておらぬ店にはいかん」

喜左衛門は哀れみの目でこまりを見た。こまりは言葉に詰まる。

「ぐっ。それにあなたには全国津々浦々に女がいるんでしょう。その誰かを代わりに妻に娶ればいいじゃないの」

「はっはっは。なんだ、やきもちか？　やきもちは大歓迎だ」

「違うってば……」

喜左衛門に軽々と笑い飛ばされ、こまりは頭が痛くなってきた。

この成金の道楽男、まったく話が通じない……。

「女遊びは火遊びだからこそ楽しいのだ。本気になられては興覚めだ」

喜左衛門がぼそりとつぶやき、こまりはきょとんとする。

「わしに群がる女どもは嘘つきばかりだ。金にがめつく、強欲で、か弱いふりをして男の甲斐性に満たしてもらうことばかりを考えている」

喜左衛門は苛立たしげに論じ、にやりとした。

「しかし、お前はどうやら少し毛色が違うようだ」

「いいえ、あたしはか弱くて、お金が大好きです！　とっても強欲よ！」

こまりが盛大に首を左右にふると喜左衛門は呵々大笑した。

「わしは貴様の呑みっぷり、食べっぷりがいたく気に入ったのだ。祝言の日に、あれほど目を輝かせて呑み食いする花嫁がいるものか」

「それはなり替わりだし……。すぐに逃げ出せると思ってたから恥も外聞もないかなって……」

こまりは恥ずかしくなってきて、顔をそむけた。

喜左衛門は吐息のかかるほど近くに顔を寄せ、耳元でささやいた。

「こまり。わしの嫁になるのは嫌か」

「嫌よ。あたしを早く帰して！　無理やり手籠めにするって言うなら、舌を嚙みちぎるわよ」

「そう喚くな。わしはうまいぞ。じきに毎夜己から求めてくるようになる」

「嫌だったら！　宗右衛門様、宗右衛門様――ッ！」

こまりは無我夢中で気が付けば宗右衛門の名を呼んでいた。

喜左衛門はとたんにしらけた顔で上半身を起こした。

「閨(ねや)で違う男の名を呼ぶなど無礼な奴じゃ。女には寛容なわしでもさすがに腹が立つ。

人攫いの一味として、奉行所に突き出してやろう」

「えっ！　お願いです、どうかそれだけは！」

こまりは耳を疑った。

喜左衛門は立ち上がり襖を荒々しく開け、大声で人を呼んだ。

「おい、誰かいるか」

「旦那様、どうしました」

すぐ近くで奉公人の声がする。

「まったく興ざめじゃ！　この女を蔵へ閉じ込めておけ！」

こまりは腰が抜けて、その場にへたり込む。

屈強な下男たちに身体を引きずられながら寝室を追い出され、こまりは目の前が真っ暗になるのを感じた。

第四献　さよならの宴（うたげ）

なんとか逃げなければと思うものの蔵は外から南京錠がかけられており内からは開けられない。

「どうしよう……」
こまりは千賀家の蔵に閉じ込められ、身動きがとれずにいた。

窓は手の届かない高い位置に虫籠窓（むしこまど）が唯一ついているが、よしんばよじ登ったとしても、こまりの身体がすり抜けられるような隙間はなかった。

虫籠窓からこぼれ落ちる月光を浴びながら、こまりは身をふるわせた。

蔵に閉じ込められる寸前、襦袢（じゅばん）では見苦しいからと粗末な半纏を着せてもらえたが、蔵の中は冷える。

蔵の中を漁ると申し訳程度に寒さをしのげそうな薄汚いござがあった。

こまりはござに包まってなんとか暖をとったが身体のふるえがとまらない。

つい先ほどまで艶やかな色打掛(うちかけ)を着て祝言をあげていたことが夢のようだ。

極楽浄土から地獄へ突き落された心持ちである。

「どうにかして助けを呼ばないと……」

しかし、どうやって……？

こまりがいつまでも帰ってこなければ、ヤスや銕之丞たちが身を案じて探しだしてくれるに違いない。

だが喜左衛門はいつまでこまりを蔵の中に閉じ込めておくつもりであろうか。

朝が来たら、すぐにでも奉行所に突き出されるやもしれぬ。

いや、奉行所に訴えるという判断はひょっとすると甘いやもしれぬ。

喜左衛門は、なにより商売敵に花嫁入れ替わりの醜聞が漏れるのを恐れていた。

豪商千賀家の手をもってすれば、こまりを亡き者とし、清乃を連れ戻すことくらい訳はないのではないか……。

こまりは身ぐるみ剝がされた上に殺され、投げこみ寺に遺体を遺棄されるありさまを想像して悲鳴をあげた。

「いや！　まだ死にたくないっ。あたしにはまだ呑みたいお酒も食べたい肴もたらふくあるっていうのに！」

と、その時であった。

「こまり殿、こまり殿」

頭上からささやく声が降ってくる。

はっとして見上げると虫籠窓から顔を覗かせていたのは、御庭番の夜猿丸ではないか。

夜猿丸の肩には相棒の白梟、白夜丸の姿もある。

「夜猿丸！　あたしを助けに来てくれたのねっ」

こまりは見知った顔を見た安堵から泣きそうになった。白夜丸が目を細めてほぅと鳴く。

「よかった……。やっと小毬屋に帰れるわ……。温かい熱燗を呑んで暖かい掻巻に包まって眠れるのね……。今日はひじきを抱きしめて寝ることにするわ……」

しばらくひじきの顔も見ていないと思うと無性に恋しかった。

「姐さん、静かに。千賀家の者に気づかれます」

夜猿丸は人差し指を唇にあてて、こまりに騒がぬよう命じた。

こまりは慌てて口をつぐむ。

だが、こまりの期待とは裏腹に夜猿丸の態度はつれなかった。

「あっしは姐さんを助けに来たわけじゃありませんぜ」

「えっ。どういうこと？」

夜猿丸は底意地の悪い顔でにやりとした。

まるで地獄の亡者をいたぶる獄卒のような顔つきだ。

「姐さんに貸した借りを返してもらいに参上したんでさ」

「借りってどういうことよ？」

「姐さんに頼まれて、姐さんの身分を偽証したうえに紹介状まで用意してやったではありやせんか」

「それは……」

こまりは返答に困って口ごもる。

仙蔵の願いを叶えるため、清乃に近づくため致し方なかったとはいえ、夜猿丸はこまりの頼みをふたつ返事で了承してくれた。

貸しひとつですぜ、などと軽口は叩かれたが、なにもこんな時に持ち出さずともよいではないか。

「姐さんにはこれから千賀家の内部を探り、ある事実を突き止めていただきたい」

「無理よ。あたしは朝になったら奉行所に突き出されるんだから」

こまりは半べそを掻いて訴えたが、夜猿丸はしれっとしたまま話を続けた。

「それは法螺じゃ。喜左衛門が奉行所など呼ぶわけがない。藪をつついて、痛い腹でも探られたらかなわんからな」

「……どういうこと？」

「千賀家には抜け荷の疑いがある」

「抜け荷って……。他国と貿易しているってこと？」

こまりは目を剥いた。抜け荷とは幕府の目をかい潜っておこなう密貿易のことで、露見すれば重罪である。

「十中八九な。我ら御庭番はその証拠を摑むため何人もの隠密を千賀家に送り込んだ。だが誰一人として帰ってこなかった……」

夜猿丸が苦虫を嚙む潰すようにうめく。

「……薩摩飛脚みたいな話ね」

「実際、薩摩も絡んでいるのやもしれぬ。千賀家は村上水軍の末裔という話もある。喜左衛門の先々代が因島の片田舎から江戸に出て破竹の勢いで財をなした。とくに喜左衛門に代替わりしてからのはぶりのよさは目を見張るものがある」

「表向きは材木商の顔をして抜け荷でしこたまもうけているってわけね」

喜左衛門の分限者ぶりは、こまりも祝言で目にしたばかりである。

「そこで、こまり殿には抜け荷の実態を突き止めてもらいたい」

「でも、どうやって……」

こまりはうろたえた。そんな重大な任務、務まるかどうか……。

「まずは喜左衛門にとりいって、ふところに入り込むことじゃ」

「無理よ。喜左衛門にはさっそく嫌われたばかりよ。でなきゃ、こんな薄汚い蔵に閉じ込められるもんですか。明日になったら殺されるかも……」

「喜左衛門は希代の女好きだ。そうやすやすと殺しはせぬ。反省させるために一晩、蔵に閉じ込めただけじゃろう。朝になったら、よくよく頭を下げて謝ることじゃ」

「謝って許してもらえるかわからないわ」

「はじめから殺すつもりであれば、喜左衛門もこのまま妻になれなどと閨房で迫りはせぬ」

夜猿丸が平然と論じ、こまりは愕然とした。

「えっ。ひょっとして見てたの？」

「あっしは隠密ですぜ。軒下だろうが天井裏だろうが変幻自在に出入りできますさ」

夜猿丸は口角を持ちあげて、にやりとした。

こまりは蔵に穴を掘って入りたいくらい恥ずかしかった。

まさに障子に目あり、壁に耳ありである。

「あたしが喜左衛門に襲われるところを黙って見てたのね。見損なったわ」

こまりは顔をしかめて、そっぽを向いた。覗き見はとてもいい趣味とはいえない。

夜猿丸は苦笑した。

「まぁ、そう怒らずに。本当に命が危ない時は助太刀に参りまさ」

「貞操の危機だったのよ！」

「喜左衛門の好みは気の強い女でさ。喜左衛門はあれで、姐さんをなかなかに気に入ってると思いやす」

「全然うれしくないし、喜左衛門に色じかけするつもりもありませんからね」

「それでいい。手練手管の寝技はくのいちと疑われ、消される恐れがある。姐さんに目を付けたのは、いつだって普段通りだからでさ。その素人臭さを喜左衛門は珍獣のようにおもしろがっている。姐さんならばきっと喜左衛門を出し抜ける」

「珍獣って、あんたねぇ……」

こまりは怒りを通りこして呆れた。女の色香を自分の武器だと思ったためしもないし使うつもりもないが、なんだか褒められている気がしない。

「姐さんはそのままで。ただしばらく喜左衛門の妻の座におさまっていてくれさえすれば、きっと糸口が摑めるはずだ」

「そうかしら……」

こまりはなんだかだんだん夜猿丸の口車に乗せられて、その気になってきた。

そもそも蔵から助けだしてもらえぬのなら言う通りにするよりない。

まさに身から出た錆である。

「それに妖盗野槌も千賀家の抜け荷を狙っているそうですぜ」

「野槌！」

こまりははっとした。そういえば祝言の宴でも喜左衛門は野槌について豪語していたではないか。野槌など恐るるにたらぬと。

「我らは妖盗野槌を捕らえるために共闘しておったはず。ここでおめおめと逃げ帰るようでは妖盗野槌を捕縛するのは夢のまた夢ですぞ」

「そうね……。このままじゃ野槌の懸賞金も喜左衛門に横どりされるかもしれないわ……」

こまりは喜左衛門の唯我独尊な顔を思い出して、だんだん腹が立ってきた。

ありあまるほど金のある分限者に野槌の懸賞金をかっさらわれるなど我慢ならない。抜け荷の件は正直どうでもいいが野槌だけはこまりが先に捕らえなくては。

「あたし、もう少し頑張ってみるわ」

こまりは白い息を吐きながら、強い決意を漲らせた。

「頼みましたぜ、姐さん」

夜猿丸は、こまりに発破をかけるだけかけて夜の闇に消えていった。

夜猿丸は朝になれば喜左衛門の機嫌もなおると言っていたが、結局、朝になっても喜左衛門の許しが下りることはなかった。

だが奉行所に突き出されることもなく、こまりは蔵に閉じ込められたまま三日三晩を孤独に過ごした。

下男が朝と夕に二回、にぎりめしを寄こすほか、こまりは幽閉されたままだった。

このまま存在を忘れ去られるのではないかと気が狂いそうになった頃、ようやく喜左衛門が蔵の前まで姿を見せた。

「どうだ。わしに逆らったらどうなるか思い知ったか」

喜左衛門は意気揚々と威圧的に言った。

「……思い知ったわ。だから、おねがい。ここから出して……」

　こまりはもう限界だった。すがるように許しを乞うと、ゆっくりと蔵の扉が開かれる。

　夕日を背に浴びた喜左衛門は目がくらむほどまばゆかった。

「いいだろう。その代わり、わしの妻となると誓え」

　喜左衛門は居丈高に言い放ち、こまりを見下ろした。

　こまりはただ唯々諾々と喜左衛門に従うことが悔しく、きつく喜左衛門をにらみつけた。

「いいわ。その代わり条件があるの」

「ほう。まだ吠える元気があるか。申してみよ」

　喜左衛門は痛快そうに笑った。こまりは凛とした声音で言った。

「祝言の宴で、野槌を捕まえるために腕の立つ剣客たちをたくさん召し抱えたと言っていたわよね」

「ああ、そうだ」

「あたしも野槌討伐の一員に加えて欲しいの。どんな腕の立つ剣客よりも役立つ自信があるわ」

　こまりがはっきりと断言すると喜左衛門は意外そうな顔をした。

「ほう。貴様はなにか武術でもやっていたのか？」

「いいえ。だけど、あたし、野槌の顔を見たことがあるの」

「なんだと？」

「野槌の顔もろくに知らない剣客より、あたしのほうが役に立つと思わない？」

喜左衛門の顔つきが変わり、真顔で黙り込む。

こまりは強い手ごたえを感じて、さらに懇願した。

「おねがいよ。あたしも仲間に入れて。雛人形みたいに飾られているだけのおかざりの女房なんて、つまらないわ。あたしは働きたいの」

「ハッハッハ！　おもしろい。いいだろう」

喜左衛門はこまりの威勢のよさに呵々大笑する。

「旦那様！　奥方様がそんな危ない仕事をなさるなど……」

喜左衛門の後ろに控えていた番頭が顔をしかめ、口を挟んだ。

だが喜左衛門は平然として告げた。

「まぁ、いいではないか。贅沢な暮らしがしたいと言い寄ってきた女はごまんといるが働かせろと喰ってかかってきた女はいなかった」

喜左衛門は値踏みするように、こまりの頭のてっぺんからつま先までながめる。

「それでこそ、わしの見込んだおなごよ」

まるで蛇ににらまれた蛙のごとく、こまりはぞくりと背筋を凍らせる。

喜左衛門は、こまりに毅然と命じた。

「そうと決まれば、ゆっくりはしておられぬぞ。我らは明日、出立する」

「出立って、どこへ？」

こまりはきょとんとした。

「まずは湯に浸かり身形を整えてこい。詳しい話はそれからだ」

喜左衛門はこまりの問いかけには答えず、背を向けて、さっさと立ち去った。

ふつうの長屋暮らしをしていれば湯に浸かりたければ銭湯へゆく。

長屋に風呂などないからだ。

だが豪商千賀家ともなれば屋敷内に大きな湯殿があるのも至極当然のことらしい。

こまりは三日ぶりに蔵から出され、下女に案内されるがまま千賀家の風呂に浸かった。

千賀家の湯殿は、こまりが日々通っていた銭湯よりもずっと広かった。

先客など居ようはずもなく、こまりの貸し切りだった。

好きなだけ足を伸ばそうが泳ごうがやりたい放題である。

江戸っ子は熱い湯を好むため、こまりが通っていた銭湯も慣れるまでは飛びあがるほど熱かったが、千賀家の湯は肌に馴染む丁度よい温度だった。

しかも湯は白く濁っており、とろみがあって微かに硫黄の匂いがした。

湯を肌にかけると、なんだかすべすべになったような気がした。

こまりが長湯をたっぷりと楽しんで身体を癒し終わると、次は喜左衛門の待つ座敷へと案内された。

「どうだ。身体の芯まで温まったか」

喜左衛門は女中に酌をさせながら晩酌を楽しんでいる最中だった。

色とりどりの料理がならぶお膳を見て、こまりの腹が盛大に鳴いた。

「まぁ、こちらへ座れ。好きなだけ腹を満たすがよい」

こまりは喜左衛門が言い終わる前に御膳の前に座り、無我夢中で料理をむさぼった。

鯛の塩がま焼きに伊勢えびの蒸し焼き、タラの天ぷら、大根の甘酢漬け、ふわふわのおぼろ豆腐……、どれも豪勢で頬がとろけそうなほど美味で温かく五臓六腑に染みわたる。箸がとまらない。

「相変わらずの喰いっぷりじゃのぅ。見ていて飽きぬわい」

喜左衛門は女中の尻を撫でながら、ご機嫌に酒を呑んでいる。

「そりゃ、誰かさんに蔵に閉じ込められて、ろくに食事もできなかったもんですから」

こまりは憎々しげにぼやきながら空の盃を喜左衛門に差し出した。

「わしに酌をさせるおなごは貴様ぐらいじゃ」

喜左衛門はより一層痛快に笑って、こまりの盃になみなみと酒をそそいだ。

こまりはきっぷよく酒を呷る。

酒が喉を通って胃の腑が熱くなると、こまりはやっと一息つけた気がした。

喜左衛門はにやにやとこまりの顔をじっと見つめた。

「顔色が戻ってきたな。先ほどまでは土偶のような顔をしていたが」

「おかげさまでね。なんだかお湯もとろみがあって、その辺の湯屋とはまるで違ったわ。まるで湯治(とうじ)の湯みたい」

「箱根の湯を汲(く)みにいかせているからな」

「え？　本当に温泉なの？」

「ああ。箱根の湯もそろそろ飽きてきたから次は草津の湯でも運ばせようかと思っていたところだ」

喜左衛門はまるで近所に花でも摘(つ)みにいくような気安さでこたえた。

こまりは度肝を抜かれて、ひっくり返る。

まさに金を湯水のごとく使う男である。

大名どころか将軍とて、日々、地方の温泉を汲み、運ばせるなどの贅沢はしていまい。

「これからは江戸にいながらにして温泉に入り放題じゃ。貴様の泥臭い顔も少しは垢抜けるようになるだろう」

「悪かったわね。泥臭い顔で」

喜左衛門が鼻高々に告げ、こまりはそっぽを向いた。

「どうだ。わしの嫁になってよかっただろう」

「分不相応すぎて落ち着かないわ」

「じきに嫌でも慣れるさ」

喜左衛門は悪びれもせずにさらりと言い、酒を呑む。

こまりは呆れた。今のご時世、これだけ華奢な暮らしを謳歌(おうか)しているのは千賀家だけに違いない。

こまりはこほんと咳払いして喜左衛門に向き直る。

「では妻として言わせてもらいますけど、もう少し倹約をされてはいかが。お上も倹約を推奨していますし、あまり華奢な暮らしぶりはご公儀に目をつけられるのでは」

こまりの脳裏に賢之介——松平定信の姿がよぎった。

老中松平定信は時折、世を忍ぶ仮の姿で庶民の味を楽しみに小毬屋へやってくる酔狂な幕閣の要人である。

だが定信はいつも己が推し進める改革の模範としてふるまい、着物も質素で、小毬屋へやってくる時も一汁一菜と一杯の酒しか嗜まぬという見事な倹約ぶりである。

喜左衛門の暮らしとは似ても似つかない。

「ハッ。寛政の改革など貧乏人のつまらぬ愚策だな。金は天下の周りものじゃ。稼いだ金は豪勢に使ったほうが景気はよくなる。なのに倹約などと……。今の老中は愚の骨頂じゃ」

喜左衛門は今の幕閣を蛇蝎（だかつ）のごとく毛嫌いしているらしい。喜左衛門なりの持論があるようだが、こまりに政治や経済のことはよくわからない。

「して、こまり。これからの商いだが……」

喜左衛門はこまりの空になった盃にふたたび酒をそそぎながら話を本題へと切り替えた。

こまりは盃をうけながら背筋をしゃんと伸ばす。

「今日の夜、我が愛船、鬼神（きしん）丸に乗って出航する」

「船に乗るのですか。いったいどちらへ」

こまりは酒を喉に流し込んで、身を乗り出した。

船出となれば夜猿丸の言っていた抜け荷の証拠を摑めるのではないか。その隙をついて

「目的地を貴様が知る必要はない。だが出航する前に荷を積み替える。野槌が現れるやもしれぬ」

喜左衛門が淡々と答えをはぐらかし、こまりはますます怪しいと勘ぐった。

「荷を積み替える？　材木と偽って野槌がつけ狙うような美酒美食を運ぶのですか」

こまりは目の奥を光らせた。だが喜左衛門は鼻で笑っただけだった。

「勘違いするな。行きは江戸の物産品を運び、帰りに木材を積んで戻るだけだ。荷も積まずに船を出すのではもったいないからな」

「もったいないだなんて、庶民の言葉もちゃんと知っているのね」

こまりは思わずくすりと笑う。湯を箱根から運ばせるような富豪でも商いとなれば損得勘定は忘れぬものらしい。

喜左衛門は得意げにふんぞりかえった。

「わしは商人だぞ。商機を逃すようなぼんくらで財はなせぬわ」

誰もが寝静まる丑三（うしみ）つ時、喜左衛門がこまりを連れて向かったのは品川湊だった。遠浅の河岸の品川湊で小型の船に乗り込み、沖合に停泊している千石船へむかった。

強風の吹き荒ぶ夜で波も高く、小舟はよく揺れた。

こまりは若干船酔いしかけたが月明りに照らされた千石船を視界に宿した瞬間、船酔いなど吹き飛んでしまった。

「すごい、こんな大きな船、はじめて見たわ……」

「ハッハッハ！　こんな立派な船は大名でも、そう持ってはおらぬぞ」

喜左衛門は鼻高々に自慢する。

鬼神丸は船体の両舷に垣根のような菱組格子の囲い装飾を施した千石船であった。

くじらのような巨体は圧巻で大きな白い帆は強風が吹こうともまるで穏やかな風を受け流すかのごとく平然とはためいている。

船体のまわりには、こまりが乗ってきたものとおなじ小型船が蟻のようにむらがっていた。みな、鬼神丸に積むための荷を運んでいるのである。

「皆の者、急げ！　夜明け前には出立するぞ」

「へい、お頭ッ」

喜左衛門は甲板に降り立つと威勢よく陣頭指揮をとりはじめる。喜左衛門が発破をかけると乗組員たちはみな、色めきだって身を粉にして働いた。

その姿は商人というよりは奪いとった金銀財宝を船に積み込む海賊と呼ぶほうが実に

しっくりくる。

「して、こまり。貴様はなぜ男の身形をしている?」

喜左衛門がこまりを見つめて首をかしげた。

こまりは髪を総髪に結いあげ、腰に刀を差し、いっぱしの剣豪のような姿をしていた。はたから見れば喜左衛門につき従う小姓のような恰好である。

千賀家の女中に頼み込んで急ぎ用意してもらった装束だ。

「男の身なりのほうが野槌を捕まえるのに動きやすいからよ」

こまりははきはきとこたえた。

「ふん、まぁいい。女のなりのほうがそそるが好きにしろ」

喜左衛門はこまりの肩を抱き寄せる。

「急になによっ」

「いいか。船の中に野槌がまぎれ込んでいるかもしれぬ。よく見ておれ」

喜左衛門が耳元でささやく。こまりは喜左衛門の胸を押し返しながらこたえた。

「わかってるわ。物見遊山で来たわけじゃありませんから」

「なにかわかったら、すぐに知らせろ。危ないことはするなよ」

喜左衛門は念を押し、仕事のためこまりから離れていった。

こまりは甲板を歩きながら周囲を観察した。観察しているうちに船には二通りの人種がいることに気づいた。

せわしなく荷を運んでいるよく日に焼けた体格のよい荒くれ者たち。

おそらくは千賀家が雇っている船の元々の乗組員だ。

そして、もう一つは、いかにも無骨な浪人風情の者たちである。

腰に大小の刀を差している者もいれば、槍や鎖鎌、はては刺股(さすまた)まで持っている者もいる。

十中八九、喜左衛門が金でやとったという腕の立つ剣客たちに違いない。

剣客たちの間には、まるでこれから船上で御前試合でもはじまるかのような殺気だった空気が流れていた。

「あっ！」

こまりはその中に見知った顔ぶれを見つけて思わず声をあげた。

「銕之丞と白旗さんじゃないのっ。どうしてふたりがここに？」

こまりは大急ぎでふたりに駆け寄った。

「ひょっとして、あたしを助けに来てくれたとか？」

こまりはふたりのやさしさに感激し、目を潤ませた。

でも、せめて船に乗り込む前に来て欲しかった。

ここまで来れば、そうやすやすと江戸へは戻れない。船はもう出航してしまうのだから……。

「むろん、野槌をとらえるために決まっておるだろうがっ」

鋏之丞が吠え、白旗が慌てて鋏之丞の口を塞ぐ。

「こまり殿。ここであったのも奇縁でござるが極秘任務中故、我らの正体は隠密に頼みますぞ」

こまりはこくこくとうなずいた。野槌を捕らえるため、どうやら身分を偽って、紛れ込んだらしい。

「な〜んだ、助けに来てくれたわけじゃなかったのね……」

こまりは拍子抜けして肩を落とした。

だが、その瞬間、背後から思い切り頭をしばかれた。

「痛っ」

「な〜に肩を落としてやがる。いつも面倒ばっかりかけさせやがって」

「その声はヤス！」

こまりはおどろいて、ふりかえった。

そこにはなんとヤスが立っていたではないか。

しかもヤスの肩の上にはひじきまで乗っている。

ひじきはヤスの手から骨せんべいを与えられ、うれしそうにむさぼり食べている。

「ヤス……。あんたって人は……。やっぱり助けに来てくれたのね……」

こまりは馴染みのある顔を見て安堵感から泣きたくなった。

「うるせぇ。俺は賞金首を追いかけて、この船に乗っただけでぇ。豪商の人妻なんかにゃ、微塵も興味ねぇよ。くだらねぇ」

ヤスはふんとそっぽを向いた。

「そんなぁ……」

「ふふ、みんな、素直じゃありませんね」

こまりが涙目になっていると白旗がくすりと笑って小声で耳打ちした。

「みんな、本当はこまり殿が心配でいてもたってもいられなかったのです。ご無事でなにより。仙蔵殿と清乃殿も無事、一緒になって江戸を離れました」

ヤスは照れくさそうに鼻の頭を掻きながら、ぶっきらぼうに言い放つ。

「さっさと野槌を捕まえて帰るぞ。ずっと小毬屋を閉めておくわけにはいかねぇからな」

「もちろん！　野槌の賞金は小毬屋がいただくわよ！」

こまりは満面の笑みでうなずいた。

ヤスや銕之丞、白旗が加わって、千人力になったような気がした。


日が昇る前に船はひっそりと出航した。

「どこにむかってやがるんだ、この船は？」

ヤスがどこまでも続く水平線をながめながらつぶやく。

「ヤスたちも目的地を知らないの？」

「ええ、我々が知る必要はないと白を切られましたからね」

大海原を切って進む鬼神丸の行く先をどうやら誰も知らないようだった。

「船はずっと南へ進んでいるようですが……」

白旗は淡々とつぶやいた。

「しかし、どこにも野槌のような男はおらんぞ」

銕之丞が不満げに声を漏らしながら言った。

「どんなに変装しようともあれほどの大男、一目でわかりそうなものじゃが」

「背丈ばかりは変装でどうにかなるものでもありませんしねぇ」

白旗がのほほんと相槌を打つ。

「ひょっとしたら荷の中に隠れているのやもしれんのぅ」

結局、出航前までに船が野槌に襲われることはなかった。

野槌を捕まえてやるという意気込みの男たちの殺気も船が出航してしまえば凪いでいき、静かなものとなった。

野槌もわざわざ逃げ場のない海上で襲ってくるような無鉄砲な真似はせぬだろうと誰もが考え、警戒を解いたのである。

甲板の上で大の字になって大鼾をかいている男もいるほどだ。

「あまりの警護の多さに恐れをなして逃げたんじゃねぇか？」

ヤスが苦虫を噛み潰したような顔つきで告げた。

「油断しちゃだめよ。大勢の観客がいる舞台の上でだって、平気で襲ってくるやつなんだから。きっとなにか策があるのよ」

こまりは鼻息荒く言った。

「それにしても野槌が狙っている美食ってなんなのかしら。この船には何が積まれているの？」

「おや。船主の奥方様も野槌の狙いをご存じない？」

白旗はニヤニヤしながらからかう。

どうやら、どいつもこいつもこまりが花嫁と入れ替わり、なし崩しに嫁にされたことをおもしろがっている節がある。

ただ一人、鋏之丞だけは始終、不機嫌そうな顔を浮かべていたが。

「知らないわよ。聞いたって大事なことなんかちっとも教えてはくれないんだから」

こまりは苛立ちまぎれに吐き捨てた。

「おそらくですが、この船に積まれている荷は俵物かと……」

白旗が苦笑して淡々と教えてくれる。

「なぁに、俵物って？」

「いりこ、ほしあわびやふかひれといった高級食材です。北前船で加賀や富山、仙台から運んできた荷を積みかえて、長崎あたりまで運ぶ気でしょう」

「ふかひれって？」

「鮫のヒレを乾燥させた食材ですよ。清国では高級食材で煮込んだ汁にするとめっぽう美味な珍味だとか」

「とどのつまり清に売る気じゃろう。密貿易じゃ」

鋏之丞が顔をしかめた。

「鮫のひれ……、高級食材、珍味……」

こまりは爛々と目を輝かせて意気込んだ。

「食べたいっ！　野槌より先に見つけ出して食べてみせるわっ」


冬晴れの天気にも恵まれ、船は順調に進み半月もすると大坂湊へ辿りついた。

月明りが海面を照らす丑三つ時、江戸を出航した時と同様に鬼神丸は夜陰に紛れて、安治川を遡り、安治川橋の近くに碇を下ろす。

いくつかの荷を下ろし、また別の荷を積み替える。

品川湊の時と同様、荷物は無数の小船にのせて運び、次々と積み替えていく。

こまりたちは目を光らせて野槌が現れるのを待った。

だが大坂でも野槌が現れる気配は一向にない。

「いったい、いつ野槌はあらわれるのよ？　どうせ大坂に来たなら、いろんな名物を食べ歩きしてみたかったのに！」

こまりは甲板の上で歯ぎしりし、地団駄を踏んだ。

「大坂といえば箱寿司に粟おこしにくるみ餅、天満大根、そしてなにより麩の焼きよ……。麩の焼きを食べてみたかったわ……。なにわの酒も呑んでみたかったし……」

野槌を待ちかまえているせいで、久々の陸だというのにおちおち町遊びにくりだすこともできやしない。

「物見遊山の旅じゃねぇんだ。野槌が現れようが現れまいが陸にはあがるなってお達しだから食べ歩きは無理だろ。それにこんな真夜中じゃ、夜鳴き蕎麦くらいしかやってねぇぞ」

ヤスが手すりに肘をつきながら気だるげにあくびを嚙み殺す。

「この際、夜鳴き蕎麦だってかまわないわよ。江戸より出汁が薄くて、透きとおっていると聞いたことがあるわ」

こまりはかじかむ手に白い息を吹きかけながら温かい夜鳴き蕎麦に想いを馳せた。

「しかし、なぜ陸にあがってはならぬのだ！　俺だってうまいものが食べたいぞっ」

こまりの不満に便乗して鋏之丞もうんざりと愚痴をこぼす。

鬼神丸は大坂の湊へ入港したものの喜左衛門は荷物を運搬する乗組員以外、けっして船から降りてはならぬと厳命したのだった。

野槌がいつ いかなる時、船を襲ってくるかわからぬから警備に専念するようにとのお達しだが、こまりはなんだか裏があるような気がしてならなかった。

「まぁ、急に出航して、おいてけぼりを喰らうよりはいいでしょう」

　白旗が淡々と周囲をなだめる。銕之丞はふいにきょろきょろと周囲を見渡した。

「して、先ほどから喜左衛門の姿が見えぬようだがどこへいったのじゃ？」

「たぶん女のところよ。全国津々浦々に女を囲っているそうだから」

　こまりは喜左衛門が鼻歌まじりに花街へ繰り出していったのを知っていた。

　とたんに銕之丞はさらに憤慨した。

「なにーっ。新婚早々、堂々と浮気とは面の皮の厚いやつじゃ。こまり殿は旦那の不貞を見逃すのか。離縁じゃ、離縁っ！」

　銕之丞はまるでこまりの父親のように猛々しく怒り、こまりは呆れた。

「不貞もなにも……。ただのかりそめの夫婦だもの。江戸へ戻ったら、そりゃ離縁してもらうわよ」

「しかし、いいのですか？　せっかくの玉の輿なのに……」

　白旗がにやにやとたずねた。ヤスはつまらなそうにそっぽをむく。

「別に。住む世界が違い過ぎるわ。肩肘(かたひじ)張って窮屈な暮らしをするくらいなら、気ままにのんびりと好きなことをして暮らしたいもの」

　こまりは嘆息し、暗い海を見つめた。

　いったいいつまでこんな船旅が続くのか。

残してきた小毬屋が気がかりでしかたがない。

早く江戸に帰り、小毬屋を再開したかった。


万事つつがなく積み荷を終え、鬼神丸は大坂を出航した。

次の行先もこまりたちが聞かされることはなかったが、やはり南へとむかっているようだ。船はやがて瀬戸内に入り、鞆の浦の人気のない入江に停泊した。

なぜ湊へ入っていかないのか、こまりは疑問だった。

喜左衛門は雇った剣客たちの前に出てくると居丈高に告げた。

「いいか、貴様ら。ここからが肝心の仕事じゃ。これまで無駄飯ぐらいだったぶん、ぞんぶんに働いてもらうぞ」

「とうとう野槌が出てくるの？」

こまりは浮き足立つ。こんな田舎の入江に本当に野槌が現れるのか甚だ疑問ではあった。

喜左衛門はこまりの問いかけにはこたえずに話を続けた。

「ここは潮待ちで栄えとる湊じゃ。この時化ではちょうど明日の夜には嵐が来る。嵐に乗じて、入江で潮待ちする西廻りの廻船の荷を奪う」

「えっ。どういうこと？　あたしたちは野槌を捕らえるんじゃなかったの？」

　こまりは耳を疑った。

　だが喜左衛門はしれっと暴露した。

「野槌が現れるなど法螺話じゃ」

「嘘だったの？」

「そうじゃ。我らの裏の顔が海賊なのじゃ」

　喜左衛門はにやりとして、今まで見たこともない極悪非道な顔をした。

　こまりだけでなく剣客たちも気色ばむ。

「海賊ですって。なら、どうしてそんな嘘であたしたちを騙してここまで連れてきたのよ！」

「むろん、我らの悪事を野槌の仕業に見せかけるためだ」

　喜左衛門は残忍な笑みを浮かべた。

「鬼神丸は野槌に狙われていると法螺の噂を流しておく。さすれば別の船が襲われた時、野槌が船を間違えたという風聞が勝手に広がる。貴様らは噂に信憑性を増すためのいわば道具じゃな」

「我らは賊の道具ではないッ。たとえ貴様がよその船を襲おうとも、我らが海賊働きを手伝う所以(ゆえん)はない」

鋏之丞がこまりの前に出て、鞘に手を添えて抜刀する構えを見せた。

だが喜左衛門は恐れるどころかふんと鼻を鳴らしただけだった。

「貴様の雇い主は誰か今一度、よく考えてみるといい。海賊働きをすると誓えば、まだ許してやらんこともないが」

「誰が貴様の手下となって海賊働きなどするかっ」

鋏之丞は吠えた。

「皆の者、そうじゃろう！」

だが、他の剣客たちはにやにやとするばかりで誰も鋏之丞に賛同しようとはしなかった。鋏之丞がはっとする。

「貴様ら、ひょっとして……」

曇天のなか、ぽつぽつと雨が降り始めて、こまりの頰を打つ。

稲光が走った。

剣客たちは次々に抜刀し、こまり、鋏之丞、白旗、ヤスを取り囲む。

「あんたたち、共謀者だったのね！」

こまりはきつく剣客たちをにらみつける。

野槌を捕まえるとの触れ込みで集まった剣客たちは、銕之丞たちのほかは皆、喜左衛門の手の者だったのである。

「火盗改メの長谷川平蔵の馬鹿息子、白旗、それと咎犬のヤス。貴様らのことは前もって調べさせてもらったぞ」

喜左衛門は勝ち誇った顔で嘲笑う。銕之丞が顔を真っ赤にして怒り狂った。

「馬鹿息子とはなんだっ！　無礼な奴めっ」

「……俺たちの正体を知っていて泳がせていやがったな」

ヤスが憎々しげに舌打ちする。

「なにせ我らの裏の顔を嗅ぎまわっている公儀の犬がいるようだったのでな。念には念を入れたまでだ」

喜左衛門は手下たちに居丈高に命じた。

「この者らを牢へ閉じ込めておけ」

「俺たちをどうするつもりだ！」

銕之丞は叫んで暴れた。

だが多勢に無勢でなす術はなく、四人はあっという間に後ろ手に縄で縛られる。

喜左衛門は慈悲深い口調で哀れむように語った。

「安心せい。わしは商人だ。貴様らをやすやすと殺しはせぬ。金にならぬし、なにより
もったいないからな」

喜左衛門は昏い眼の奥を光らせる。こまりはその冷たい眼を見て、ぞっと背筋に悪寒
が走った。喜左衛門は鬼のような顔で笑う。

「貴様らは荷とともに奴隷として異国へ売っぱらうとしよう」

「貴様……！　自分の嫁まで売り払う気か！」

「当然だ。死体なんぞあがった日には奉行所から目をつけられ足がつく。だが異国へ売
り払ってしまえば足はつかぬし、なにより金になる」

喜左衛門は流暢に語った。

「所詮（しょせん）、この世は銭次第。とくに女は高く売れる。少しばかりとうが立っているが致し
方あるまい。まさに一石二鳥じゃ」

「とうが立っているとはなによっ。失礼ね。何様のつもりよっ！」

こまりは怒髪天をつく勢いで叫んだ。

こまりたち四人は船の中の牢に閉じ込められた。

しばらくすると船の中は静まり返り、誰もいなくなったようだった。

暗い牢の中で、手足を縄で縛られ、芋虫のように転がりながら四人は顔を寄せあう。

「くそっ。喜左衛門のやつ、ずっと騙してやがったな！」

鋏之丞が怒り心頭で暴れる。

だが、どんなに暴れてもきつく縛られた縄は解けそうになかった。

「どうしよう。このままじゃ、あたしたち、本当に異国に売り払われちゃうのかしら……」

こまりは不安に駆られてべそを掻く。

「異国になど売り払われている暇はないわい。さっさとここを出て、喜左衛門を止めるぞ」

「でも、どうやって……」

鋏之丞と白旗の刀は奪われて、ふたりは丸腰である。

縄を切れる道具はなにもない。

「ヤス、あんたは刃物とか隠し持ってないわけ？」

「武器になりそうなもんはあらかた没収されちまった。ちくしょう……」

嵐で風が強まり船が揺れる。

と、その時であった。

足許がくすぐったいと思い見れば、ひじきがこまりの足をぺろぺろと舐めているではないか。

「ひじき！　あんた、どこ行ってたの！」

「そういや、先ほどはとんと姿が見えませんでしたな」

「おい。ひじきの首元をみろ。なんかついてるぜ」

こまりは上半身を起こし、ひじきのお腹に顔を押しつけた。

ひじきは遊んでもらっていると勘違いして、うれしそうに手足をばたつかせている。

よくよく見れば、ひじきの首には黒い風呂敷が巻きついており、隙間になにか包まれていた。

黒い風呂敷はこまりもヤスも見知らぬものだった。

こまりは風呂敷の結びを口でほどく。すると包まれていたのは小さなかみそりと牢の鍵だった。こまりはかみそりを手に己の縄をほどく。

「こまり殿、早くっ！」

急かされるまま、こまりは錬之丞と白旗、ヤスの縄をかみそりで切った。

「しかし、誰がこんな仕込みをしやがった。もし、ひじきが怪我でもしたらどうするつもりだ。いたずらじゃただじゃおかねぇぞ」

ヤスは助けてもらったというのに憤っている。

「いたずらなわけないわ。あたしたちを誰かが助けてくれたのよ」

こまりの脳裏に夜猿丸の顔が浮かんだ。しかし、船旅のなかで夜猿丸も白夜丸も顔をみた覚えはない。

「きっと船の中にあたしたちのほかにも隠密がいるのよ。おそらく御庭番の。だけど正体を明かすわけにはいかないんだわ」

「なるほどな。そいつらが俺たちを助けてくれたってわけか」

「しかし、その隠密探しはあとじゃ。急いで喜左衛門を止めなくては、甚大な被害がでる」

銕之丞たちは牢を飛び出した。

「でも、どうするの！　丸腰じゃ戦えないわ」

刀を奪われたままでは殺されにいくようなものである。

「こまり殿」

白旗は冷静に言った。

「隠密は我らにかみそりと鍵を与えはしたが武器は与えなかった。それはなぜだと思います？」

「ひじきの小さな身体じゃ、みんなの刀は運べないもの」

「なら別のやり方で我らを助けてもよかったはず」

「どういうこと？」

「密貿易で異国に高く売れるものは俵物だけではないということです」

白旗は船に積まれていた山のような葛籠（つづら）を蹴り飛ばした。

すると葛籠の中から溢れでてきたのは大量の刀剣ではないか。

「刀がこんなにたくさん！」

「フン。まぁ、俺様の愛刀、妖刀鬼丸国綱にくらべれば、どれも安刀だがないよりはマシというものだ」

銕之丞は葛籠の中から刀を一本、無作為に手にとる。

白旗、ヤスも続いて刀を手にとった。

「ちょっと。ヤスは刀が使えるの？」

「剣術（やっとう）なんざ、やったためしもねぇが手ぶらよりマシだろうが」

ヤスが鞘を抜き、刀をふりまわしながらドスの効いた声で言った。

「それもそうね」

こまりも鼻息荒く護身用に刀を手にとった。

「で、やつらはどこへ行きやがった？」

「どうやら安宅(あたけ)船に乗り換えたようですね」

安宅船とは江戸幕府開闢(かいびゃく)の頃までによく活躍していた軍用船である。

白旗が甲板から身を乗り出して手をかざし、遠くを眺めた。

見れば沖合に浮かぶ廻船にむかい安宅船が突っ込んでいくところだった。

「安宅船じゃと？　しかも大安宅ではないかっ。そんなものはとっくの昔にご公儀が没収したのではないのか？」

銕之丞が目を剝く。大安宅の上部は箱型で木製の板に覆われている。

盾板には狭間(はざま)と呼ばれる銃眼がついており、隙間から鉄砲や弓矢が撃てる仕組みになっている。

「しかし、今、まさに目の前にあるのだから水軍どもが隠し持っていたのでしょう」

白旗が忌々しく告げる声をかき消すように安宅船は次々と火を噴いた。

「まずいぞ。やつら大筒まで積んでおる」

「まるで戦国の合戦のようですね」

白旗はもはやおどろきを通り越して感心しきりで傍観している。

鋏之丞が舌打ちした。

「で、どうする？　俺様たちはあの戦場までいかねばならんぞ」

「さすがに泳いでいくわけにもいきませんしねぇ……」

白旗は腕を組んでのほほんと考え込んだ。こまりはとっさに口を挟む。

「なら、船でいくしかないわ。この船でむかうのよ」

「なんじゃと？」

「水軍は鬼神丸が大事だからこの入江に隠しているんでしょ。この船はいわば世間の目を欺く隠れ蓑の本丸なのよ。廻船を襲って横どりした積み荷もこの船に積んで逃げるつもりなんだわ」

こまりは勢いよく一気にまくしたてた。

「だったら、この船で突っ込んでやればいいのよ。自分たちの大事な足だもの。火器でうかつに攻撃できないわ」

「なるほど。さすが、こまり殿じゃ。機転が利く」

鋏之丞は言いくるめられて、唸った。

「で、誰が船を動かすんです。こんな大きな商船の舵をとったことがある人がおりますか？」

白旗に冷静につっこまれ、今度はこまりが言葉を詰まらせた。

「うっ……、それは……」

どうやって船を動かすかなど考えてもみなかった。

「俺はわからぬぞ！」

「俺だって知るわけがねぇ」

鋏之丞とヤスが口々に宣言し、白旗が肩をすくめたまさにその時、足もとが地響きのように揺らぎ、鬼神丸が動きだした。

「なにごとなの？」

こまりは慌てて垣立にしがみつく。

しかも、船は海上の戦場へむかいどんどん突っ込んでいくではないか。

こまりはすっとんきょうな声をあげた。

「どうして動きだしたの？」

「俺様が知るかっ」

「まさか、また隠密の仕業か？」

ヤスもまた及び腰で垣立にしがみつきながら叫んだ。

「御庭番って船の操舵までできるの？」

「とにかく確かめに舵のところまでいってみましょう」

白旗の提案にうなずきかけたが、そうやすやすとことは運ばなかった。

船の進行はまともとはいいがたい。

揺れに揺れ蛇行を続け、こまりたちはたまらずに甲板に転がった。

稲光が走り暴風が吹き荒び、強い雨が降りはじめた。

波は荒れ、これではゆっくり歩くこともままならない。

無理に動けば海面に真っ逆さまにふり落とされそうである。

「いったいどうなっているのよ?」

「だが、この嵐は吉兆じゃ。これで水軍は火器が使えなくなるぞ」

こまりが悲鳴をあげる中、銕之丞は横殴りの雨に顔面を打たれながら爛々と目を輝かせた。

その時、鬼神丸は廻船につっこみ、衝突した。

轟音がつんざき、こまりは衝撃で甲板をのたうちまわるように転がった。

「貴様ら、なにしやがるっ。どうやって縄を解きやがったっ」

廻船に乗り込み、大刀をふるっていた喜左衛門の怒声が響きわたる。

しかし、その時である。

「あれを見ろ！」

廻船に乗りあげて折れた鬼神丸の帆柱の上に般若のお面をかぶった大男が立っていた。

荒れ狂う大波をうけて、うねった白髪が風になびく。

大粒の雨が般若のお面を激しく打った。

「妖盗野槌じゃ……！」

「なんですって」

こまりはまだ腰を抜かしたまま、太い帆柱に立つ野槌を見上げた。

「鬼神丸を動かしていたのは御庭番じゃなくて野槌だったの？」

野槌の低い声が地鳴りのように響いた。

「我は求めり。我が飢えと渇きを満たす究極の食材を。あぁ、腹がへった。空腹で狂い死にそうじゃ――……」

野槌は軽やかな身のこなしで帆柱から廻船に飛び移り、大刀を抜くやいなや喜左衛門に斬りかかる。

喜左衛門は鬼の形相で怒り狂い、野槌の太刀を受け流した。

「ふざけるな！　貴様のような薄汚いねずみにくれてやるお宝なんざねぇ。よくもわしの可愛い鬼神丸を傷物にしやがったなっ」

喜左衛門が一喝した。

「てめぇら、やっちまぇ！」

「おぉーっ」

大嵐の海風が吹き荒れる中、野槌と水軍たちの乱戦がはじまった。

野槌は軽やかな身のこなしで次々と襲いかかる水軍の雑兵を切り伏せていく。

「いったい全体どうなってるの。なにもかもめちゃくちゃよ……。どうすればいいの……」

こまりはあまりの惨劇に混乱して頭を抱えた。

野槌を捕らえたいが、もはや喜左衛門の味方をするわけにもいかぬ。

どちらも敵では八方塞がりではないか。

「この混乱に乗じて逃げちまおうぜ」

ヤスがこまりの手をとって支えながら早口で告げた。

「どこに逃げるっていうのよ！」

「んなもん、泳ぐしかねぇだろうが」

「あたしは金槌(かなづち)なのよ！」

こまりは金切り声で泣きべそをかいた。こまりは山育ちである。川遊びをしたことがあっても、こんな広々とした海で泳いだことなどない。

　ましてや今は暴風雨が吹き荒れ、波は高い。

「見境なしに飛び込むのは感心しませんね。この嵐では浜辺にたどりつく前に波に呑み込まれるか鱶（ふか）の餌になるかもしれない」

「鱶ぁ？　この海には鱶がいるってのかよ？」

　白旗に冷静沈着にたしなめられ、ヤスはとたんに青ざめる。

　こまりもぎょっとした。

「ふかひれの味を追い求めていたはずなのに鱶の餌になるなんて嫌よ！」

　溺死も嫌だが、鱶に身体を食いちぎられるなど考えるだけで恐ろしく血の気が引いた。

「致し方ない。ここはより利のある方の味方につくべきかと。野槌と共闘といきましょう」

　こまりは度肝を抜かれた。

「野槌と共闘ですって。どういうこと？」

　白旗はすらりと鞘から刀を抜き、雨に打たれた刀身がきらりと光る。

　白旗の紙のように白い顔を稲光が照らした。

「ここで野槌を見殺しにしたところで、我らはまた喜左衛門に捕らえられ異国に売り払われるのがオチです」

「ハーハッハ！　だったら野槌とともに大暴れしてまずは水軍どもを蹴散らしたほうが好都合というわけじゃな！」

鋏之丞は爛々と目を輝かせて抜刀した。

「どのみち縛られていた我らを助けたのも野槌じゃろう。借りをつくったままでは気色悪いからのぅ」

鋏之丞は助走をつけるとおどろくべき跳躍で船を飛び移った。

「鋏之丞っ！」

「こまり殿は鬼神丸に隠れておれ！」

鋏之丞は生き生きとした顔でふりかえり、襲いかかってきた水軍を刀身で殴りつけながら叫んだ。

「野槌をとらえるのは水軍をみな捕縛した後じゃ！　水軍と戦い疲弊しきったところを捕らえてやるっ」

「しかたねぇ。鱶の餌になるよりはマシか。お宝は山分けだからな！」

ヤスもまた甲板を下がり助走をつけて大股で飛びあがり船を移っていく。

白旗も軽々とした身のこなしで飛び移っていき、気が付けば鬼神丸に残っているのは、こまりと肩に乗るひじきだけになっていた。

「冗談じゃないわ。あたしだって戦うわよ！」

　こまりはひじきを脇に抱え込み気力を漲らせると助走をつけておもいきり船と船を飛び越えた。

「ふかひれは、あたしが手に入れるんだからっ」


　雨脚が強まる中、乱戦になった。

　風に打ち消され、火力がもはや使い物にならぬのも追い風となった。

　多勢に無勢であるはずが窮地に追い込まれたこまりたちは強かった。

　野槌は大刀をふるって大暴れし、次々と水軍の雑兵どもを海面に叩き落していく。

　銕之丞や白旗は軽々とした身のこなしで乱舞するがごとく剣技をくりだしていく。

　さすがは日々厳しい鍛錬と研鑽を積んでいる火盗改メであった。

　ヤスはやはり刀は使い慣れぬのかすぐに投げ捨ててしまったが、殴る蹴る摺るの肉弾戦で次から次へと相手を海に落としていく。

　さすがは咎犬のヤスと恐れられたヤクザ者である。

「今のうちに、あたしがお宝をいただいちゃおう……」

こまりは戦闘の隙をついて船内に残されているお宝、俵物を運び出そうと忍び足で階段を降り、船底へむかった。

だが、こまりは階段を降りきる途中で足を止めて絶句した。

積み荷は火を噴いて燃え盛り、船底は水が浸水して、廻船は沈みかけていた。

これでは漁夫の利を狙うどころではない。

「大変……。大筒で船底に穴が開いたんだわ。はやく皆に知らせないと……」

このままでは沈没に巻き込まれて、皆、溺れ死んでしまう。

まさに絶体絶命の窮地である。

額に脂汗を浮かべて後退った時、こまりは背後から殺気を感じた。

こまりはふりむきざまに水軍の男をひとり、峰打ちにする。

男は呻いて、倒れた。

「ふん、甘いわよ。あたしだってやる時はやるんだから！」

こまりが鼻息荒くまくしたてた時、褐色の腕が伸びてきて、こまりをひっ捕らえた。

「なにするのよ！」

こまりは喜左衛門に羽交い絞めにされていた。

身動きがとれずに、こまりは暴れに暴れる。

「いいから来い。貴様は人質だ」

喜左衛門はこまりを押さえつけ、引きずるように甲板へつれていく。

喉には匕首の刃があてがわれ、こまりはひっと息を呑む。

「お願い、離してっ。今はそれどころではないのっ。早く逃げないと大変なことにっ」

「うるせぇ、黙れっ。殺されてぇのかっ」

こまりが手足をばたつかせると有無を言わさず喜左衛門が怒鳴った。

「貴様らっ、動くな。少しでも動いたら、この女の命はないぞっ」

喜左衛門のドスの効いた声が響き渡り、銕之丞と白旗、ヤスはぴたりと動きを止めた。

ヤスが捕らえられたこまりを一目見て、舌打ちした。

「クソッ。汚ぇぞっ」

「あたしのことはいいから、それより大変なの。みんな、早く逃げて――！」

こまりが叫ぼうとしたその口を喜左衛門が手のひらで塞いだ。

「んんーっ」

「うるせぇ女だな。人質らしく静かにしろ」

喜左衛門が苛立ちにまぎれ、こまりを殴打しようとしたその時、ひじきが低い唸り声をあげる。ひじきは喜左衛門に飛びかかり、手の甲を思い切り嚙んだ。

「痛ぇっ、畜生がなにしやがるっ」

喜左衛門はたまらずにこまりから手を離し、ひじきを殴る。

「きゃん！」

ひじきは身体ごとふりまわされて宙に浮き、大海原へ投げだされた。

その隙をついて、銕之丞と白旗が喜左衛門に飛びかかる。

「ひじき！」

こまりは悲鳴をあげて、無我夢中で船体から身体を投げだす。

こまりはひじきの身体を胸に抱きかかえた。

今にも暗い海に落ちようとしていたこまりの片手をヤスが必死に摑みとる。

「姐さん、手を離すんじゃねぇぞ……」

ヤスは歯を食いしばって、こまりを持ちあげようとした。

だが、爆音が轟き、火柱があがり黒煙が曇天に昇っていく。

船体がゆっくりと傾いた。

「いかんっ。このままでは船が沈むぞっ。沈没じゃっ」

暴れる喜左衛門の背に馬乗りになって押さえつけていた銕之丞が目を剝いた。

ヤスは足の踏ん張りが効かず、眉間の皺を一層濃くした。

ぎしり、と船がきしむ。こまりは目を細めて、穏かな声音でささやいた。

「ヤス、手を離して。あんただけでも逃げて」

「クソッ。逃げるってどこにだよ……。くだらねぇこと言ってんじゃねぇ」

ヤスの腕に力がこもる。

宙に浮いたままの身体は重く、ちぎれそうなほど腕が痛かった。

「ヤス、今までありがとう。あんたと一緒に居酒屋をやれて楽しかった……。あたしがいつもやりたいようにわがままできたのはヤスのおかげだよ……」

こまりの脳裏に小毬屋での楽しかった日々が走馬灯のように駆けめぐる。

ヤスは声をふるわせた。

「縁起でもねぇこと言うんじゃねぇ。沈んだら俺が姐さんを背負って、岸まで泳いでみせらぁ」

こまりは小さく頭をふる。

荒波の中、離れた岸まで泳ぎきるのは至難の業だ。

誰の迷惑にもなりたくない。ヤスにはこれまでも散々迷惑をかけて、つきあわせてきたのだ。

「幸せになってね、ヤス。可愛いお嫁さんを見つけて、子供をたくさん作るの。あんたはまだ若いんだから、いくらでもやり直せるわ」

　こまりが微笑みかけるとヤスはとたんに泣きそうな顔をした。

「だから縁起でもねぇこと言うな。らしくもねぇ。気味が悪いだろうが」

　船がどんどん傾いていき、大波に打たれるたびに激しく揺れた。

「そうね……、もし生きながらえて、またふたりで店を構えることができたら……」

　こまりは言葉を濁し、ヤスは怪訝そうな顔をした。

「おう、その時はなんだ？」

　こまりは思い切って、にっかりと笑った。

「その時は、あたしの故郷に一緒に来てくれる？　一緒に酒造りを手伝ってよ。近くに居酒屋も構えて、酒蔵で造ったお酒をだすのよ。女のあたしよりは前科者でもあんたに蔵を継いでもらったほうがずっとマシでしょ」

「姐さん、そいつぁ……」

　ヤスが目を見開く。こまりはヤスの手を離した。

　ヤスの絶叫が遠のいていく中、こまりの身体は大海原へ吸い込まれた――その刹那、こまりは近くでなにかが飛び込む水飛沫の音を聞いた。

暖かな火の爆ぜる音に、こまりはゆっくりと目を覚ました。

なにか頬に生暖かい感触と息遣いがある。

「ここは……？」

目を開けると見知らぬ天井とこまりを覗き込むひじきの顔があった。

ひじきは懸命にこまりの頬を舐めている。くすぐったくて、こまりは肩を揺らして笑った。

「ようやく気がついたか」

低い声が下りてきて、こまりは慌てて半身を起こした。

その声の主は半裸で火にあたりながら、ゆったりとあぐらを掻いて座っていた。

「……野槌？　よりによってあんたと一緒なの？」

野槌は般若の面をつけておらず、素顔をそのまま晒していた。

こまりは赤面して後ずさる。よく見れば、こまりもぼろの浴衣を着せられているではないか。

「……誤解するな。衣を乾かしているだけだ。今更、貴様をとって食ったりなどせぬ」

野槌は忌々しげに囲炉裏に薪をくべながら吐き捨てる。

なんとも無礼な言い草であったが法螺ではないようで、壁には野槌とこまりの着物が吊るされて干してあった。

　こまりはそっと室内を見渡した。

「ここはどこなの……？　みんなはどこ？」

　だいぶ傷んではいるが、こまりがいる場所は小さな廃屋のようである。

　嵐はまだ止まぬようで、薄い壁を殴るような暴風雨の音がうるさかった。

　冷たい海面に叩きつけられた時はさすがに死ぬかと思ったが、どうやらこの場所は地獄でも極楽でもなさそうだ。

　野槌はすました顔で火箸で囲炉裏の灰を掻いている。

「おそらく因島付近の小島だ。このあたりには名もなき小島がいくらでもある。どうやら、ここは寂れた海女小屋のようだな」

「海女小屋……？」

　こまりはきょとんとする。

「ああ、ぼろだが浴衣や薪や火打石もおいてあって助かった。この嵐では誰も助けに来ぬしな」

「ほかの皆は……」

　こまりはおそるおそるたずねた。ヤスや鋏之丞や白旗の安否が気がかりだった。

だが、野槌はけんもほろろに首を左右にふった。

「知らぬ。皆、散り散りだ。俺と貴様だけが流れついたようだ」

「嘘よ。助けてくれたんでしょ。あたしがろくに泳げないこと覚えててくれたの？」

こまりは野槌に詰め寄った。海の中へ落ちた時、こまりは誰かが近くに飛び込んだ音を聞いた。

そのすぐあとに水を呑んで気を失ってしまったが、あの音は野槌が飛び込んだ水飛沫ではなかったのか。

だが野槌はこまりから素っ気なく目を逸らす。

「助けたおぼえはない。貴様が勝手に浜辺に打ちあげられていただけだ」

野槌はうっすらと笑った。

「かわうそを飼っているくせにろくに泳げぬとは。おもしろい女だ」

「うるさいわね。仕方ないじゃない。山育ちなのよ」

こまりは頬をふくらませ、ひじきを抱きしめる。

ふかふかのひじきを抱いているととても暖かく、寒さも和らいだ。

雪深い故郷で雪を掻きわけるように泳いだことはあれど、海を泳いだ経験はないに等しい。ふと、こまりの脳裏にヤスや銕之丞たちの姿がよぎる。

離れ離れになってしまうと、とたんに不安に駆られた。

「みんな、大丈夫かな……」

「水練は武士の嗜みだ。火盗改メの連中は大丈夫だろう」

野槌があっさりとこたえる。だが、こまりの不安は少しもぬぐえない。

「誰も死んでないといいんだけど……。喜左衛門も水軍の連中も……」

「水軍はこの瀬戸内の海で生まれ育った奴らばかりだろう。陸を歩くよりも泳ぎが得意な連中ばかりだ」

「でも鱶がでるかもって」

「鱶？　知らぬな。でるなら、とっ捕まえて食ってやりたいが」

「あなたなら生きた鱶でも生け捕りにして本当に食べそうだけど……」

不安ばかりがつのる中、こまりの腹の虫がぐぅと鳴いた。

「お腹……、空いた……」

野槌が戸口をあごでしゃくる。見れば積み荷が山積みになっていた。

「どうしたのこれ？」

「どうやら積み荷もいくつか、この島に流れついたようだ」

「ひょっとして食べ物かしら？」

こまりが血相を変えて積み荷に飛びつくと、野槌はくつくつと喉の奥で忍び笑いを漏らした。

「……溺死しかけたというのに食い意地だけは一人前だな」

「世間を騒がす美食妖盗にだけは言われたくないわ」

こまりは真顔でむっとした。

大名から将軍に献上される各地の名産品や高級珍味、水軍が海外に高く売り飛ばそうとしている抜け荷までつけ狙うほどの日ノ本一の食い意地の悪さはどちらか一目瞭然である。こまりは積み荷を開けた。

木箱の中にはどれも見たこともないような食材がぎっしりと詰まっており、こまりは感嘆の声をあげた。

「うわぁ、まるで竜宮城のお勝手に入り込んだみたいね。これだけあればしばらくは食べ物に困らないし、ご馳走が作れそうだわ」

海女小屋なだけあって、小屋には調理道具に塩や味噌、醬油まで一式、そろっている。

こまりはさっそく腕を鳴らして、腹ごしらえの料理を作ることにした。

「腹が減っては戦はできぬ、よ。まずはお腹いっぱい食べて元気を出して、これからのことを考えなきゃ」

　こまりはさっそくイカでもヒラメでもない薄い三角形の干物を手にとった。

「きっとこれがふかひれね。でも、これ、どうやって料理したらいいのかしら?」

そのまま食べてもおいしくはなさそうだ。

干物のようだから火で炙ればおいしく食べられるのか?

こまりは興味深く干物に鼻を近づけて匂いを嗅いだ。先ほどまで海で漂流していたからか若干生臭い気もする。

「まずは水に浸して戻すらしい。冬場はぬるま湯がいいそうだ」

考えあぐねていたこまりを見かねて、野槌がぼそりとささやいた。

俵物をつけ狙っていただけあって下調べは万全のようだ。

「どれくらい浸しておけばいいのかしら」

「半刻ほどで柔らかくなるが一晩つけるとより美味しくなる」

「一晩ですって。そんなに待てないわ……」

こまりは乾燥したふかひれに噛りついてそのまま食べたいくらい腹がへっているのである。

「そこをみろ」

野槌が平淡と部屋の片隅におかれた鍋を指さした。

「え、これって……」

　こまりが鍋の中を覗き込むと水の中にふかひれが漬かっていた。

「二刻ほどぬるま湯に漬けてある。好きに使え」

「準備万端じゃないの。いったいどうして？」

　こまりは目を瞬かせる。野槌は呆れるように言った。

「どうしてもなにも生きていれば腹も減る。他に食うものもないのだから、いつでも食べられるように用意しておいたまでだ」

　鍋の横にはざるの上に山菜やしめじ、平茸、しいたけといったきのこの類やねぎ、さらにはたまごまでおいてある。思いのほか食材が豊富でおどろいた。

「山菜ときのこは小屋にあったものだ。おそらく海女が用意していたものだろう」

　この小屋の持ち主の海女は近くに住んでいるか、または本土に住んでおり漁をする時にかぎり、この小屋に滞在しているのやもしれぬ。

「このたまごは？　なんだか鶏のたまごとは違うような……」

　こまりはたまごを手にとってじっくりとながめた。

　そのたまごは、こまりが知っている烏骨鶏のたまごよりもまんまるとしていて、殻が柔らかかった。野槌はなにごともなさそうにさらりとこたえた。

「そいつは、ぅみがめのたまごだ」

「ぅみがめですって？」

　こまりは度肝を抜かれた。

「嵐を凌ぐ場所を探して彷徨っている最中、砂浜で産卵をしているところを見かけたから拝借してきた」

「拝借って……」

　こまりは絶句した。産卵しているところに出くわしたからといって、くすねてくる奴があるか。

「食べたことあるか？」

　野槌に問われ、こまりは激しく頭をふった。

「あるわけないわ、ぅみがめのたまごなんて！」

「食べてみたくないか？　どんな味がするのか……」

　野槌がこれまでに見たこともないような楽しげな顔でにやりとする。

「船が難破したっていうのに呑気ねぇ……」

　こまりはなんだか肩の力が抜けていく。

　だが野槌の好奇心にあふれた目を見ていると、ぅみがめのたまごの味がとてつもなく気になってくる。

「水はあるかしら？　海水じゃ、料理できないわ」

「裏手に井戸があった。水瓶を拝借して汲んでおいた」

野槌のおかげで料理に必要なものはあらかたそろっていて、至れり尽くせりだ。

「ふかひれがやわらかくなったら細くきざんで汁にするといい」

「あら、寒天もあるわ。寒天で汁にとろみをつけましょう」

こまりは積み荷の木箱の中から棒寒天を見つけて、はしゃいだ。

さっそく料理にとりかかる。

こまりは水瓶の水をたっぷりと鍋に移し、自在鉤に吊るして囲炉裏の火にかける。

湯が沸いたら深皿にぬるま湯をそそいで寒天を浸し、ふにゃふにゃとやわらかくなるのを待った。

その間にえのきやしいたけ、しめじ、ねぎを食べやすい大きさに裂いて鍋に次々と投入していく。

やわらかくなったふかひれも細かく裂いて、鍋に入れていった。

鍋がぐつぐつと煮立ち、具材がよく煮えたら、やわらかくなった寒天も細かく裂いて入れ、鍋の中で溶けきるまでゆっくりと掻きまぜる。

汁は次第にとろみをおびていく。

最後の仕上げにうみがめのたまごを割って溶き、鍋にゆっくりと円を描くようにそそぎこんだ。

溶きたまごがゆっくりと固まっていくと、こまりは塩と醬油で味をととのえていく。

こまりはたまりかねて、さっそく味見をした。

「あら、このお醬油、すごく香り高いわ。それにコクもあって……」

「おそらく小豆島で作っている醬油だろう。このあたりは醬油造りも盛んだそうだからな」

野槌が当然のように講釈を語り、こまりは感心した。

「そろそろ、いい感じだわ」

こまりはお椀に熱々のふかひれの汁をほんの少しよそい、野槌に手渡す。

野槌は無言で椀をうけとった。

「あなたも味見してくれる？」

野槌は無言でうなずき、汁をそっとすすった。

「どうかしら？」

「あぁ、ちょうどいい塩梅だ……。寒天のとろみもいい」

野槌が頬をほころばせて、椀をつきかえしてくる。

今度はたっぷりと椀にふかひれの汁をそそいで、野槌に手渡した。

熱いだろうに、野槌は夢中で汁をすすっている。

こまりも野槌の食べっぷりにいてもたってもいられなくなり、ふぅふぅと吐息を吹きかけて汁をすする。

「はぁ〜……、やさしい味がする……」

こまりは身体の芯まで温かくなった気がした。こまりはほっと息をつく。

具だくさんの汁は食べ応えも抜群だ。

「ふかひれもやわらかいし、たまごがまろやかで五臓六腑に染みわたるわ……」

「ああ、うまい……。きのこの出汁が効いているな」

野槌も無心で相槌を打ち、舌鼓を打っている。

なんだかふしぎなこころ持ちだった。

こうして囲炉裏を挟んでふたりで向かいあって食事をしていると、宗右衛門とふたりで暮らしていた頃に戻ったかのようだった。

「贅沢を言えば、ここにもう一品、お酒とおつまみがあれば最高なんだけど……」

「あるぞ」

「本当に？」

こまりはとたんに身を乗り出した。

「こいつも打ちあげられた抜け荷の中に入っていた」

野槌が木箱から平べったい赤茶色の物体をとりだした。

「なぁに、それ？　乾燥したたらこみたいだけど……」

「こいつはからすみだ。そして酒樽も流れついていた」

「まぁ、お酒まであるの。なんて贅沢なのかしら！」

こまりは爛々と目を輝かせた。

「でも、そんな平べったい鰹節のようなものが本当にお酒にあうの？」

こまりは半信半疑で、からすみをじっと見つめた。

何事も見かけで判断するのはよくないが、あまりおいしそうには見えない。

野槌は否定も肯定もせず、からすみを匕首で薄く切ると酒をふりかけて、囲炉裏の火で軽く炙った。

とたんに香ばしい匂いが鼻腔をくすぐり、こまりはごくりと生唾を呑み込んだ。

「食ってみろ」

野槌は、そのまま炙ったからすみをこまりに手渡す。

　こまりはおそるおそる一口、からすみをかじった。

　衝撃が口内を駆けめぐり、こまりは目を見開いた。

「……！　なにこれ、おいしいっ」

「からすみはぼらの卵巣を塩漬けして乾燥させたものだ。めったに手に入らぬ高級珍味だ」

　野槌もまた炙ったからすみを口に含み、豪快に酒を呑む。

「あたしにもお酒！　お酒ちょうだい！」

　こまりは野槌から酒樽を奪いとるようにして柄杓（ひしゃく）のまま、酒を呷った。

「からすみの塩辛さとお酒が絶妙に合うじゃないのっ。これは最高の酒の肴になるわ。小毬屋でもさっそく仕入れたいくらいよっ」

　興奮気味にまくしたてるこまりをながめて、野槌は喉の奥でくつくつと笑った。

「なにがそんなにおかしいのよ」

　こまりはとたんにひとりではしゃいでいたのが恥ずかしくなり、じとりと野槌をにらむ。

　けっして気を許してはならぬ相手のはずなのに、なんだか一緒にいた頃を思い出して、どうしても気が緩んでしまうのだった。

野槌はしたり顔で告げた。

「いや、どんな苦難に陥っても、笑って飲み食いできるのが貴様のよいところだな」

「……宗右衛門様」

こまりはきつく胸が締めつけられ、かつての夫の名が唇からこぼれ落ちる。

この一時が瀬戸内の名も知らぬ小島での遭難によるものではなく、かつて故郷で暮らした夫婦生活の団欒の地続きだったらどんなにいいだろう。

「そんな男はしらぬ」

だが、こまりの夢想はいともたやすくかき消された。

「嘘よ」

こまりはたまりかねて声をふるわせた。

「あなたは宗右衛門様だわ。あたしが金槌だって知っていたから、沈没する船から飛び降りて助けてくれたのよ……」

野槌はつまらなそうに酒のはいった湯呑みをおく。

まるで酔いが覚めたとでもいうように。

「では我がその宗右衛門という男だったのなら、貴様はどうしたいんだ」

野槌は冷めた目でこまりを凝視した。こまりはきょとんとする。

「どうしたい？」

「もう一度、夫婦に戻りたいのか。江戸での出来事や小毬屋での暮らしはすべて忘れ去って故郷に戻りたいのか」

「あたしは……」

こまりは言い淀んだ。ずっと宗右衛門が好きだった。

宗右衛門が生きているのなら、やり直したいと幾度となく願ってきた。

だが本当にそうなのだろうか。

小毬屋での出来事をすべてなかったことにして、宗右衛門と一からやり直すことが本当に己の望んでいた未来なのか。こたえはすぐにでなかった。

「……貴様の手料理はふしぎだ」

野槌は目を伏せて平淡とふかひれの汁をすすった。

「……あの頃はろくに食べるものもなく、微かな菜っ葉のみが浮いた汁を互いに分けあうようにして食べていたものだな」

「宗右衛門様……」

こまりの目がゆっくりと見開かれる。

間違いないと確信した。この男がかつてともに暮らした宗右衛門なのだ。

「河のせせらぎが少しずつ大岩を砕くように、ゆっくりと胸の中に染み入ってくる。貴様の料理を口にするたびに覚えのない思い出がゆっくりと呼び覚まされる……」

野槌はしずかに息を吐くように語った。

「やっぱり、あなたは……」

こまりの胸が激しく脈を打つ。激しい動悸がして息もできずに溺れ死んでしまいそうなほどに。こまりは胸元でぎゅっと手のひらをにぎりしめた。

野槌はふかひれの汁を食べ終えて、祈りを捧げるようにそっと両手をあわせた。

「真実はいつも正しく清らかとは限らない。知ることで、壊れてしまうものもある。それでも知りたいか」

野槌は射抜くようなまなざしで、こまりを見据えた。

暴風が壁を殴るように唸り、雷鳴がとどろく。

こまりは意を決して、強くうなずいた。

「知りたい。あたしは知りたいの。あなたがどう生きながらえて、なにを考えて、野槌になったのか……。悲しい結末でもいい。なにも知らないよりも、宗右衛門様のことが知りたいの」

野槌の持っている宗右衛門の記憶はとても断片的なものだった。

それもはじめは全く存在せず、こまりと出会い、手料理を食べる中で、ゆっくり少しずつ呼び覚まされたものだった。

まるで粉々に砕け散った貝殻を寄せ集めているかのように。

宗右衛門として色濃く残っている記憶は嵐の夜だ。

長雨が続いた不作の年、食べるものはとうになく、年貢を納めれば皆、飢えて死ぬよりなかった。

幾日もの寄り合いでの話し合いの末、宗右衛門の村は強訴に踏み切った。

宗右衛門はその首謀者に担ぎあげられていた。

身体が大きく無骨で寡黙、それでいて親切で頼みごとが断れない宗右衛門は、強訴の首謀者として祭りあげる神輿（みこし）として誰よりもふさわしかった。

その時の宗右衛門がなにを考えていたのか——野槌は思い出せなかった。

嫌だったのか、怖かったのか、誇りだったのか。あるいは、そのすべての感情が複雑に絡みあっていたのかもしれない。

ただ一つだけ言えることは、今日その日を生きながらえることに精一杯で、いつも腹を空かせていたことだった。いつだって腹いっぱいに食べたかった。

どんなに畑仕事に精を出しても、長雨がすべての徒労を流し去っていく。今年こそはと気力をふりしぼっても、返ってくるのは虚しい絶望だけだった。新妻ひとり、ろくに満足に食べさせてやることもできなかった。人一倍、大きな身体を持つ宗右衛門は常に腹を空かせていて狂いそうだった。いや、とうに狂っていたのやもしれぬ。

食べられるものは何でも食べた。木の根や昆虫、動物の死骸をためらいもなく口にしたこともあった。腹が満たされなければ、身体もこころも病み、荒んでいく。村では疫病が蔓延り、人も家畜も草も木もどんどん死んでいった。それでも唯一のこころの支えは、どんな時でも明るく笑みを絶やさぬ新妻だったように思う。

だが結局は飢えには勝てず、宗右衛門は武器を手にとり、その妻を離縁して里に帰すよりなす術はなくなった。

強訴の日は、ひどい嵐の夜だった。

宗右衛門は村の者たちと庄屋を襲い、焼き討ちにして、米を奪ってまわった。

白河藩主であった松平定信は若くして聡明で先見の明があり、領地内の米が不足することを予見して、あらかじめ米や雑穀を買い込み、食糧難が訪れれば領民に分け与えるなどして、みずから質素倹約に努めて飢饉に備えていた。

だが宗右衛門の村の庄屋は意地汚い守銭奴で、役人と結託し藩からふるまわれた備蓄米もすべて囲い込んで手放そうとしなかった。

藩からは減免されていたにも拘らず、それを知らせず、これまで通りの上納を強いて懐に入れていた。

蔵にうずたかく積まれた米俵を見て、宗右衛門は悔しくて悔しくてたまらなかった。

この米がもっと早く行き渡っていれば、死なずにすんだ者たちが大勢いた。

松平定信は領地内でひとりの餓死者も出さなかったと評判を呼び幕閣にあがったが、いつだって弱者の声は為政者には届かぬものだ。

飢えて死んだ名もなき者たちは餓死ではなく疫病で死んだものと片づけられた。

宗右衛門は憤怒した。

世直しをせねばならぬ、と武器を手にとって立ち上がった。

宗右衛門たちは庄屋を焼き討ちにしたあと陳情のため白河城下へむかった。

だが宗右衛門たちが白河城下へたどりつくことはなかった。

嵐の晩、立ちあがった一揆勢は山越えの最中にもろとも土砂崩れに巻き込まれ、宗右衛門は氾濫する阿武隈(あぶくま)川の濁流に呑まれて、意識を失った。

次に目覚めた時、宗右衛門は薄汚い筵(むしろ)の上で顔には白い布が載せられていた。宗右衛門が起きあがると村の者たちは死体が生き返ったと恐れ騒ぎたてた。宗右衛門は水死体だと思われていた。

事実、流れ着いた時も息は止まっていたのだが何の因果か、御仏のいたずらか突然、息を吹き返したのだった。

宗右衛門が流れついたのは、仙台藩の領地にある老人と幼い子供ばかりの小さな村だった。

長い飢饉で男は出稼ぎに行き、若い女は女衒(ぜげん)に売られ、年季が明けても帰ってくる者はほとんどいないのだという。

宗右衛門はなにも思い出せなかった。名前も出自も、自分がどうして流されたのかも。だが村人たちは貧しいながらも宗右衛門にわずかな食料をわけあたえ、もてなし歓迎した。

出稼ぎで働き盛りの男手がすっかり減った村人たちにとって、宗右衛門は救世主だった。

村の男は辛い畑仕事に嫌気が差し、逃げてしまう者も多かった。

江戸へいけば仕事もあるし、食べ物もある。

みな、江戸を夢見て、先祖代々、暮らしてきた家や田畑をあっさりと捨ててしまうのだった。人が減り、収穫も減れば、年貢を納めるのも苦しくなるばかりで、村は困窮の一途をたどっていた。

宗右衛門は食事の礼にと畑仕事を手伝ってまわり、雨漏りの絶えぬ家屋の修繕をし、冬になれば雪かきをしてまわった。

村の子供たちは、最初は長身巨軀の宗右衛門を遠巻きに恐れおののきながら見ていたものの、やがて気のやさしい力持ちだと知ると、よってたかって懐いた子犬のようにじゃれつくようになった。

村の子供たちは親のいない者が大勢いて、いつしか宗右衛門が父親代わりのような存在になっていった。

老人たちは皆、宗右衛門の働きぶりを気に入り、ずっとこの村で暮らすように諭し、己の名前すら思い出せぬ宗右衛門に野分という新しい名前を与えた。

野分とは台風という意味で、宗右衛門が嵐の夜に流れついたことが由来だった。

いつも腹を空かせているのはおなじだったが、皆に感謝され、頼られる村での暮らしが宗右衛門も嫌いではなく、気づけば村にいついていた。

やがて老人たちの世話やきで、野分は村の娘おかよを嫁に娶った。

おかよは控えめで物静かだが気立てのよいやさしい娘だった。

村でずっと一人ぼっちだった野分は所帯を持ち、家族ができたことが純粋にうれしかった。どこか遠くで自分を待っている人がいるとは思いもしなかった。

おかよとの仲も睦まじく、次の春には女の子が、その次の冬にもふたり目の女の子が生まれた。野分はふたりの娘を野菊と野ばらと名付けた。

ふたりの子は、どちらも目に入れても痛くないほど愛しくて、かわいかった。

この幸せが続いていくならば、過去の記憶などとるにたらぬものだと信じて疑わなかった。だが野分の幸せはそう長くは続かない。

秋になると、おかよの乳が出なくなった。

冷夏に次ぐ冷夏で作物は育たず、ろくな食べ物もなかった。

おかよはわずかばかりの木の根と白湯ばかりを呑んで飢えを凌いでいたのだった。

村には他に乳の出る女はいなかった。

女は年ごろになれば女衒に連れられて村を出ていく。

野分に嫁ぐことができたおかよは、それだけで恵まれた娘だった。

家族を養うため、結局、野分はろくな作物も育たなかった田畑を捨て、出稼ぎにでた。

だが時はすでに遅く、その年が終わるまでにふたりの子供は息を引きとり、おかよもまた疫病で亡くなった。

野分が村に戻った頃には三人の家族は小さな遺骨になっていた。

野分は悲しみにうちひしがれた。

家族三人で暮らした襤褸小屋で、幾日も呑まず食わずでただ咽び泣き続けた。

やがて涙は枯れ果てて、なにもでなくなった。

だが生きる気力がわかなくとも腹は空いた。

野分はただ無心で三人の白い骨をぽりぽりと愛をもって食べた。

墓などいらない。

こうしてひとつになってしまえば愛する三人とどこまでも一緒にいられる。

ろくな栄養も得られずに死んでいった三人の白骨はもろく、穴だらけのすかすかだった。

野分は三人の骨を食べ終わると村を出て、ただあてもなく諸国を旅して歩いた。

奥羽を北にむかえばむかうほど飢饉は酷くなり、地獄絵図は広がるばかりだった。

野分は行く先々で餓死者を見かけるたびに骸を焼き、骨を食べた。

腹を空かせて死んでいった者たちへの野分なりの供養だった。

飢えて死んでいった者たちとひとつになり、一緒に地獄の終わりを見てやろうと思った。

どこまで行けばこの地獄は終わるのか境界線をこの目で確かめようと誓った。

時には追いはぎにあい、山賊に襲われ、疫病にかかり生死を彷徨った。

旅路の途中で山伏や隠密と出会い、旅路を共にしたりもした。

山伏は自然の理や仏の悟りを野分に説き、隠密は野分が任務を手伝うと体術や火器の扱い方を伝授してくれた。

そうして、その間も野分は餓死者の骨を拾い、食べ続けた。

危ない橋も幾度となく渡ったが、ふしぎと野分は死ななかった。

まるで死んだ妻子が見守り続けてくれているような気がした。

「……それでこたえは出たの」

こまりはしずかに問いかける。

ずっと押し黙って野槌の言葉に耳を傾けていたが聞かずにはいられなかった。

野分の旅は終わったのか。それともいまだに続いている最中であるのか。

野槌の過去はどれも衝撃も大きかったが妻子がいた事実を告げられても、こころは乱れなかった。

生き別れてから、お互い別の家庭を持っていてもおかしくないほどの長い年月が経っていた。

「奥羽を旅してまわり、最後にたどりついたのが江戸だった」

野槌は滔々と昔語りを続けた。

「江戸はありとあらゆる物であふれていた。仕事もある。日雇いでも銭さえあれば飢えはしない。着るものや寝床に困ることもない。まさに桃源郷のような場所だった……」

囲炉裏の炎をじっと見つめる野槌の瞳は昏く、深淵の闇のようだ。

「江戸を見てまわって激しい憎悪が湧いた。神輿の上でふんぞりかえって、飢えも知らず、当然の理のように搾取をしていく為政者や分限者が憎かった……」

こまりはじっとしていられず火箸を手にとり、囲炉裏の灰をならした。

「あなたの盗みは復讐だったのね。飢えて死んでいった人たちの想いが積み重なって、あなたの中でふくらんでいったのね」

「復讐……。そうだな、むろん、胸のうちに激しい怨嗟の炎は今もある……」

野槌——もとい野分は己の胸に手を当てた。

「だが、ただ単純にもっとうまいものを食べさせてやりたかった……」

野分は声をふるわせた。

「……おかよや野菊、野ばらにもっとうまいものをたらふく腹いっぱい食べさせてやりたかった……」

野槌のこころには今でも妻子がいて、深く根を張っているのだとこまりは悟った。

野槌は愛しい妻子の骨を食べ、肉体はひとつになった。

美食をくりかえすことで、己の肉体を通して飢えて死んでいった者たちの腹を満たしているのだ。

その中に生者の己が入る隙間はないのだとこまりは思い知った。

悲しいがどうしようもない。過去は誰にも変えられない。

長い時が流れて、なにもかも変わってしまった。己も宗右衛門も。

「これからどうするの。いつまで盗賊を続けるつもりなの」

こまりは目を伏せて、しずかに問いかけた。囲炉裏の煙で目が染みる。

「わからない……」

野槌はこたえを探すように時折言葉を詰まらせた。

「ただ俺の身体にはいつも渇いた飢えがある。俺の耳には今でももっと食べたい、腹が空いたと飢えて死んでいったものたちの声が聞こえてくる。その声が消えるまで、俺は野槌としての旅を続けるつもりだ」

「そう……」

「……一緒に来るか？」

野槌が哀憐のまなざしをこまりにむけた。

「空腹を埋めるためだけのあてのない旅になるが……。それでも俺はお前といればいつかすべてを思い出して、野槌でも野分でもない――もとの宗右衛門に戻れるような気がする」

利那の沈黙が流れ、炭が燃え、小さく爆ぜる音がした。

こまりは小さく頭をふり、野槌――宗右衛門の目を見つめた。

「あたし、今の仕事がね、気に入ってるの」

こまりはこころを落ち着かせるようにゆっくりと息を吸い、そっと吐き出す。

「あたしが作った料理をお客さんが目を輝かせて食べてくれて、一緒に大好きなお酒を呑む。ささやかな幸せだけどただそれだけのことで、あたしのこころはとても満たされるの」

こまりは膝の上で小さな寝息を立てるひじきの頭を愛おしそうにそっと撫でた。

「今は新しい家族もいる。あたしには帰る場所があるし、帰りを待っている人もいる。

まだやりたいこともたくさんあるから、あなたとは一緒にはいけないわ」

こまりは目尻に浮かぶ指先でそっとぬぐい、やさしく微笑んだ。

「野分であったこと……、あなたは忘れてはいけないわ。どんなに悲しい過去があっても、あなたを受け入れて愛してくれた家族をずっと覚えていてあげて……」

こまりは野槌の背後にうっすらと浮かぶ三人の人影を見たような気がした。

「忘れ去られることはとても辛いことだから……」

こまりは背筋をのばし、覚悟を決めて野槌と対峙した。

「だから、宗右衛門様とはお別れするわ」

「そうか。相分かった」

野槌は目を伏せて、小さくうなずいた。野槌もまた本当にこまりがついてくるとは思っていなかったに違いない。

「でも次に江戸で盗みを働いたら、あたしが捕まえて賞金首はいただくんだからね」

こまりはわざと明るい声をだす。嘘でも気丈にふるまっていないと今にも泣き崩れそうだった。

「肝に銘じておく。貴様は強敵だ」

野槌はしずかにつぶやいた。

いつのまにか嵐は弱まり細雨に変わったのか、物静かな雨音に変わっていた。

こまりは顔を伏せて一筋の涙をこぼし、誰にも聞こえないほどの声音で小さくつぶやいた。

「さようなら、宗右衛門様……」


翌朝、まばゆいほどの日の光が容赦なく差し込み、こまりは目を覚ました。

気づくと海女小屋の中に野槌の姿はなく、野槌が浜辺から運んできた木箱と酒樽だけがぽつねんと残されていた。

外に出てみると雲一つない青天が広がっている。

小屋は緩やかな丘の高台にあって、朝の光を反射して煌めく紺碧の海を一望できた。

清々しいまでの冬晴れに、こまりは伸びをして深呼吸を味わい景色をながめた。

坂道を下ればすぐに海だ。ひじきが弾かれるように坂道を駆け下りていき、こまりも思わず追いかけた。

「うわぁ、なんて綺麗な海……」

こまりは白い砂浜の浪打際を裸足でゆっくりと歩く。

時折、波が押し寄せてこまりの足元を濡らした。冷たいが心地がいい。

ひじきは波を避けるように飛び跳ね、楽しそうに遊んでいる。

こまりは遭難した事実も忘れて、浜辺の散歩を楽しんだ。

浜辺には誰もおらず、こまりとひじきだけだった。

時折、流れ着いた積み荷が浜に打ち上げられていたが人の姿はない。

そもそも嵐が去ってみれば、海のむこうには近くの島々や本土が肉眼でもよく見えた。

こまりは思っていたよりも流されていなかったらしい。

「なぁ〜んだ。絶海の孤島かと思いきや、近くに島もあるじゃないの」

海に浮かぶ島々を数珠繋ぎで泳ぎ渡っていけば、本土に戻れそうである。

野槌はおそらく嵐が去って波がおさまるのを待って、泳いで去ったのだろう。もしくは島にある小舟でも見つけて逃げたか。

「どうやって助けを呼ぶかよね」

こまりは砂浜を踏みしめながら独り言ちた。

「泳ぎが得意だったら、ひじきと一緒に泳いで渡るんだけどなぁ……。待っていればそのうち、海女小屋の持ち主が現れるかもしれないけど」

「こまり殿っ！」

その時、背後から聞きなじみのある声がして、こまりはふりかえった。

おどろいてみれば鋏之丞と白旗、ヤスが駆けてくるところだった。

鋏之丞が砂に足をとられて盛大に転び、こまりは腹を抱えて笑った。

「あんたたち、無事だったのね」

こまりは鋏之丞の下にかけより、手を伸ばした。

鋏之丞は照れくさそうにこまりの手をとり、立ちあがる。

「よかったわ。あんたたちもこの島に流れついていたのね」

「いや、違う。俺たちもあの後、海に飛び込んで本土へ戻ったのです」

白旗の涼しげな顔さえとても懐かしく感じる。

こまりは胸が熱くなって白旗、鋏之丞、ヤスの顔をじっくりとながめた。

誰一人、怪我ひとつなく元気そうだった。

「よかった……、みんな、無事で……」

こまりは涙ぐんで、ほっと胸を撫でおろす。

三人の安否が気がかりでならなかった。

「わしは昔から泳法は得意じゃからのぅ！　これくらいの泳ぎは朝飯前じゃ！」

鋏之丞が砂まみれの顔で得意げに胸を張った。

「姐さんを探しにいこうとしたら、この島に女がひとり流れついたらしいと聞いて、小舟を借りてすっ飛んできたんだ。感謝しろよ」

ヤスが照れくさそうに頭を掻きながら、ぶっきらぼうに言った。

きっと野槌が知らせてくれたに違いない、とこまりは内心強く思った。

「喜左衛門や水軍はどうなったの？」

「地元の奉行所の手を借りて本土に流れついた水軍の幾人かは捕縛したが、結局、喜左衛門は捕らえられなんだ……」

鋏之丞は苦虫を噛み潰したように唸った。

「喜左衛門はどうやら別の島にも船を隠し持っていたようです。なにせこの海は水軍の庭のようなものですからね」

白旗は苦笑しつつも獲物を狙う狐狸のように妖艶に眼を細めた。

「だが抜け荷の証は摑みました。千賀家はもう逃げきれませんよ」

こまりはほっと息を吐く。これで夜猿丸にも借りを返せるに違いない。

ヤスの手がそっと伸びてきて、こまりの手を握った。

「姐さん、さっさと江戸へ帰ろうぜ。こっちの味付けは淡泊でいけねぇ。江戸の濃い味が恋しいぜ」

「えっ。ヤスは元々芸州の出身じゃない。薄味が好みだったでしょ」

こまりがきょとんとするとヤスは気恥ずかしそうにそっぽを向く。

「……うっせぇな。舌がすっかり江戸の味に馴染んじまったんだよ」

繋いだ手が微かにふるえていて、こまりはヤスがどれだけ不安な一夜を過ごしていたのかを悟った。

「そうね。あたしたちの店、小毬屋へ戻りましょう」

こまりは屈託のない笑顔で微笑んだ。ひじきが飛び跳ね、白砂が風に舞った。


季節はめぐり、梅の花が咲き乱れる暖かな春がおとずれた。

小毬屋では今宵もまたほのかな行燈が灯り、酔客の笑い声と喧噪に満ちていた。

「いや、しかし、しばらく小毬屋がお休みになるとさみしくなりますなぁ」

玄哲が酒をちびりちびりと舐めるように呑みながら嘆く。

その隣でひじきの背中をしきりと撫でていた白旗も相槌を打つ。

「こうなっては仕方がない。近所にある美人女将の店に河岸を変えるしかありませんな」

こまりは聞き捨てならず威勢よく声を張りあげた。

「なに言ってんのよ！　すぐに帰ってくるんだから、ちょっとくらい待っててよ。おいしい土産をたんと持って帰ってくるからさ」

「おう。白河名物のだるまも買って来てやらぁ。なんでも縁起物らしいぜ」

ヤスも厨で包丁をふるいながら、こまりの援護に声を張る。

「あんまり意地悪なことばっかり言ってると、できたての肴をあげないわよ?」

「それがしは小毬屋の料理を好いている故、いくらでも待ちます」

こまりが温かな皿を持ったままでいると白旗は手のひらを返したようなおべっかを並べた。

「まったくもう。調子がいいんだから」

こまりは苦笑して、白旗に皿を手渡す。

皿の上には白い巻物のような料理が積み重なって載っている。

「ほう、今宵のおすすめは麩の焼きですか」

白旗が目を輝かせる。麩の焼きとはうどん粉(小麦粉)を水と酒で溶き、底が平べったい煎り鍋で薄く引き伸ばして焼き、具を入れてくるくると巻いた巻物のような食べ物である。

元々は安土桃山時代に千利休が作らせた茶菓子として広まったものだった。

「焼いた皮の上に辛めの山椒味噌を塗ってくるみを包んであるの。甘じょっぱくてお酒にもあうはずよ」

　こまりが自信満々に料理の説明を語っていると、言い終わる前に玄哲、銕之丞の腕が次々と伸びてきて、麩の焼きを一本ずつ取っていく。

　玄哲は豪快に麩の焼きにかじりついて舌鼓を打った。

「おぉ、こりゃあいい。くるみと味噌がいい塩梅にまざり合っていて、香ばしいですなぁ」

「おい！　俺様は甘党だからな！　あんこ入りも食べたいぞっ」

　銕之丞は二本、三本と麩の焼きを口に詰め込みながら喚いた。

「あんこ入りももちろん用意してあるわ。ついでに白玉ときな粉もまぶしてあるの」

　こまりが素早く二皿目を運んできて頬張ると白旗は露骨に顔をゆがめた。

「甘いものでよく酒が呑めますなぁ……。それがしはくるみと山椒味噌のほうで十分です。ぴりっと辛いのが実に酒にあう」

　他の客から麩の焼きを求める声が相次いであがり、小毬屋はさらに喧噪に包まれた。

　いつもと変わらない騒がしい日常だ。

「しかし、この騒々しさともしばしの別れかと思うとやはりさみしいですなぁ……」

　酒を舐めながら白旗がふたたび思い出したように独りごちる。

こまりが水軍たちとの戦いを終えて、江戸に帰ってきてから三月が経とうとしていた。

気候が暖かくなったのを待って、こまりは一度、故郷へ里帰りすることに決めた。江戸へ出てからはじめての里帰りで、ヤスとひじきも連れていく算段にした。

「しかし、ご両親と顔合わせとは、ふたりはとうとう夫婦になられるのですか」

玄哲がにやりとして茶化すようにたずねたが、ヤスはけんもほろろにこたえた。

「そんなんじゃねぇや。今回は水毬屋再興の下見にいくだけだ」

「蔵の様子を見にね。もう何年も使っていないから酒造りを再興させられそうかとか働き手は集まりそうかとか」

こまりも苦笑して言い添える。

酒造りはひとりではできない。今よりもっと大勢の人手を借りなければならぬ。少しずつ下準備がいるだろう。

ヤスとは恋仲になったわけでもなかった。

今までどおり喧嘩の絶えぬ仕事仲間、相棒といった仲である。

こまりはそれでいいと満足しているし、遠くない将来、この仲に別の名前がつくことになっても、それでいいと納得している。

焦る必要などひとつもない。

肩の力を抜いて、気の向くまま、なりゆきまかせに歩んでいけばいい。

「酒蔵を再興したら、小毬屋はやはり閉めてしまうのですか？」

玄哲が悲しそうに眉尻を下げた。

「そんなわけないじゃない。水毬屋でつくったお酒はいの一番に小毬屋に卸して、みんなにもたんと味わってもらうわよ」

こまりは水毬屋を再開させるのが積年の夢であり、江戸へ来た目的も資金集めのためだった。

だが、いつしか小毬屋の存在は大きくふくれあがって、我が子同然の愛しい存在になっていた。

「あたしは贅沢なの。酒蔵を再興させる夢も小毬屋も江戸で紡いできた人たちとの縁も、なにひとつ諦めたくないのよ」

こまりは春を唄ううぐいすのように高らかに語った。

「それでは遠くない将来、小毬屋で水毬屋の新酒が呑めそうですな。そいつは楽しみだ。長生きせんと」

玄哲は眦（まなじり）を下げて、頬を緩めた。その時、店の戸が威勢よく開く。

「あら、佐次郎さん。いらっしゃい。今日のおすすめの肴はね、なんと麩の焼きよ。佐次郎さんも甘いもの大好きよね？」

こまりがふりむきざまにさっそく声をかけると佐次郎は申し訳なさそうに頭を掻いた。

「いや、今日はまだ仕事で……」

「まぁ、こんな遅い刻限まで？　そういえば佐次郎さんは飛脚に鞍替えしたんでしたっけ」

佐次郎は元々駕籠かきだった。

だが愛娘がかどわかしにあった事件をきっかけに仕事を辞め、今は飛脚をしながら日銭を稼いでいる。

体格がよく体力もあるため、飛脚はもってこいの仕事で長続きしているようだ。

「今日は姐さんに文を預かってきました。遅い刻限のほうが店で確実に会えると思いやしてね」

「あら、あたしに？　いったい誰かしら……」

「恋文か？」

「いや、果たし状ってとこだろう」

皆の野次を背中に受け、こまりは首をかしげながら佐次郎から一通の文をうけとる。

「野槌だったりしてな」

「そんな馬鹿な」

　野槌の行方は杳として知れず、時々、江戸に姿を見せては瓦版をにぎわせているが、今更、こまりに文を送ってくるとは到底思えない。

「喜左衛門からだわ！」

　こまりは差出人の名前を一目見て驚愕の声をあげた。

「喜左衛門だと？」

　銕之丞が口に含んでいた酒を盛大に吐き出し、白旗はすばやく皿を持ちあげ、肴ごと身を反らして逃げる。

「喜左衛門めっ。今はどこでなにをしておるんじゃ。見つけ次第、すぐに捕縛してくれるわっ」

　銕之丞はしたたかに酔い、血走った眼で刀の鍔に手をかけた。

　こまりは急ぎ、つづられた文字を目で追う。文には喜左衛門らしい太く豪快で達筆な文字が堂々と躍っていた。

「なんでも異国船に乗って大陸で再起を図るつもりらしいわ……」

「いやはや、なんともあの海賊らしい豪気な話ですな……」

　白旗もさすがに口をあんぐりと開けて呆気にとられている。

「あの男、姐さんに今更いったいなんの用があるっていうんでぇ」

ヤスが口をすぼめて拗ねるようにたずねた。

「それがね……。ヤス。どうしよう、これ……」

こまりは文を読み終えると同時に手を小刻みにふるわせた。

ヤスも何事かと厨から出てきて、こまりの手元を覗き込み、度肝を抜かれた。

「振手形（ふりてがた）！　しかもかなりの大金じゃねぇか？」

振手形とは両替屋で発行している手形のことである。

おそらくは千賀家の隠し財産の一部であろう。この振手形を両替商に持っていけば、大金が得られる。

「この金をもとに水毬屋を再興させろって……」


——こまりよ。短い間じゃったが貴様との夫婦生活は楽しかったぞ。

迎えにいってやりたいところだが、わしは商売のため異国に渡り、再起を図ることにした。

ゆえに貴様とはこれでしばしの別れじゃ。連れてはいけぬゆえ離縁する。

約定どおり幾ばくかの金をやるから、この金で酒蔵を再興させるがいい。

達者で暮らせ。

千賀喜左衛門

喜左衛門の文は一方的に用件のみをまくしたてて終わっており、まるで青嵐のようだった。

「こいつ、姐さんを異国に売り払おうとしてたくせに、まだ夫婦のつもりだったのか？」

「相変わらず勝手な人ね……」

こまりもヤスも呆気にとられて言葉を失った。

喜左衛門は勝手極まりない男だが、こまりの語った夢の話を覚えていて、どういう風の吹きまわしか手を貸したくなったのだろう。

その傲慢なやさしさが、なんとも喜左衛門らしくもあった。

なんだかおかしくなってきて、こまりは思わず声をあげて大笑いした。

腹を抱えて涙が出るほどおかしかった。

きっとこの先、いろいろなことがあるのだろう。

人生は谷もあれば山もある。辛い別れもあったが今はヤスがいて、ひじきがいる。

こうして小毬屋で気のおけない仲間たちと笑いあって、春夏秋冬、酒を楽しんで呑んでいる。

これからもそんな日々がずっと続いていく。

こまりはそんな日常がとても愛おしく幸せだった。

その刹那、こまりの手元から一枚の紙切れがこぼれ、ひらひらと舞うように床に落ちた。

その紙切れは喜左衛門からの離縁状だった。

こまりは満面の笑みを浮かべて、離縁状と振手形を粉々に破り捨てる。

「もう嫁ぐのはこりごりだわ」

花吹雪のように紙切れが宙を舞った。

編集協力／小説工房シェルパ

本書は書き下ろし作品です。

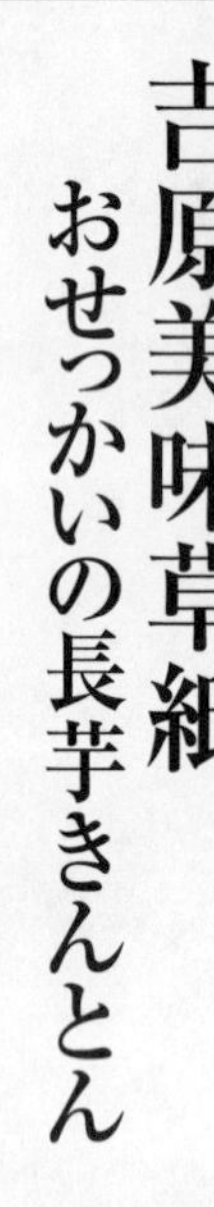

吉原美味草紙
おせっかいの長芋きんとん

出水千春

父を亡くし、大坂から江戸にでてきたさくら。彼女には一人前の料理人になり店をもつ夢があった。だが、吉原の妓楼〈佐野槌屋〉の台所ではたらくことに。乏しい食材でも自慢の腕をふるい、様々な悩みを解きほぐす——花魁の落涙の理由、男衆の暴れ騒ぎ、人形師の心の迷い……温かく人を包み込む人情料理物語。

ハヤカワ
時代ミステリ文庫

吉原美味草紙
懐かしのだご汁

出水千春

吉原美味草紙
懐かしのだご汁
出水千春
ハヤカワ
時代ミステリ文庫

料理人さくらは、亡くなった佐野槌屋の楼主・長兵衛に、娘おるいと継母お勢以のことを頼まれた。が、長兵衛の弟の奸計で見世を追い出される。行き着いたのは瓢亭という不味さで名高い居酒屋。ここで働きつつ佐野槌屋に戻ることを誓うさくらは、店の亭主が亡き妻の思い出のだご汁を作ろうとしているのを知り……

ハヤカワ
時代ミステリ文庫

吉原美味草紙
人騒がせな蟹祭り

出水千春

妓楼の娘たちを支えるため、さくらは今日も工夫を凝らして滋養のある食べ物を作る。だが、さくらの料理の師、竜次の様子がおかしい。岸和田で武士だったころに起きた何かが関係しているとわかり、故郷ゆかりの料理で元気づけようとするが……温かな料理で過去の傷も未来の不安も包んでみせる、料理愛情物語。

ハヤカワ
時代ミステリ文庫

オランダ宿の娘

葉室 麟

日蘭の懸け橋に――長崎屋の娘、るんと美鶴は、江戸参府の商館長が自分たちの宿に泊まるのを誇りにしていた。そんな二人が出逢った、日蘭の血をひく青年、丈吉。彼はかつて宿の危機を救った恩人の息子であった。姉妹は丈吉と心を深く通わせるが、回船問屋での殺しの現場に居合わせた彼の身に危険がふりかかる。

ハヤカワ
時代ミステリ文庫

よろず屋お市
深川事件帖

誉田龍一

幼い頃、実の父母が不幸にも殺され、お市は岡っ引きの万七に育てられる。よろず請負い稼業で危険をかいくぐってきた万七だが、彼も不審な死を遂げた。哀しみのなか、お市は稼業を継ぐ。駆け落ち娘の行方捜し、不義密通の事実、記憶のない女の身元、ありえない水死の謎――持ち込まれる難事に、お市は独り挑む。

ハヤカワ
時代ミステリ文庫

よろず屋お市　深川事件帖２　親子の情

誉田龍一

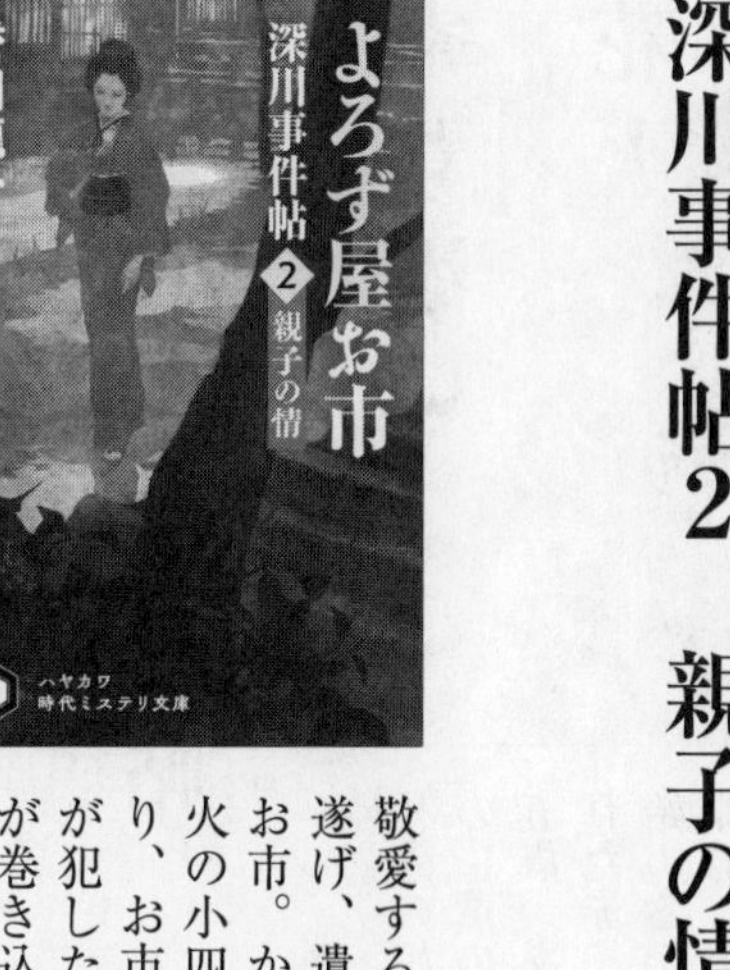

敬愛する元岡っ引きの万七が不審な死を遂げ、遺されたよろず屋を継いだ養女のお市。かつて万七の取り逃した盗賊・漁火の小四郎が江戸に戻っていることを知り、お市は独り探索に乗り出す。小四郎が犯した押し込みの陰で、じつの父と母が巻き込まれていた事実に辿り着くのだが……〈人情事件帖シリーズ〉第２作。

ハヤカワ
時代ミステリ文庫

寄り添い花火
薫と芽衣の事件帖

倉本由布

札差の娘で岡っ引きの薫と、同心の娘なのに薫の下っ引きをする芽衣はともに十五歳。ある日、芽衣が長屋の前に捨てられた赤子を見つける。ふたりで親捜しを始めるが、そんな折にある札差で赤子の神隠しがあり、寝床には榎の葉が一枚残されていたという不思議が……ふたりで謎を解き明かす、清々しい友情事件帖。

ハヤカワ
時代ミステリ文庫

風待ちのふたり
薫と芽衣の事件帖

倉本由布

岡っ引きの薫と、薫の下っ引きの芽衣のあいだがちょっとおかしい。薫は芽衣を避け、芽衣は独りで頼みごとを引き受けることに。お稽古ごと仲間の父親が年の離れた若い女に逢っていて、女には小さな子どもがいるらしい。芽衣は薫ぬきで謎に挑むが……。たまにはすれちがうけど互いが好き、薫と芽衣の友情事件帖。

ハヤカワ
時代ミステリ文庫

いついつまでも
薫と芽衣の事件帖

倉本由布

札差の娘で岡っ引きの薫と、同心の娘なのに薫の下っ引きの芽衣はいつも一緒――だったのに。探索の最中、芽衣が自分のせいで怪我をしたと薫は悔いていた。ついに薫は御用の筋はやめようと追い詰められる。そんな時、札差の奉公人の娘が大事に貯めていた銭が忽然と消える。薫は真相を追うが隣に芽衣はおらず……

ハヤカワ
時代ミステリ文庫

天魔乱丸

切り落とされた信長の首を護り、森蘭丸は本能寺を逃げ惑う。が——猛り狂う炎が身体を呑み込んだ。目覚めたその時、右半身は美貌のまま、左半身が醜く焼け爛れていた。ここで果てるわけにいかない。蘭丸は光秀側の安田作兵衛を抱き込み、ある計略を仕掛ける。復讐鬼と化した美青年の暗躍！　戦国ピカレスク小説

ハヤカワ
時代ミステリ文庫

著者略歴　作家　福島県出身，東京都在住　著書『居酒屋こまりの恋々帖　おいしい願かけ』『居酒屋こまりの恋々帖　ときめきの椿揚げ』（以上早川書房刊）

HM=Hayakawa Mystery
SF=Science Fiction
JA=Japanese Author
NV=Novel
NF=Nonfiction
FT=Fantasy

居酒屋こまりの恋々帖

愛しのかすてぃら

〈JA1547〉

二〇二三年四月十日　印刷
二〇二三年四月十五日　発行

（定価はカバーに表示してあります）

著者　赤星あかり
発行者　早川浩
印刷者　矢部真太郎
発行所　株式会社早川書房

郵便番号　一〇一 - 〇〇四六
東京都千代田区神田多町二ノ二
電話　〇三 - 三二五二 - 三一一一
振替　〇〇一六〇 - 三 - 四七七九九
https://www.hayakawa-online.co.jp

乱丁・落丁本は小社制作部宛お送り下さい。送料小社負担にてお取りかえいたします。

印刷・三松堂株式会社　製本・株式会社フォーネット社
©2023 Akari Akaboshi　Printed and bound in Japan
ISBN978-4-15-031547-4 C0193

本書のコピー、スキャン、デジタル化等の無断複製は著作権法上の例外を除き禁じられています。

本書は活字が大きく読みやすい〈トールサイズ〉です。